그리고
명탐정이
태어났다

SOSHITE MEITANTEI WA UMARETA
by UTANO Shogo

그리고 명탐정이 태어났다

そして名探偵は生まれた

우타노 쇼고 소설 | 현정수 옮김

문학동네

차례

그리고 명탐정이 태어났다

0

왼손으로 오른쪽 팔꿈치를 받치고서 오른손 엄지와 검지를 턱에 댄 채 눈을 게슴츠레하게 뜨고, 내쉬는 숨에 목소리를 싣듯이 가게우라는 말했다.

"따라서, 범인은 구쓰와다입니다."

방이 흔들렸다. 방파제에 거친 파도가 몰아친 것처럼 크게 술렁인다.

"조용히 해주세요, 조용히! 아무리 의외라 해도 이것이 논리적인 귀결입니다. 범인은 구쓰와다입니다. 의심의 여지가 없습니다."

한 사람씩 납득시키려는 듯이 가게우라는 왼쪽에서 오른쪽으로 천천히 고개를 움직였다. 그래도 커다란 응접실에는 술렁임이 파문처럼 꼬리를 끌었다.

"웃기는 소리 하지 마!"

버럭 소리치며 일어난 사람은 지목당한 장본인인 구쓰와다였다.

"내가 죽였다고? 증거는?"

구쓰와다는 단정한 얼굴을 일그러뜨리며 가게우라를 노려보았다.

"지금 설명한 대로입니다. 사건 발생 직전에 피해자가 취한 행동과 현장의 상황으로 미루어 보아, 당신 말고는 범인이 될 수 없습니다."

가게우라는 차분하게 대응했다.

"그런 건 탁상공론이야. 퍼즐놀이와 다를 게 뭐가 있어!"

"책상 위에서 계산하더라도 X+4=6이면 X=2. 논리적으로 옳다는 건 바로 그런 뜻입니다. 거기에는 절대성이 존재합니다."

"시끄러워! 현장에서 내 지문이 나오기라도 했어? 흉기는? 아무것도 없잖아."

"그건 이제부터 유능한 조사원 분들이 찾아줄 겁니다. 그렇죠?"

갑자기 자신에게 화살을 돌리자 하나쿠마 경부는 약간 망설이며 고개를 끄덕였다.

"인상만 보고 범인으로 단정하는 거냐. 이건 참을 수 없는 모욕이야!"

구쓰와다는 의자를 밀쳐내며 앞으로 나왔다.

"붙어보시겠습니까? 이래봬도 저는 가라테 검은 띠인데요."

"집에 가는 거야, 얼간이 양반. 말이 통해야지, 원."

구쓰와다는 가게우라에게 중지를 세워 보이더니 방을 가로질러갔다.

"도쿄로 돌아간 뒤에 체포되면 다시 이곳으로 이송됩니다. 혈세를 낭비하는 건 좋지 않은데요."

"작작하지 않으면 명예훼손으로 고소하겠어."

구쓰와다는 그 한마디를 내뱉고 방을 나갔다.

가게우라가 하나쿠마 경부에게 눈짓을 했다. 경부는 부하들 쪽으로 고개를 돌렸다. 형사 한 사람이 방을 나갔다. 구쓰와다를 감시하려는 모양이다.

“막간의 여흥이었다고나 할까요. 그러면 마지막으로, 열한 개의 눈사람에 대해 이야기하죠.”

문이 닫히자 가게우라는 어깨를 으쓱해 보이곤 일동을 돌아보았다.

“진범이 밝혀진 지금으로선 자명한 일이겠습니다만, 그건 발자국을 지우기 위한 공작이었습니다. 구쓰와다는 사전에 18일 밤의 알리바이를 꾸며놓고 나서 이 산장으로 몰래 찾아왔습니다. 그런데 홍콩에 있어야 할 사람의 발자국이 쌓인 눈 위에 또렷하게 남아버리면 어떻게 될까요? 그 때문에 구쓰와다는 길과 이 건물을 오간 발자국을 지우기로, 요컨대 방문한 흔적을 없애버리기로 했습니다. 그러나 자신의 발자국만 빗자루로 지우면 일부러 발자국을 지우려 했다는 게 금방 발각됩니다. 그래서 구쓰와다는 눈사람을 만들어서 발자국을 지우기로 했습니다. 길 근처에 쌓인 눈만 사용해서 만들었다간 발자국을 지우기 위한 공작이란 것을 들킬 수 있으므로, 정원 전체의 눈을 사용해 정원을 눈사람으로 가득 채웠습니다. 때마침 맞은편 별장에는 장난꾸러기 가와바타 삼형제가 머무르고 있었죠. 열한 개의 눈사람은 그 악동들의 소행으로 여겨질 겁니다. 실제로 경찰은 그렇게 판단했습니다. 삼형제가 아니라고 해도 늘 그렇듯 거짓말을 하는 거라고 단정했죠.”

으음, 하고 신음처럼 숨을 토하고는 하나쿠마 경부가 얼굴을 반쯤 찡그렸다. 그 시선 끝에는 네가미 형사가 넓은 어깨를 축 늘어뜨리고 있다. 맞은편 별장으로 삼형제를 탐문하러 갔던 당사자다.

“제 이야기는 여기까지입니다. 나머지는 여러분들이 물증을 발견해서 구쓰와다의 입을 다물게 만들어주십시오. 옷장 문 위쪽을 유심히 살펴보는 게 좋을 겁니다. 아아, 벌써 이 시간이군. 다케무라 군, 코트 좀 주게. 고맙네. 그러면 안녕히 계십시오."

캐시미어 더플코트를 나에게서 받아든 가게우라는 파리 패션쇼의 모델처럼 그 자리에서 빙글 회전하면서 코트를 걸치고, 흐트러지지도 않은 머리를 빗으로 정돈한 뒤에, 검지와 중지를 세운 손가락으로 일동에게 경례를 보내고서 발꿈치에 닿을 정도로 긴 옷자락을 펄럭이며 방을 나갔다.

1

"역시 밀실살인 같은 게 있긴 있군요."

와인잔을 두 손으로 받쳐들며 시라스나 아키호가 눈을 반짝였다.

"문이나 창문이 잠겨 있는 방 안에서 변사체가 발견되는 일은 빈번합니다."

가게우라는 부드러운 미소로 대답했다. 아키호와 그 옆에 앉아 있던 후지타니 마나는 서로 얼굴을 마주 보며 꺄악 하고 새된 환성을 질렀다.

"어떤 밀실 트릭이 있었는데요?"

"트릭이라, 글쎄요……"

"얼음을 사용해서 자물쇠를 채웠다든가, 낚싯줄을 사용했다든가, 벽이 움직인다든가, 그런 거요."

"제가 체험한 케이스는 가족이 범인이었거나, 여벌열쇠를 썼거나, 사실은 자살이었거나, 그냥 사고였습니다."

"네에?"

"소설과 현실은 전혀 다릅니다."

"그러면 다잉 메시지*는요?"

이번에는 마나가 물었다.

"본 적이 없는데요."

"네?"

"당신이 서랍장 모서리에 새끼발가락을 꽝 찧었을 때를 떠올려보세요. 몸이 움츠러들고, 목소리도 안 나오고, 노래방에서 잘 부르는 노래 가사조차 떠올릴 수 없을 겁니다. 칼로 가슴을 찔리거나 머리를 세게 얻어맞으면 그보다 몇 배는 아프다고요. 그런 상황에서 글자를 쓸 수 있겠습니까? 하물며 암호 같은 교묘한 방법으로요. 만약 그럴 만한 힘이 남아 있다면 먼저 살려달라고 소리칠 겁니다. 아니면 엉금엉금 기어서 방을 나오든가요. 그게 인간의 본능입니다."

아키호와 마나는 계속해서 질문을 던졌다.

타임 테이블의 맹점을 찌른 알리바이 트릭은? 동요나 시를 본떠서 저지른 살인은? 마지막에는 관계자들을 한데 모아놓고 "자, 그건 그렇고" 하며 추리를 하나요?

가게우라는 그것들을 일일이 삐딱하게 반박했다.

"지각이다, 지각! 하면서 토스트를 입에 물고 집에서 뛰쳐나갔더니 골목길 모퉁이에서 남자애하고 부딪히고, 어디 보고 다니는 거야, 못생긴 게! 하는 소리에 언짢은 기분으로 교실에 왔더니 아까 그 남자애가 전학생으로 와 있었다. 가만히 보니 꽤 미남이었다. ……그런 만남

* Dying Message. 피해자가 죽기 직전에 범인을 알리기 위해 남기는 신호.

을 현실에서 체험한 친구가 있습니까? 현실이란 그런 법입니다. 아까부터 몇 번이나 말했듯이 탐정이란 직업은 범죄사건의 수수께끼 풀이와는 무관합니다. 현실에서는 바람피우는 유부남 뒷조사나 야반도주한 책임자를 추적하는 일이나 하죠. 뭐, 제 경우에는 조금 특수한 케이스라서 경찰을 돕는 경우도 있습니다만, 그래봤자 알아낸 비밀을 슬쩍 찔러주는 수준이죠. 보통 이야기하는 '명탐정'이란 어디까지나 공상 속의 존재입니다. 그렇습니다, 기린이나 용과 마찬가지로 공상 속에서나 존재하는 생물이란 말씀이지요."

한껏 기대에 찼던 아키호와 마나는 팬히터 옆에 놓인 시클라멘처럼 축 처졌고, 흥이 깨진 공기가 방 안을 가득 채웠다.

'열한 개의 눈사람 사건'으로부터 삼 주일 뒤인 3월 8일, 가게우라 하야미는 나카이즈로 향했다. 조수라는 건 명목뿐이고 실제로는 시중과 허드렛일을 하는 나도 함께였다. 말하자면 사건을 해결해준 보답이다.

지난번 사건이 일어난 나가노의 산장 주인은 아라가키 미쓰오였다. 무차별 기업매수를 통해 최근 몇 년간 급성장한 아라미쓰 그룹의 젊은 총수다. 그 아라가키가 가게우라를 나카이즈로 초청한 것이다.

"저는 창업 이후로 항상 사원의 생일에 선물을 보냅니다. 입사 이틀 된 신입사원이라도 손수 쓴 생일축하 카드를 덧붙여서 보내죠. 이런 가정적인 분위기가 아라미쓰 그룹의 가장 큰 장점이고 약진의 비결이기도 합니다. 이 형형회炯炯會도 그중 하나입니다. 아라가키 미쓰오라는 개인이 한 달에 한 번 주최하는 사내 친목회죠. 부서나 지위를 막론하고 무작위로 스무 명 정도의 사원을 초청해서 마음 편히 먹고 마시며 탁 터놓고 이야기를 나누는 자리입니다. 사원 한 사람 한 사람의 얼굴을 볼 수 없다면 그 회사는 끝장인 거나 마찬가지니까요. 비서나 운전수도 데리고 오지 않기에 저도 일개 사원의 기분으로 돌아가 즐깁니다. 이번 달의 형형회는 다음 주말로 예정되어 있고, 장소는 나카이즈의 N에 있는 하기노미야 장입니다. 전국에 일곱 개 있는 아라미쓰 그룹의 휴양소 중 하나죠. 그래서 말입니다, 가게우라 씨. 형형회는 매번 각계의 게스트를 초청해서 유익한 이야기를 듣는데, 어떠십니까? 이번에 한 말씀 해주시지 않겠습니까? 당신의 독특한 경험은 분명히 저희들에게 좋은 자극이 될 것이라고 생각합니다. 온천도 딸려 있습니다. 관리인이 전직 요리사라서 요리 수준도 흠잡을 데 없습니다. 형형회는 1박2일 행사입니다만, 가게우라 씨는 그 뒤로도 얼마든지 더 머무르시다 가셔도 괜찮습니다."

그리하여 나는 가게우라와 함께 나카이즈의 N으로 찾아온 것이다.

3월의 나카이즈에서는 드물게 눈이 오는 날이었다. 덕분에 현지 도착이 늦어져서 온천에 들어갈 새도 없이 파티가 시작되었다. 참가한 사람은 우리를 포함해서 스물한 명, 식사를 마친 후 아라가키 사장이 한 시간 동안 이야기를 하고 가게우라가 이십 분 남짓 강연한 뒤 오후 9시에 파티가 끝났다.

그 뒤에 우리는 배정받은 2층 방으로 돌아왔다. 가게우라는 파티 석상에서 챙겨온 와인병을 따고 나는 온천에 들어갈 준비를 하는 참에, 이야기를 조금 더 듣고 싶다며 자칭 미스터리 소설 애호가라는 여사원 두 명이 찾아왔다. 양쪽 다 이십대 후반에 한 사람은 발레리나처럼 팔다리가 길고 다른 한 사람은 글래머러스한 몸매를 지닌 사이좋은 콤비였다.

이상이 현재의 상황이다.

마나가 커튼 틈새를 조금 열고 창밖의 어둠 속으로 시선을 던졌다.
"아, 눈이 그친 모양이야."
"정말?"
아키호가 재빨리 반응하며 창가로 다가갔다.
"달도 떴네."
"정말이다."
"내일은 맑겠어."
"그러네."
"돌아가는 길이 진창길이 아니면 좋겠는데."
"그러게."
하잘것 없는 대화가 이어졌다. 이 어색함을 어떻게 해소하면 좋을지 머리를 굴리는 것처럼 보인다.
탁 하고 손뼉을 치더니 아키호가 돌아보았다.
"분위기 있는 밤이네요."
"조금 춥지만, 커튼을 걷고 달을 안주 삼아 마셔볼까요?"
가게우라가 와인병을 내밀었다.
"그게 아니라요, 이런 밤은 뭔가가 일어날 것 같아요."
마나가 풍만한 가슴 앞에서 손을 맞잡았다.
"사랑하는 연인들에게는 특별한 밤이 될 것 같기도 하군요."
"그런 거 말고요. 응?"
마나는 아키호 쪽으로 고개를 돌리며 질문을 던졌다.
"하카다 라면에는?"
곧바로 아키호가 대답했다.

"붉은 생강."

"생맥주에는?"

"풋콩."

"온천에서는?"

"탁구."

"신입생 환영회에는?"

"구급차."

"한겨울의 나에바*는?"

"스키와 스노보드."

"한여름의 나에바는?"

"후지 록 페스티벌."

"도쿄 타워."

"밀랍 인형관."

"〈시베리아 초특급〉**."

"로프 액션."

"눈 오는 산장."

"살인!"

"맞아요! 눈 오는 밤에 산장에 모인 사람들. 그러면 살인사건이 등장하는 게 당연하죠."

마나와 아키호는 손을 맞잡고서 꺅꺅대며 위아래로 흔들었다. 가게

---

* 니가타 현에 있는 일본 최대 규모의 스키장.

** 열차 안에서 벌어진 살인사건의 해결을 둘러싼 미즈노 하루오 감독의 영화. 1996년의 1편을 시작으로 시대배경을 바꿔가며 최근까지 시리즈가 이어지고 있다. 시리즈 내내 중요한 장면에서 로프 액션이 빠지지 않는 것으로 유명하다.

우라는 쓴웃음을 지었다.

"게다가 눈도 그쳐서 더 내릴 것 같지 않고, 그렇다고 곧바로 녹아버릴 것 같지도 않아요."

"바깥에 있던 범인이 찾아오거나 안에 있던 사람이 도주하면 눈 위에 발자국이 또렷하게 남아버리죠."

"그런데 밖에는 고양이 발자국 하나 없다!"

"그렇단 얘기는?"

"범인은 이 안에 있다!"

"아니, 그게 아니라면?"

"외부의 인간이 발자국을 남기지 않고 들어왔다 나간 것인가?"

"그곳에는 어떤 트릭이 있을 것인가!"

가만히 내버려두었다간 아침까지 이러고 있을 것 같다.

"즐거우신 와중에 찬물을 끼얹는 것 같아서 죄송합니다만."

가게우라가 헛기침을 했다.

"이런 폐쇄상황에 놓여 있는 사람이 살인을 범한다는 건 현실에서는 거의 생각하기 어렵습니다. 바깥은 온통 눈으로 덮인 은세계입니다. 지금 여기서 사건을 일으키면 수상하고 말고에 관계없이 무조건 용의자 중 한 사람으로 취급받게 됩니다. 오늘 이곳에 모인 누구와도 면식이 없다면 살해한 뒤에 몰래 도망치면 되겠지만, 신분이 밝혀져 있으니 도망쳐봤자 금방 붙잡히게 됩니다. 어지간한 괴짜라서 경찰에게 범인 맞추기 게임을 제안하는 게 아니라면 눈 오는 산장에서 일을 벌려서는 안 됩니다. 설령 부모 삼대에 걸친 원수와 만났다 해도 오늘은 꾹 참고 살인의 실행은 후일로 돌려야 합니다. 아, 물론 파티 자리에서 술을 너무 많이 마셔서 거친 말이 오가다가 욱해서 때려죽이는 일은 있을 수 있겠죠. 그러나 당신께서 바라는 눈보라가 휘몰아치는 산장에서 일어나는 사건이란 그런 수준 낮은 일은 아니겠죠? 외부인이 발자국을 남기지 않고 침입하는 것도 불가능합니다. 트릭? 발자국 위에 인위적으로 뿌린 눈을 눈치 못 채는 경찰이 있다면 한번 얼굴이나 보고 싶군요. 로프를 던져서 공중을 걸어가게요? 곡예사라면 가능하겠습니다만, 대체 발자국을 남기지 않고 어떻게 로프를 걸 수 있을까요? 아까 나온 말마따나 〈시베리아 초특급〉에 등장하는 사에키 대위 같은 사람에게 로프를 던져달라고 부탁해야 할 겁니다. 아니면 서커스에서 나오는 인간대포를 사용해서 눈 위를 쓩 날아갈까요? 요컨대 그런 식으로 떠올린 트릭들은 전부 탁상공론에 지나지 않습니다."

"어머나, 벌써 시간이 이렇게 됐네."

아키호가 휴대전화를 꺼내며 호들갑스럽게 말했다. 어떻게 찔러보아도 가게우라와는 이야기가 통하지 않는 걸 깨닫고 간신히 포기한 듯하다. 그만 가는 게 좋겠어, 하고 동행자의 소매를 끌었다.

"하지만 선생님, 이곳은 저주받았으니까 상식을 초월한 일이 일어날지도 몰라요."

마나는 분위기를 눈치 못 채고 이야기를 계속했다.

"저주받아요?"

"하기노미야 장은요, 원래는 사이타마에 있던 어느 건설회사의 휴양소로 세워졌어요. 버블경제가 한창일 시기에. 하지만 버블이 붕괴되자 그 회사는 도산했고, 사장은 자살. 하기노미야 장에서 목을 맸죠."

"어? 여기서?"

나는 이맛살을 찌푸렸다. 정말이에요, 하고 아키호가 고개를 끄덕였다.

"하기노미야 장은 그 뒤에 경매에 부쳐졌고, 두번째 주인이 된 사람은 모 프로야구 선수였어요. 그런데 그 사람은 이곳을 손에 넣은 해 오프시즌에 다리에 부상을 입어서 그길로 은퇴했어요. 하기노미야 장의 목욕탕에서 미끄러져서 아킬레스건이 끊어졌다지 뭐예요."

"진짭니까?"

"진짜예요. 다음 소유주가 된 카시에라 엔터프라이즈는 IT버블이 금세 꺼지는 바람에 아라미쓰 그룹으로 회사가 넘어가버렸고."

"카시에라 엔터프라이즈의 사장도 하기노미야 장에서 사고를 당했나요?"

"이곳에서 차를 몰고 귀가하다가 사고가 났다던가? 한잔 더 얻어 마셔도 될까요?"

마나는 요염하게 몸을 뒤틀며 도톰한 입술 옆에 검지를 갖다댔다. 가게우라가 와인병을 내밀었다.

"선생님?"

"저는 저주도 재앙도 믿지 않습니다. 차 사고도 목욕탕에서 넘어진 것도 본인의 부주의 때문일 겁니다."

"아, 그 얘기는 이미 끝났고요. 저기요, 선생님. 질문이 있어요."

"뭡니까?"

"물어봐도 되려나요, 어쩌지."

"사양 말고 하시지요."

"그럼 물어볼게요. 가게우라 선생님은 결혼 안 하셨죠?"

"그 '선생님'이라는 호칭은 빼주시지 않겠습니까? 탐정이라고 하지만 긴다이치 고스케처럼 활약하는 것도 아니니까."

"그런 얘기는 이제 됐어요. 독신이시죠?"

"글쎄요, 과연 어떨까요?"

"반지는 안 끼셨는데."

"마나 씨는 탐정의 소질이 있으시군요."

마나는 가게우라의 빈말을 들은 체도 하지 않고 내 쪽을 쓱 돌아보았다.

"다케무라 씨도 독신이시죠?"

"저는 학교를 졸업한 지 얼마 안 되었으니까요."

"여자친구는?"

"없이 산 지 올해로 이십사 년째네요."

나는 머리를 긁었다. 마나가 히죽 웃었다.

"선생님은 이탈리아제 양복이 자연스럽게 어울리는 중후한 아저씨. 조수는 검은 생머리에 핏기 없는 창백한 피부. 그렇지만 두 사람 다 여자가 있는 눈치는 없다. 어쩐지 수상한 기운이 느껴지는데요."

안 좋은 예감이 들었다. 그러나 가게우라는 미소를 잃지 않은 채로 풍성히 자란 입 주위의 수염과 턱수염을 손바닥으로 문지르면서 말했다.

"그야 탐정이라는 직업은 굳이 분류하자면 견실한 직장인이 아니라 야쿠자 카테고리에 들어가니까, 두 분처럼 정상적인 업무를 하시는 사람의 눈에는 수상쩍게 비치겠지요."

"그런 의미가 아니라요."

"많이 마셨네. 슬슬 일어날까?"

아키호가 당황한 눈치로 일행의 팔을 잡아끌었다. 마나는 계속 버티면서 말했다.

"뭐더라, 이런 걸 뭐라고 하더라? 시동? 연동*?"

그제야 가게우라의 낯빛이 바뀌었다.

"죄송합니다. 얘가 너무 마셨나봐요."

아키호가 고개를 숙였다.

"척 보고 감이 오더라고요. 뭐랄까, 그런 냄새가 났어요."

마나는 글라스의 와인을 쭉 들이켰다.

"그냥 선생님과 조수인데요."

나는 어색한 표정으로 부정했다.

"방도 같이 쓰면서."

"처음부터 그렇게 배정받았어요. 그뿐입니다."

"정색하고 부정하기는."

"죄송합니다, 영문 모를 소리를 해서. 역시 술이 과했나봐요. 자, 어서 가자."

아키호는 가게우라에게 고개를 숙이고, 마나의 옆구리에 팔을 집어넣고 억지로 일으켜 세웠다.

"네에, 갈게요, 간다고요. 방해하면 안 되니까요."

마나는 제대로 돌아가지 않는 혀로 그런 말을 반복하면서, 아키호에게 질질 끌려가듯이 퇴장했다.

"조심해서 돌아가세요. 안녕히 주무시길."

가게우라는 붙임성 있게 손을 흔들었다.

---

* 稚児. 남색(男色) 상대인 사내아이.

2

"2차다! 2차 시작이야!"

가게우라는 잔에 찰랑찰랑할 정도로 와인을 따르고서 반 정도를 단숨에 들이켰다.

"이미 2차를 하고 있잖아요."

나는 페트병의 물로 목을 축였다.

"그러면 3차! 예의 없는 방문자들 덕분에 술이 다 깨버렸어. 아, 피곤하다, 피곤해!"

가게우라는 아르마니 재킷을 벗어던지고 바지의 벨트를 느슨하게 풀고서, 셔츠의 옷깃을 칠칠맞게 내놓고 소파 위에 양반다리를 하고 앉았다.

"거짓말을 하니까 피곤해지는 거예요."

"어쩔 수 없잖아."

"현실에도 소설 빰칠 정도의 기계적인 트릭을 사용한 밀실 살인사건이 있고, 다잉 메시지가 남아 있는 예도 한두 개가 아니죠. 애초에 오늘 여기에 불려온 것도 눈 오는 산장에서 일어났던 연쇄살인사건을 해결한 것의 보답이잖아요."

"무슨 얼어죽을 보답이야. 졸부가 허영심을 채운 것뿐이지. 게스트 자격으로 강연하라고? 자기에게 할당된 시간은 한 시간이고, 게스트는 이십 분. 좋다고, 좋아. 사람이 서서 이야기하고 있는데 이놈이고 저놈이고 먹고 마시고 수다 떠는 데 열심이고 말이야."

흥, 하고 코웃음을 치고 가게우라는 와인을 쭉 들이켰다.

"강연 제목이 '탐정의 시점으로 보는 인간관찰과 그 응용'이니까 그렇죠. 그런 사이비 심리학자 같은 이야기를 하니까 아무도 안 듣는 거라고요. 아침 햇살을 받으면서 오렌지빛으로 빛나는 눈사람, 그 숫자는 열한 개, 마치 전위예술처럼 정원에 늘어서 있다, 그리고 실내에는 여자의 시체가! 이렇게 이야기하면 모두 술잔이고 포크고 다 내려놓고 집중했을 텐데."

"항상 말하잖아. 관여했던 사건에 관해서는 일체 입 밖에 내서는 안 된다고. 지금도 잊지 못하는 '제국해군의 밀사사건'. 구 일본 육군 출신의 제약회사 명예회장이 도쿄의 자택에 있는 핵 대피소 안에서 살해당했지. 하지만 완전한 밀실상태였던 현장에 있던 것은 피해자의 몸통 부분뿐이고, 머리 쪽은 한참 시간이 흐른 뒤에 요코스카에서, 두 팔은 히로시마의 구레와 나가사키의 사세보에서, 두 다리는 교토의 마이즈루와 아오모리의 오미나토에서 발견되었어. 정말 굉장한 사건이었지. 잔인하기 이를 데 없는 수법, 교묘하고 치밀한 알리바이 공작, 사십 년의 세월을 뛰어넘은 등골이 오싹해지는 살해 동기, 그리고 그것들을 백일하에 드러낸 아마추어 탐정의 지혜. 공판 첫 진술 때 피의자가 혀를 깨물어서 자살한 것도 전대미문이었어. 피의자 사망으로 사건이 막을 내린 뒤, 나는 이 괴사건의 전말을 한 권의 책으로 엮어냈지. 그러자 어떻게 되었나? 프라이버시 침해에 해당된다며 피해자와 가해자, 쌍방의 유족에게서 고소당했지. 재판에 패소해서 출판물들은 회수 후에 폐간됐고, 배상금까지 지불해야 했어."

"그건 알고 있어요."

"오 년 뒤, 나는 새로운 책을 썼지. 나가노에서 벌어진 '쓰키노미야 살인사건'. 약혼식 날에 중매인이 살해당하고 혼례 전날 신부의 아버지가 살해당하고, 그래도 강행된 결혼식장에서 신랑의 남동생이 독배를 마시고 쓰러지고 첫날밤에 신랑이 살해당한 그 연쇄살인사건 말이야. 나는 오 년 전의 실패를 딛고 관계자의 이름을 전부 익명으로 하고 사건의 무대도 가상의 마을로 하고 저택의 외관도 구조도 바꿨어. 즉 소설을 썼던 거지. 현실에서 그대로 가져온 것은 나 자신, 명탐정 가게우라 하야미뿐이야. 그런데도 어떻게 됐나? 또다시 인권침해라며 재판이 벌어졌고, 이야기의 모델을 특정할 수 있다는 이유로 패소했어. 천만 엔 단위의 배상금을 떠안고 아직도 계속 변제하는 중이지."

"그 이야기도 열다섯 번은 들었어요."

"자네는 그 열다섯 번에서 뭘 배운 겐가? 관여했던 사건에 대해서는 아무 이야기도 해서는 안 된다는 얘기야."

"하지만, 이야기만이라면……"

"안 돼."

"오늘 건 강연보다 스피치에 가까워요. 매스컴의 취재도 없었고요."

"그렇게 긴장을 풀고 주절주절 이야기해버리면 나중에 자기 목을 조르는 꼴이 된다고."

"정말 그럴까요?"

"어디에서 어떻게 이야기가 새고, 누구에서 누구에게로 어떻게 전달되어서, 어느 날 갑자기 내용증명이 날아오지 않으리라는 법이 없어."

"너무 신경질적인 게 아닐까요?"

"신경질적이지 않아. 프라이버시 보호 문제는 날이 갈수록 시끄러워지고 있어."

"그건 그렇지만요."

"이런 생각도 할 수 있지. 명탐정을 질투한 누군가가 명탐정의 명예를 실추시키기 위해 관계자를 부추겨서 소송으로 끌고 갈지도 몰라."

"우와, 피해망상도 정도껏……"

"뭐?"

"아뇨, 아무것도 아닙니다."

"재판에서 패소했을 때 자네가 책임을 질 건가? 몇백만, 몇천만 엔이나 되는 배상금을 마련해주겠다는 건가?"

"아뇨, 그건, 뭐……"

"그러니까 자네도 내 옆에서 보고 들은 것들을 경솔하게 입 밖에 내지 말도록."

"네."

"아까 같은 작은 잡담에도 신경을 쓰도록 해."

"네."

"술이 지나쳐서 입이 잘못 놀리지 말란 얘기야. 명탐정 기분을 내면서 여자에게 인기를 얻을 생각은 말라고."

"알겠습니다."

그렇게 고분고분하게 대답했는데도 가게우라는 계속 퉁명스런 얼굴이었다.

"아아, 이거 정말 못해먹겠어, 다케무라 군."

그는 기분 나쁜 듯 내뱉으며 와인을 쭉 들이켰다.

"'시코쿠 쓰루기 산 동굴 역십자 사건'을 해결한 사람이 누구지? '공중가람의 4중 밀실'을 해결한 사람은 누구고? '저주받은 13점 종 사건', '트렁크에 들어간 신부, 이즈－반다이－가루이자와 살인 트라이앵글', '텐구교 피라미드 100구 시체'. 전부 나, 가게우라 하야미의 존재를 빼고서 이야기할 수 없잖아. 그런데도 어째서 무능한 척해야 하냔 말이야. 내가 경찰의 정보원이야? 함정수사에 협력해서 가부키초

카지노 바에서 소동이라도 일으킬까? 아라카와 둔치의 노숙자로 변장해서 강도 살인범의 목격담을 수집해서는 경찰에 팔아넘길까? 누가 그런 지저분한 도랑이며 구정물 속을 기어다니겠어! 나는 지적인 탐정이야. 명탐정이라고!"

그리고 다시 와인을 들이켰다.

"역시 활약상을 다른 사람들에게 알리고 싶으신 건가요?"

"답이 뻔한 질문은 하지 마. 아, 빌어먹을. 원래는 명탐정 가게우라 하야미 시리즈가 평균 이십만 부 베스트셀러가 되고 드라마화에 애니메이션화, 할리우드에서 리메이크도 되어야 했는데. 그렇게 한몫 챙긴 뒤에 모나코로 가서 지금쯤은 파리 경찰의 요청으로 16구와 브로뉴 숲에서 발생한 엽기 연쇄살인사건의 수수께끼에 도전하고 있어야 했다고. 아, 빌어먹을!"

"그러면 진실을 밝혀버리자고요. 저도 모나코에서 살아보고 싶어요."

"그러니까 그건 허락되지 않는다니까. 관계자의 프라이버시 문제도 그렇지만, 우리 숙부님이 어떻게 되겠나? 일개 민간인이 경찰관과 어깨를 나란히 하며 현장검증을 행하고, 조사회의에 출석하고, 취조에 동석해. 그런 게 허락될 거라고 생각하나? 질투에 미친 마녀처럼 권력자나 부자를 물어뜯는 게 현대의 풍조야. 법적으로 정당한 행위인 경찰관의 발포조차 눈을 부라리며 따지고 들잖나. 연일 벌어지는 규탄집회 때문에 경찰은 본래 기능에 지장이 생기고, 내 방패인 가게우라 경시정은 사퇴에 몰리겠지."

"아무리 모의 비행의 달인이라 해도 고교생을 진짜 항공기 조종석에 태우고 조종간을 쥐게 하면 큰 문제가 되겠죠."

"나는 명탐정이야. 그러나 항상 그늘에 있을 수밖에 없어. 명탐정인데 어째서 양지로 나오면 안 되는 거지? 사람들의 칭송이나 존경과 선망을 모을 수 없는 거지? 모나코 만에 정박한 호화 크루저 선상에서 양옆에 금발 미녀를 끼고 보졸레 와인을 즐겨야 하는데, 배상금 부담을 지고 경찰에서 쥐어주는 몇 푼 안 되는 협력비로 이케부쿠로 원룸에 사는 사십대 독신이 현실이야. 정말 속 터진다고. 욕구불만이야. 그러니까 스트레스로 이렇게 됐지."

그리고 가게우라는 버섯 모양 가발에 손을 댔다.

"그렇게 괴롭다면 차라리 직업을 바꾸는 건 어떤가요?"

"이만큼 나이 먹은 아저씨를 누가 고용해주겠나. 실무 경험도 없고 자격증도 없지, 외국어도 못 해. 도저히 답이 안 나온다는 말이 딱 이 꼴을 보고 하는 얘기야."

"공장의 계약직 종업원은 쉰 살 정도까지 할 수 있어요."

"안 돼. 젊었을 때에 한 번 해봤었는데, 조례 때의 합창이라든가 무기력한 체조라든가 TQC 같은 건 정말 바보 같아서 못해먹겠더군. 지금보다 생산성이 열 배로 올라가는 시스템을 제안해봤자 일개 아르바이트생의 의견 따윈 그냥 무시당하지. 실수 없이 100을 해낸 인간과 재료 100을 낭비하고 1밖에 달성 못 한 인간의 급료가 같은 것도 납득할 수 없어. 일주일도 못 버텼지."

"본가의 일을 거드는 건요?"

"그건 십대 무렵부터 수련을 쌓아야 써먹을 만해져."

가게우라는 와인병을 움켜쥐고 잔에 콸콸 따르며 말했다.

"일하러 나가면 일하는 방식을 가지고 회사와 싸우고, 꽃놀이 모임을 거부하니까 이상한 사람 취급하고, 어느 직장도 한 달도 못 버티고 집에서 매일 뒹굴거렸지. 지금 같으면 니트*라는 칭호가 있어서 사회가 잘못되었기 때문에 직업을 가질 수 없는 거라고 동정이라도 받을 수 있지만, 두 세대 전은 달라. 이웃 시선을 신경 쓴 부모님은 절에 들어가든가 원양어선을 타든가 둘 중 하나를 고르라며 몰아세우시더군. 그러던 나를 구해준 게 경시청의 경부였던 숙부님이셨어. 제사 자리에서 꺼낸 내 말 한마디가 미궁에 빠지기 직전의 사건을 해결로 이끈 것이 계기가 되어서, 어려운 사건을 맡게 되면 나에게 상의하고 내가 유익한 의견을 내면 용돈을 주셨지. 그러다가 이내 현장에 불려가게 되고 조금씩 조사원들과 안면이 트이는가 싶더니, 어느새 경시청에서 고용된 조사컨설턴트가 되어 있더군. 이윽고 그런 활약상은 아라카와나 다마가와를 넘어서 간토 전역에 이르렀어. 그리하여 지금은 동일본 일대의 경찰에게서 부탁을 받게 되었지. 보수는 대단할 거 없고, 항상 그늘 속에 머물러 있어야만 해. 그러나 이 일로 커리어를 쌓고 요령도 생겼어. 평범한 회사에 근무하는 직장인과는 달리, 나 자신이 옳으면 아무도 불평하지 않아. 경부든 본부장이든 입 다물게 할 수 있어. 그러니까 나는 이제 이 일, 탐정을 계속하는 수밖에 없다고."

그렇게 말하면서 가게우라는 결국 혼자서 와인 한 병을 다 비워버렸다.

그의 어조는 너무나도 미심쩍지만, 내용만 떼어놓고 보면 티끌만큼의 과장도 없다. 그때 그가 존재하지 않았다면 '시코쿠 쓰루기 산 동굴 역십자 사건'은 아직도 미해결이었을 것이고, '쓰키노미야 살인사건'은 시효를 넘겼을 것이다. 가게우라 하야미는 진정한 명탐정이다.

---

* NEET. 일하지 않고 일할 의지도 없는 청년 무직자를 뜻하는 신조어.

나, 다케무라 오조라가 가게우라의 조수가 된 지도 일 년이 다 되어간다.

원조 니트인 가게우라보다 이십 년 늦게 태어난 나는 니트로서 시대의 최첨단에 서 있었다. 고등학교를 중퇴했지만 일할 의욕도 없어서 집과 도서관과 서점의 삼각구도를 오가는 나날을 보내고 있었다. 장래에 대해서는 대강 생각해두었다. 동서고금의 탐정소설을 다 읽어버리고 나면 취직하자, 하고.

그런 생활을 사 년이나 계속하고 있는데, 나를 걱정했는지 경찰 쪽의 지인이 탐정소설 애호가에게 딱 좋은 일이 있다며 가게우라의 조수 자리를 소개해주었다. 듣기로는 전임자가 갑자기 그만두어서 급하게 사람을 찾고 있던 참이라고 했다.

어차피 흥신소 잡일이겠지. 나는 아무 기대 없이 소개한 사람의 체면이나 세워주자는 생각만으로, 그 탐정인지 뭔지 하는 사람이 어떤 일을 하는지 보러 갔다.

죄송합니다, 가게우라 하야미 씨. 당신은 진짜였습니다. 명탐정이라는 것이 이 세상에 실제로 존재한다는 것을 알고 나는 몸을 떨었다.

조수라고 하지만 '선생님'과 관계자의 대화를 하나하나 기록하거나 밀실의 상황을 도면으로 그리는 일 같은 건 안 한다. 가게우라의 머릿속에는 반년 전의 점심식사 메뉴까지도 저장되어 있다.

가게우라 하야미라는 사람은 상식적인 생활능력이 없었다. 방 청소도 제대로 못 해서 DVD 디스크와 편의점 도시락 뚜껑이 나란히 포개어져 바닥에 몇 겹씩 퇴적층을 이루고 있다. 전9권짜리 도겐샤판 오구리 무시타로 작품집을 한번 읽기 시작하면 이틀이고 사흘이고 커피로만 끼니를 때운다. 일주일 동안 입던 옷차림 그대로 현장에 나가려 하기도 한다. 약속을 아무렇지도 않게 바람맞히기도 한다(지층 속에 시계가 묻혀 있기 때문이라며 그는 알아먹을 수 없는 변명을 한다).

나는 선생님이 전염병에 걸리지 않도록 쓰레기를 버리고, 굶어죽지 않도록 식사를 제공하고, 옷을 세탁하고 갈아입히고 현장에 데려간다. 탐정의 조수로는 도저히 보이지 않는 일들이다. 보수도 고등학생 용돈 수준이다. 전임자가 도망친 것도 무리가 아니다.

그러나 가게우라 곁에 있으면 밀실에서 사라진 시체나 그림 동화를 본떠서 저지른 연쇄살인사건을 접할 수 있다. 즉 탐정소설을 라이브로 체험할 수 있는 셈이니, 거기서 얻을 수 있는 카타르시스는 독서와 비할 바가 아니다.

하지만 어찌할 수 없는 불쾌한 점도 있다. 칠칠맞은 부분은 쓴웃음으로 넘길 수 있다. 그 유명한 셜록 홈스나 긴다이치 고스케도 자기 앞가림에는 서툴렀으니까.

다만 저속한 불평은 안 했으면 좋겠다.

현장에서는 무서운 경부도 턱으로 부리며 무대 위의 배우처럼 우아하게 수수께끼를 풀고 상쾌하게 코트 자락을 펄럭이며 퇴장한다. 최고다. 전율이 인다.

그런데도 무대에서 내려오면 돈이 안 벌린다느니, 활약상이 세상에 드러나지 않는다느니, 여자에게 인기가 없다느니 하며 추잡한 소망을 입에 담는다. 귀에 못이 박힐 정도로 반복한다. 명탐정은 언제 어떠한 때에도 초연해야 하거늘.

"아까 아가씨들이 나보다 연봉이 높을 거야. 아무렴 그렇겠지, 빌어먹을!"

가게우라는 아직도 그런 이야기를 반복했다.

"자, 이제 가게 영업은 끝났습니다."

나는 그의 손에서 새 와인병을 낚아챘다.

"한 모금만 더 마실게, 한 모금만."

"한 모금 마시면 두 모금 마시고 싶어지게 마련이에요."

"늙은 마누라 같은 소리 하지 마."

가게우라가 병을 도로 낚아챘다.

"내일 돌아가는 차 안에서 속이 울렁거려도 전 몰라요."

"그게 늙은 마누라 같은 점이라고. 아, 삶에 찌든 냄새가 나는 것 같아."

"그러면 온천에서 삶에 찌든 냄새를 씻어버리고 오겠습니다."

웃는 얼굴로 대답하며, 속으로는 결혼한 적도 없는 주제에, 라고 투덜거렸다.

"손님, 목욕탕 이용은 오전 6시 반부터 오후 11시까지입니다."

"네? 그랬나요?"

"로비에 붙어 있었잖아. 그 정도 관찰력으로 탐정 조수 일을 어떻게 할래?"

가게우라는 잔에 입을 대었다가 떼고 전등에 비춰보더니, 테이스팅 하듯이 잔을 돌리고는 다시 입가에 댔다. 나는 작게 혀를 차고 내 침대에 쓰러졌다.

리모컨으로 텔레비전을 켜고 채널을 이리저리 돌리다보니 마침 CS 해외영화 채널에서 영화가 시작하는 참이었다.

3

199×년, 구소련 ×공화국.

눈이 내리고 있다. 내린다기보다 불어난 강물처럼 흐르는 형국이다. 바람도 맹수처럼 울부짖고 있다. 하늘도 땅도, 이쪽도 저쪽도 하얀색 일색, 한치 앞도 보이지 않는 격한 눈보라.

서서히 눈발이 약해지고 끝내 완전히 멈춘다. 바람도 멎은 듯, 무겁게 눈에 덮인 침엽수들이 조용히 서 있다.

저녁놀. 사방에 펼쳐진 은세계가 서몬 핑크로 물든다. 오렌지색에서 자줏빛으로, 그리고 피 같은 암갈색으로 바뀌어간다.

해가 지고 하늘에는 별이 하나둘씩 반짝인다.

설원 한가운데가 흐릿하게 빛난다. 내려다보는 각도로 카메라가 서서히 다가가자 그것이 건물에서 새어나오는 불빛임을 알 수 있다. 돌로 지어진 투박한 사각형 건물이다.

쌍바라지 창문은 닫혀 있고 어두운 빛깔의 커튼이 쳐 있다. 그 틈새에서 황색 빛이 새어나온다. 안에서 활기찬 소리가 들린다. 카메라는 커튼의 가는 틈새를 통해 실내로 들어간다.

원색의 민속의상을 입은 젊은 여자가 춤추고 있다. 정열적인 음악에 맞춰서 허리를 흔들고, 두 팔을 큰 뱀처럼 뒤튼다. 발은 복잡한 스텝을 밟으며 이따금씩 탭댄스처럼 마룻바닥을 울린다. 등뒤에서는 중년 남자가 기타와 만돌린을 합친 듯한 10현 악기를 연주하고 있다. 북을 세 개 붙여놓은 듯한 퍼커션으로 격한 비트를 두드리는 것은 열두세 살 정도 되어 보이는 남자아이이다.

응접실에는 십여 명의 사람들이 모여 있다. 맛있는 냄새를 풍기는 고기, 삶은 야채, 김이 피어오르는 커다란 냄비, 갓 구운 빵, 시럽에 절인 과일, 직접 담근 와인과 증류주. 커다란 테이블에는 빽빽하게 요리가 차려져 있다.

돌벽에는 꽃이나 새를 본뜬 태피스트리가 걸려 있고, 하얀 수염을 기른 노인의 초상화가 장식되어 있다.

한 남자가 테이블에서 일어섰다. 비틀거리는 발걸음으로 무희 쪽으로 다가간다. 실실 웃으면서 손을 뻗자, 그녀는 빙그레 웃으면서 그의 손을 잡았다. 갈채와 박수소리가 끓어오른다. 음악이 더욱 활기찬 템포로 바뀐다.

여자의 리드로 두 사람이 춤을 춘다. 그러나 남자는 발이 따라가지 못한다. 팔짱을 끼고 그 자리에서 빙글빙글 회전하다가 다리가 뒤엉켜서 엉덩방아를 찧어버렸다. 곧바로 웃음이 터져나온다.

카메라가 커다란 테이블에 초점을 맞춘다. 시큰둥한 얼굴의 젊은이가 도기로 된 피처를 집어든다. 잔은 투명한 액체로 가득 차 있다.

"어이, 벌써 물 마시는 거야? 뭣하다면 미하엘 도련님에게는 우유라도 갖다드릴깝쇼?"

옆에 앉아 있던 중년의 수염 남자가 놀렸다.

"너무 많이 마시면 무슨 일이 벌어졌을 때 큰일나요."

"뭐가?"

"오늘밤에 습격당하면 우리의 이상은 그저 이상으로 끝나버립니다."

미하엘이라고 불린 젊은이는 걱정스럽다는 듯이 난로에 눈길을 주었다. 오렌지빛 화염이 생물처럼 흔들리고 있다. 장작이 파직 소리를 내며 폭발해 무희의 발밑에 불똥을 흩뿌렸다.

"이 친구야, 흥겨운 자리에서 재수 없는 소리 하지 마."

"이런 날일수록 더더욱 긴장을 늦추지 않아야 한다고 봅니다."

"누가 긴장을 늦췄다는 거야? 일부러 이렇게 모인 것도 안전을 위해서잖아."

"그건 알고 있어요."

"여기는 호수에 떠 있는 작은 섬이라고."

"네."

"본토 선착장에는 감시자를 세워뒀어. 수중에는 전류 감응형 기뢰를 부설해뒀고."

"그렇죠."

"이 추위에서는 헤엄쳐서 건너오는 것도 불가능해. 본토에서 제일 가까운 곳과도 이 킬로미터는 떨어져 있어. 여기는 요새나 마찬가지야."

수염 남자는 호쾌하게 웃으며 60도짜리 증류주를 가볍게 비웠다. 미하엘은 그래도 불안한 듯 뭐라 호소하려고 했지만, 그가 입을 열기 전에 응접실 안에 쩌렁쩌렁한 바리톤 음성이 울려퍼졌다.

"우리 동지들에게 천 년의 영광을!"

그 목소리를 기다렸다는 듯이 모두가 자리에서 일어섰다.

"우리 동지들에게 천 년의 영광을!"

그렇게 외치면서 잔을 높이 들었다.

"그리고 미국에 죽음을!"

"그리고 미국에 죽음을!"

불이 꺼진 침실. 미하엘은 조잡한 침대에 푹 쓰러졌다. 금방 작게 코를 골기 시작한다. 주위의 권유를 거절하지 못하고 제정신을 잃을 정도로 마셔버린 탓이다.

방의 커튼이 조금 열려 있다. 창밖으로 보이는 하늘에는 무수한 별이 빛나고 있다. 달은 없다.

어둠 속에 비명이 울려퍼졌다.

침대에 엎드린 채 쓰러져 있던 미하엘이 벌떡 일어났다. 귀를 기울인다. 꿈인가 하고 고개를 갸웃거린다.

다시 이어지는 비명.

미하엘은 침대를 뛰쳐나왔다. 얇은 매트리스 아래에 손을 찔러넣는다. 기관단총을 꺼내들고 안전장치를 푼다. 발소리를 죽이고 문으로 걸어가서 살며시 열었다.

복도도 어둡다. 옆옆 방의 문이 반쯤 열려 있다. 미하엘은 벽을 등지고 조심조심 옆으로 걸어서 다가갔다. 호흡을 재고, 문을 박차고 안으로 뛰어들었다.

남자의 상반신이 침대에 축 늘어져 있다. 미하엘은 날듯이 뛰어가서 말을 걸었다.

"세르게이, 세르게이!"

대답은 없다. 남자의 목에는 가로로 깊이 베인 상처가 나 있다. 엄청난 양의 피가 몸과 바닥을 더럽힌다.

그 머리를 침대 위에 올려놓고 미하엘은 다시 문으로 왔다.

복도로 나온 순간, 미하엘은 기척을 느끼고 양손으로 총을 쥐고 왼쪽을 겨누었다.

머리에 총구가 들이밀어졌다.

"뭐야, 미하엘인가……"

한숨 소리와 함께 자동소총이 내려갔다.

"빅토르?"

미하엘도 긴장을 풀었다.

"세르게이도 당했나?"

"잔인하게 당했어, 목을 찔려서. 어? 세르게이'도', 라고?"

"블라디미르와 보리스와 아스란도 당했어."

"뭐?!"

"선생님은?"

"응?"

"마고메도프 선생님은 무사한가?"

"모르겠어. 내가 본 건 세르게이 방뿐이야."

"젠장, 대체 뭐가 어떻게 된 거야!"

빅토르는 미하엘을 밀어젖히고 AK-47을 들고서 복도 안쪽으로 나아갔다. 미하엘도 조심조심 뒤를 따랐다.

"대체 누구 짓이지?"

"모르겠어. 선생님의 안부는 내가 확인할 테니까 너는 다른 사람들을 불러와."

"아, 응, 알았어."

미하엘은 빅토르와 헤어져 계단을 내려갔다. 1층까지 내려가고, 더 아래로 내려갔다. 지하의 작은 방에 들어가서 무전기 앞에 앉았다.

"이쪽은 검은 숲의 꿀벌, 북천의 회랑성, 응답바람. 북천의 회랑성! 북천의 회랑성! 응답바람!"

폭풍우 같은 노이즈 속에서 목소리가 들렸다.

"이쪽은 북천의 회랑성. 그 목소리는 미하엘인가?"

"산장이 누군가에게 습격당했습니다."

"뭐라고?"

"세르게이와 보리스와 아스란과, 그리고…… 아무튼 많이 쓰러져 있습니다!"

"어이, 어떻게 된 일이야?"

"피투성이로 쓰러져 있다고요!"

"미하엘, 진정해라. 대체 무슨 일이 있었지?"

"모르겠어요! 다들 피투성이예요! 목이 베여서! 빨리 응원군을! 살려줘요!"

미하엘은 마이크를 깨물 듯이 절규했다.

"알았다. 바로 배를 보내겠다."

미하엘은 무전기 스위치를 끄고 안도의 한숨을 내쉬었다.

다음 순간, 미하엘의 등뒤에서 팔이 뻗어오더니 턱 아래로 미끄러졌다.

아무런 저항도 할 새 없이 미하엘은 목덜미를 찔렸다.

*

노크 소리가 들린 것 같았다.

텔레비전 화면에서 눈을 떼지 않고 있는데 다시 노크 소리가 나고, 이어서 "가게우라 선생님" 하는 목소리가 들렸다.

가게우라는 팔짱을 끼고 소파에 드러누워 있다. 눈꺼풀은 반쯤 감겨 있는데, 갑자기 번쩍 떴다가 다시 감았다가를 불규칙적으로 반복하고 있었다.

나는 침대에서 나와서 문을 열었다. 아까의 두 여자가 서 있었다.

"팔찌를 잃어버린 것 같아서요."

후지타니 마나가 왼쪽 손을 얼굴 옆으로 들어올렸다.

"잠시만 기다리세요."

그렇게 말하고 방을 살펴보려고 했다.

"아, 직접 찾아볼게요. 저희 때문에 고생하시면 죄송하니……"

시라스나 아키호가 문을 활짝 열고 안으로 들어오려고 했다.

"아뇨, 제가 찾아보겠습니다. 선생님은 이미 주무시는 중이거든요. 어떤 팔찌죠?"

나는 두 사람을 밖으로 밀어내며 문을 닫고 소파 주위를 살폈다. 가게우라의 셔츠 가슴팍은 크게 벌어져 있고 바지 지퍼 사이로는 얇은 갈색 속옷이 엿보인다. 도저히 남에게 보여줄 수 있는 모습이 아니다.

반쯤 자고 있는 가게우라를 밀쳐내고 그의 엉덩이 아래도 살펴보았지만 아무것도 발견되지 않았다. 나는 입구로 돌아와서 두 사람에게 그렇게 고했다.

"파티 중에 떨어뜨렸을지도 모르니 홀에서 찾아볼게요."

아키호는 순순히 물러섰고,

"실례했습니다."

마나는 히죽히죽 이상한 웃음을 던졌다.

삼사 분 정도 놓치긴 했지만, 영화의 진행을 따라갈 수는 있었다.

미하엘의 SOS를 받고 섬으로 간 응원부대가 산장의 참상에 경악하는 장면이었다.

*

“알렉산도르.”

눈밭 위에 한쪽 무릎을 대고 앉아 있던 방한코트 차림의 사내가 그 목소리에 고개를 들었다.

“속이 울렁거리는 건 이해해. 그래, 정말로 차마 눈 뜨고 볼 수 없는 상황이야. 그러나 지금은 시신을 운반하는 것이 우선이다. 안에서 거들어.”

회색 곰처럼 덩치 큰 남자가 산장을 가리켰다.

“샤밀, 잠깐 와줘.”

알렉산도르는 일어서서 건물을 따라 걷기 시작했다.

“마고메도프 선생도 돌아가셨으니 이제 우리는 끝이야……”

샤밀은 머리를 쥐어싸고 알렉산도르를 뒤따랐다.

두 사람이 걸음을 옮길 때마다 새하얀 눈밭 위에 발자국이 찍혔다. 두껍게 쌓인 눈에 무릎까지 푹푹 빠진다.

동쪽 지평선이 아지랑이처럼 흔들린다. 이제 막 해가 떴지만 눈앞에 펼쳐진 은빛 세계가 빛을 반사시켜서 대낮처럼 밝다.

“어이, 알렉산도르, 어디로 갈 생각이야?”

샤밀이 멈춰 섰다. 두 사람은 산장을 한 바퀴 돈 참이었다.

“발자국 봤어?”

알렉산도르도 멈춰 서고는 뒤를 돌아보았다.

“발자국?”

“그래, 발자국.”

알렉산도르는 발밑을 가리켰다.

“이 큼직한 것이 너의 발자국, 옆에 있는 게 내 발자국. 그리고 저쪽에 이어져 있는 것도 내 발자국이지. 아까 혼자서 한 바퀴 돌았을 때 난 거야.”

“그게 뭐?”

“너하고 나, 두 사람의 발자국밖에 안 보여.”

“그게 왜?”

“적의 발자국이 없다고. 적은 어떻게 건물에 들어왔다가 나간 거지?”

“어떻게고 뭐고, 저쪽에서 이렇게 걸어와서……”

샤밀은 선착장을 가리키고, 거기서 팔을 쭉 옆으로 돌려서 산장 현관을 가리켰다. 그가 가리킨 방향 일대에는 무수한 발자국이 찍혀 있다.

“저건 우리 발자국이야. 우리가 섬에 도착했을 때에는 선착장에서 산장까지 접근하기도 쉽지 않은 상태였어.”

“그게 사실이야?”

“내가 배에서 제일 먼저 내렸었으니까 틀림없어.”

“말도 안 돼. 그러면 아무도 산장에 침입하지 않았다는 얘기잖아.”

“그렇지.”

“산장 안은 시체의 산이었다고. 현실에서 살육이 발생한 거야.”

“네 말대로야. 그러나 습격자의 발자국은 찾아볼 수 없어. 이것도 역시 현실이야.”

“있을 수 없어.”

“이렇게 되면, 설명할 수 있는 길은 하나밖에 없지.”

알렉산도르는 샤밀의 귓가에 입을 가져갔다.

“외부에서 침입한 흔적이 없다. 그렇게 되면 범인은 안에 있다고밖에 해석할 수 없어."

"배신자가 있다고?"

샤밀이 눈을 휘둥그레 떴다. 알렉산도르는 입술에 검지를 세워 갖다 댔다. 샤밀은 고개를 저었다.

"그거야말로 있을 수 없는 일이야."

"동지를 믿고 싶은 마음은 알아. 하지만……"

"감정적으로 말하는 게 아니야. 너도 산장 안에서 봤잖아. 전원이 죽어 있었어. 그렇다면 내부인의 가능성은 제로라고."

"그 표현은 정확함이 결여되어 있어. 전원이 죽은 게 아니라, 살아 있는 사람이 보이지 않은 것뿐일지도 몰라."

"뭐?"

"이 섬으로 건너온 자들 전부가 시체로 존재하는지 확인했나?"

"응?"

"섬에 건너온 것은 누구누구지? 시체의 수는?"

"그 말인즉슨, 누군가가 살아남았을 거란 얘긴가?"

"이름과 수가 완전히 일치하지 않는 한 그럴 가능성이 있어."

"그 살아남은 누군가가 배신자라고?"

"외부의 출입을 확인할 수 없는 이상, 그것이 가장 자연스런 생각이야."

"방을 조사해! 옷장 안도 침대 밑도 샅샅이!"

제설차처럼 눈을 발로 헤치며 샤밀은 건물을 향해 뛰어갔다.

*

휴대전화가 울렸다. 이 벨소리는 내 것이 아니다. 주인은 소파에서 콧등을 긁고 있다.

휴대전화는 한 번 끊어졌다가 다시 울리기 시작했다. 이번에는 마냥 울려댄다. 가게우라는 전혀 반응을 보이지 않는다. 나는 하는 수 없이 침대에서 나와서, 바닥에 나뒹구는 아르마니 재킷의 주머니에서 휴대전화를 꺼냈다.

"가게우라 선생님?"

이 목소리는 시라스나 아키호다. 대체 어느 틈에 전화번호를 주고받은 거지? 조금 기가 막혔다.

"다케무라입니다. 팔찌는 발견하셨습니까?"

불쾌한 속내는 티끌만큼도 드러내지 않고, 나는 밝게 물었다. 이런 부분만큼은 선생님과 같이 지내는 사이 닮게 되었다.

"아뇨, 그게……"

"홀에도 떨어져 있지 않았습니까? 그러면 다시 한번 이 방을 찾아보죠. 찾으면 아침식사 때 전해드리겠습니다."

"홀에 들어갈 수가 없었어요."

"문이 잠겨 있나요?"

"아뇨, 눈치가 이상해서요."

"눈치요?"

"홀 안에서 이상한 소리가 나서."

폭발음이 들렸다.

텔레비전 안의 건물에서 연기가 피어오르고 있다. 마천루 사이를 많은 사람들이 이리저리 도망친다. 뉴욕의 맨해튼에서 폭탄 테러가 발생한 모양이다. 영화 속 이야기다.

"여보세요, 다케무라 씨?"

"아, 실례했습니다. 어떤 소리가 들렸죠?"

나는 리모컨으로 볼륨을 줄였다.

"의자가 쓰러지는 것 같은 소리하고, 욕설을 주고받는 소리하고, 신음소리하고……"

"싸움인가요?"

"그럴지도 모르겠어요."

"엿보지는 않으셨나요?"

"무서워서요."

"지금은요?"

"지금은 조용해요. 하지만 무슨 일이 일어났다는 건 틀림없어요. 그런데 살펴보는 게 무서워서…… 하지만 가만히 놔두는 것도 뭣해서 탐정 선생님께 도움을 청할까 하고 전화 연락을……"

가게우라는 스펜서* 같은 육체파 탐정이 아닌데.

"선생님은 이미 주무시고 계시니 제가 가도록 하죠."

나는 전화를 끊고 겉옷을 걸쳤다.

또다시 폭발음이 났다. 이번에는 지하철역 구내가 아비규환이 되었다. 그리고 그 소란스러움을 지워버리는 가게우라의 코 고는 소리.

나는 텔레비전을 끄고 방에서 나와 1층으로 내려갔다. 가게우라의 가라테 검은 띠는 허세에 불과하지만, 나는 중학교 때 노란 띠를 맨 적이 있다.

---

* 국내 제목 〈탐정 스펜서〉. 1980년대 후반에 방영되었던 탐정 드라마. 프로복싱 선수 경력이 있는 전직 경찰이 주인공이다.

4

하기노미야 장은 ㄷ자 모양의 철근콘크리트 2층 건물로, 1층이 공용공간이고 2층이 객실이다. 계단은 ㄷ자 왼쪽 아래에 있고, 2층에서 내려와서 오른쪽으로 가면 온천을 끌어온 커다란 목욕탕, 왼쪽으로 가면 현관 로비를 지나고, 쭉 가다가 오른쪽으로 꺾으면 식당 겸용 대형 홀이 있다(도면 참조).

홀 앞의 복도에는 아키호와 마나가 찰싹 붙어 서 있었다. 아까까지 그렇게 재잘거리더니 지금은 고개를 살짝 숙이고 묵묵히 입을 다물고 있다.

"상황에 변화는 없습니까?"

작은 목소리로 묻자, 아키호가 말없이 고개를 저었다.

복도에 접한 홀의 문은 좌우 양쪽에 있는데, 지금은 둘 다 잠겨 있다.

"술 취한 사람이 의자를 넘어뜨렸나?"

나는 분위기를 풀어보려고 농담을 던지면서 현관 근처의 문으로 다가갔다. 귀를 기울여봤지만 안에서 들려오는 소리는 없었다. 노크를 해본다. 대답이 없다.

"아무도 안 계십니까?"

그렇게 말을 걸면서 문을 열었다. 고개를 찔러넣고 안을 들여다보자, 방 한가운데 부근에 의자가 몇 개 쓰러져 있는 것이 눈에 들어왔다.

실내에 발을 들이고 그쪽으로 걸어가자, 넘어진 의자들 한가운데 사람이 쓰러져 있는 게 보였다.

남자다. 바닥에 엎드려 있어서 얼굴은 보이지 않는다. 그러나 감색 아이비블레이저에 회색 바지를 입은 차림은 낯이 익었다.

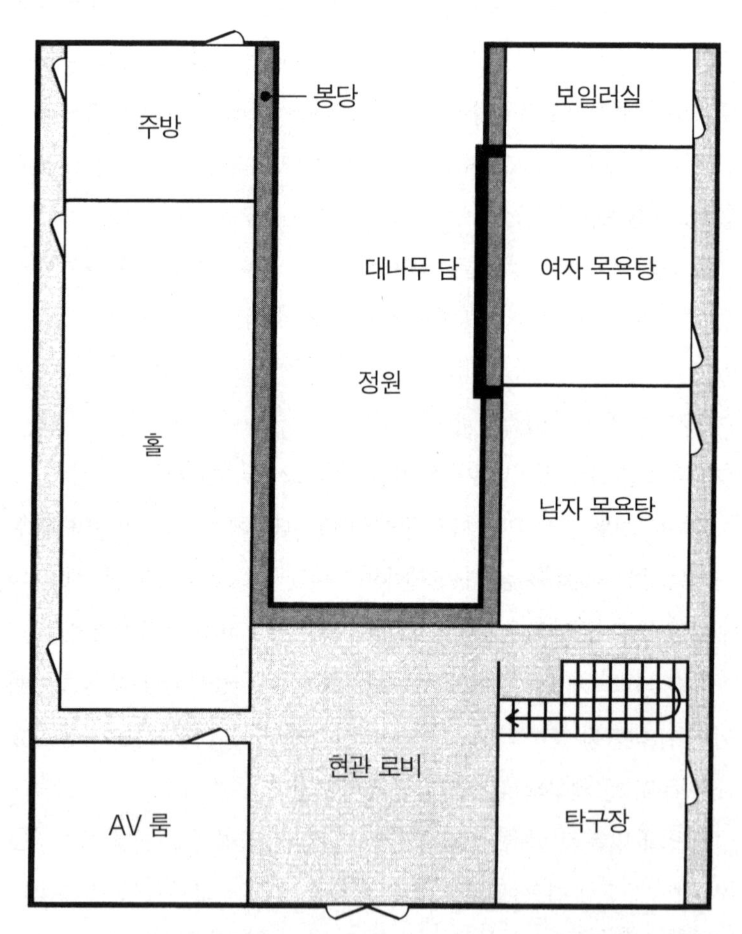

하기노미야 장 1층

"세상에!"

등뒤에서 마나가 소리쳤다.

"사장님, 사장님!"

아키호가 불렀지만 아라가키 미쓰오는 대답하지 않았다. 꼼짝도 하지 않는다.

"죽은 거야?"

마나가 직접적으로 말했다. 아라가키 사장의 뒤통수에는 야구공 정도 크기의 혹이 나 있고 목은 이상한 방향으로 꺾여 있었다. 술에 취해 발이 미끄러진 것 같진 않다.

나는 의자를 치우고 아라가키의 옆에 쭈그려 앉아, 가게우라의 흉내를 내듯 목덜미와 손목에 손을 대보았다. 맥은 느껴지지 않았다.

"구급차 불러요."

"경찰 말고요?"

"살릴 수 있을지도 모르니까 우선은 119번으로."

아키호가 휴대전화를 꺼내들고 소방서에 구조를 요청했다.

"2차인가? 아니, 3차? 나도 끼어도 될까?"

태평스런 목소리가 들렸다. 안경에다 콩알무늬 수건을 머리에 뒤집어쓰고 턱에 매듭을 묶어 한껏 온천에 온 분위기를 낸 남자가 복도에서 이쪽을 들여다보고 있었다.

"아아, 사업부장님! 큰일 났어요, 사장님이……"

마나가 손짓을 하자 남자는 흐리멍덩한 미소를 지은 채로 홀로 들어왔다. 몇 걸음도 채 걷기 전에 그의 표정이 확 변했다.

"사장님?!"

"안 됩니다!"

나는 고사카 사업부장 앞을 막아섰다.

"이건 대체 어떻게 된 일이지?"

"보시는 대로입니다. 아라가키 씨는 큰 부상을 당하셨습니다."

"사장님, 사장님!"

고사카는 내 몸통 옆으로 고개를 내밀고 당황한 투로 계속 그렇게 불렀다.

"절대 건드리거나 움직이지 마세요."

그렇게 못박아두고 나는 안을 둘러보았다. 아라가키 사장이 쓰러져 있고 그 주위에 아키호, 마나, 고사카, 그리고 나. 다른 사람은 없다.

"의사, 의사를 불러!"

고사카가 돌아보며 마나의 팔을 잡아당겼다.

"불렀습니다. 삼십 분 정도 걸린대요."

아키호가 대답했다. 이곳은 산속인데다 길도 험하다.

"그런가. 그러면 자네들은 나뉘어서 다른 사람에게 알리고 와."

"안 됩니다. 사람들이 모여들면 현장이 오염됩니다. 경찰이 올 때까지 이대로 보존해야 합니다."

"으음, 그러면 우리도 밖으로 나가지."

내가 막자, 고사카는 그렇게 말하며 두 여자의 어깨를 밀었다.

"저는 선생님을 모셔오죠."

나는 홀을 나와 계단을 두 단씩 펄쩍펄쩍 뛰어올라가서 2층 방으로 돌아갔다.

가게우라는 소파에서 반쯤 미끄러져 내려온 채 부서진 풀무처럼 쉭쉭 숨을 쉬며 자고 있었다. 선생님, 선생님! 하고 흔들자 그는 우웅, 하고 길게 신음하면서 눈을 떴다.

"사건입니다. 살인사건이 발생했습니다."

나는 힘있게 고했다. 가게우라의 반응은 놀랄 정도로 담백했다.

"응."

"피해자는 무려 아라가키 사장입니다. 홀에 쓰러져 있습니다."

"응."

"아마도 목숨을 부지하기는 어려울 듯하고, 아마도 제삼자의 폭행인 것으로 보입니다."

"응."

"살인사건이 일어났다고요. 지금, 이곳에서!"

"그렇게 큰 소리로 말 안 해도 잘 들려."

가게우라는 이맛살을 찌푸렸다.

"그럼 어서요!"

나는 상의를 떠안겼다. 그러나 가게우라는 그것을 집어들기는커녕 몸을 일으키려고도 하지 않았다.

"선생님, 얼른 잠 좀 깨세요. 아니면 술이 너무 취해서 머리가 안 돌아가시는 거예요?"

나는 가게우라의 어깨를 흔들었다. 가게우라는 짜증난다는 듯 손을 내저었다.

"졸리고 취했어. 그러나 머리는 정상적으로 작동한다고."

"그러면 자고 있을 상황이 아니란 걸 아실 텐데요. 경찰이 도착하지 않은 동안에 현장검증을 해야……"

"왜?"

"당연히 경찰이 오고 난 뒤에는 북적거려서 움직이기 힘들기 때문이죠. 역시 아직 정신이 오락가락하신 거죠?"

"그러니까 왜 내가 현장검증을 해야 하냐고. 어느 경찰 어느 경부에서 출동 요청을 했어?"

"예?"

"아니지? 잘 자게나."

가게우라는 눈을 감더니 나에게 등을 돌렸다.

"자, 잠깐만요, 잠깐만요, 선생님. 살인사건이 일어났다고요!"

"그 얘긴 들었어."

"그런데도 방치하시는 건가요?"

"방치하지 않았어. 경찰은 불렀을 거 아냐."

"구급차만 불렀어요."

"그렇다면 소방서가 경찰에 연락했을 거야. 즉 우리는 시민으로서의 의무는 다했어. 아무런 문제도 없다고."

"하지만 선생님은 명탐정이에요."

"I know."

"그리고 지금 여기서 사건이 발생했어요. 지금이야말로 등장할 타이밍이잖아요."

그러자 가게우라는 이쪽을 돌아보며 자네 참 집요하구먼, 하고 말했다.

"나는 명탐정이야. 그러나 정의의 사자는 아니야. 개런티도 없이 움직일 수는 없어. 울트라맨이 아니란 말일세. 경찰관도 그렇잖아? 그 사람들은 정의감 때문에 범죄조사에 임하나? 아니지? 매월 21일에 월급이 나오니까 살을 에는 찬바람 속에서 잠복수사를 하거나 하루 200건의 탐문수사를 할 수 있는 거야. 그게 직업이란 거라고."

"하지만 경찰관과 탐정은……"

"다케무라 군, 이상한 환상을 품으면 안 돼. 울트라맨 의상을 입고 연기하는 사람도 그에 상응하는 보수를 받아."

"……"

"내 활약을 책, 만화, 영화로 만들어서 돈으로 바꿀 수 있다면, 당국에서 의뢰가 없더라도 얼마든지 탐정 일을 하겠네만."

가게우라는 또 그런 불평을 흘리고 술 냄새 나는 한숨을 쉬었다.

"진심으로 말씀하시는 건가요?"

"물론이지."

"제가 사람을 잘못 봤군요."

"꿈 타령만 하고 매일 배를 곯아도 만족하나?"

"알았습니다."

나는 욱해서 내뱉었다.

"선생님이 할 생각 없으시다면 제가 하죠."

가게우라의 겉옷을 그의 몸 위에 내던졌다. 그러나 탐정은 도발에 걸려들지 않았다.

"마음껏 해보시게나. 장갑은 반드시 끼고, 생각 없이 물건을 움직이지 않도록 해."

실로 적절한 충고였지만, 그 말에 왠지 모르게 더 화가 치밀어올랐다.

5

1층으로 돌아오자 홀 앞의 복도에 몇 사람이 불안한 눈치로 어색하게 서 있었다. 시라스나 아키호, 후지타니 마나, 고사카 사업부장, 그리고 일흔 전후의 노부부.

"내가 불렀어. 관리인들에게는 알려야 하지 않겠나."

내가 묻기 전에 고사카가 설명했다. 이 건물의 관리인인 요시야 부부는 원칙적으로는 출퇴근 근무를 하는데, 오늘은 도로 상태가 아주 나빠서 부지 안의 별동에서 묵기로 했다고 한다.

"저녁은 아주 맛있었습니다. 연말에 갔었던 나스의 온천여관보다 훨씬요."

나는 뜬금없는 인사를 했다.

"로비에서 소파를 가져와서 거기에 눕힐까요?"

요시야 부인이 조심조심 말을 꺼냈다.

"시신을 움직이면 안 됩니다."

"소방서는 대체 뭐 하고 있는 거야!"

고사카가 짜증난다는 말투로 손목시계의 유리판을 두드렸다.

"길까지 나가서 기다리죠. 이곳은 입구를 알기 힘드니 그냥 지나쳐 버릴 우려도 있습니다."

관리인 남편이 현관으로 향하자 부인도 뒤를 따랐다.

"가게우라 선생님은요?"

아키호가 말했다.

"선생님은 일어나셨습니다만, 방을 나오려는데 경시청에서 전화가 와서 다른 사건에 대한 협의를 하느라 잠시…… 얘기가 끝날 때까지 저더러 미리 예비조사를 해두라고 지시하셨습니다. 그 왜, 경찰에서도 경부 같은 높은 사람은 나중에 오지 않습니까. 바로 현장으로 안 오는 것도 드문 일은 아닙니다."

그렇게 억지스런 핑계를 대면서 나는 홀 안으로 들어가 현장검증을 시작했다. 설마 이런 사태를 맞닥뜨릴 거라고는 생각도 못 했기 때문에 장갑은 준비하지 못해서, 옷소매를 손끝까지 당겨 지문이 찍히는 것을 막았다.

홀은 15m×5m 정도의 직사각형 방으로, 긴 변 하나가 복도에 접해 있고 양쪽 가장자리에 문이 있다. 다른 한쪽의 긴 변에는 유리로 된 미닫이 형식의 문이 여섯 개 있다. 문 너머에는 정원이 있다. 짧은 변 쪽은 양쪽 다 벽이어서 뚫린 곳이 없다.

이 방에서 오늘 저녁 파티가 열렸었는데, 이미 요리와 테이블보가 정리되어서 테이블과 의자가 방 중앙에 가지런히 늘어서 있다. 단 한 군데, 아라가키 미쓰오가 쓰러져 있는 장소만 제외하고.

나는 허리를 굽혀서 테이블이나 의자 아래를 살펴보았다. 사람의 모습은 없다. 사람이 숨어 있을 만한 캐비닛도 없다. 그것들을 확인하고 일단 복도로 나왔다.

"저희 방에 팔찌를 찾으러 온 뒤에 곧바로 이 홀로 오셨던 겁니까?"

여자들에게 물었다. 두 사람이 나란히 고개를 끄덕였다.

"그리고 들어가려고 하는데, 수상한 소리가 들렸고요?"

이 말에도 고개를 끄덕였다.

"그래서 휴대전화로 선생님을 부르려고 하셨고."

역시 고개를 끄덕였다.

"소리를 듣고 나서 전화를 걸 때까지 얼마나 걸렸죠?"

"꽤 걸렸지? 오 분이나 십 분 정도였나. 더 걸렸나?"

마나의 대답이 끝나자 아키호는 천천히 말을 이었다.

"다투는 소리 같은 게 들려오는 동안에는 무서워서 굳어 있었고, 소리가 끊긴 뒤에는 어쩌지, 어쩌지 하고 당황하기만 했어요. 간신히 진정하고 난 뒤에 누군가를 부르자는 생각이 들어서. 이럴 때는 탐정 선생님이 좋지 않을까 해서……"

나는 가게우라의 휴대전화를 열었다. 착신 이력에 따르면 맨 처음에 걸려온 것은 0시 18분. 그러면 사건 발생은 0시 전후인가.

"전화는 이 복도에서 거셨습니까?"

"네."

"제가 내려올 동안, 이 자리를 벗어나신 적이 있습니까?"

"아뇨."

"이곳에 있는 동안 홀에서 나온 사람은요?"

"없어요."

"저쪽에서도?"

나는 주방 근처의 문을 가리켰다.

"누군가가 나왔다면 벌써 그렇다고 말했죠. 그럼 그놈이 범인이잖아요."

마나가 지당한 말을 했다.

시체가 한 구 있다. 혼자서 넘어져서 머리를 세게 부딪힌 건 아니다. 제삼자에게 습격당했다. 그러나 사건 발생 후 아무도 복도로 나오지 않았다. 실내에 숨지도 않았다. 그렇게 되면 범인의 행방은 하나로 좁혀진다.

나는 다시 홀 안으로 들어왔다. 제일 오른쪽 문으로 다가갔다. 자물쇠가 걸려 있다. 근처 문으로 이동한다. 잠겨 있다. 세번째, 네번째 창문도. 그러나 다섯번째 문의 자물쇠는 풀려 있었다. 그 옆의 제일 왼쪽 창문도. 범인은 두 창문 중 어느 한쪽으로 나갔을 것이다.

심장이 두근거렸다.

첫번째 문을 닫고, 심호흡을 하고서 다시 한번 달빛을 바라보았다.

가슴이 더욱 고동쳤다.

창밖은 삼면이 건물에 둘러싸인 정원이다. 교토의 어느 유명 사찰의 풍경을 본떠서 만들었다는 일본식 정원이다. 지금은 큼직한 돌이나 등롱이나 대나무 담의 하얀 실루엣밖에 보이지 않는다. 정원 전체에 눈이 쌓여 있다.

그 정원을 샅샅이 둘러본다. 진정해라, 진정해, 하고 읊조리면서 고개를 왼쪽에서 오른쪽으로 천천히 움직이고 다시 오른쪽에서 왼쪽으로 되돌린다.

아무리 눈을 크게 뜨고 보아도 더러운 곳 하나 없는 깨끗한 눈밭이다. 고양이 발자국 하나 보이지 않았다.

고개를 든다. 지금은 눈이 내리지 않는다. 구름 사이로 오른쪽이 이지러진 달이 빛나고 있다. 새로 내린 눈이 발자국을 지운 것은 아니다.

고동치는 마음을 억누르며, 나는 문을 통해 밖으로 나왔다. 문 바로 아래는 콘크리트 둔덕이었다. 처마에서 차양이 뻗어나와 있기 때문에 폭 오십 센티미터 정도에는 눈이 쌓여 있지 않았다. 즉, 콘크리트 둔덕 위만 따라 걸으면 발자국이 남지 않는다.

나는 콘크리트 둔덕을 따라서 왼쪽으로 쭉 나아갔다. 얼마 안 가 건물 가장자리에 이르자 콘크리트 둔덕은 거기서 끊겼다. 근처 눈 위를 자세히 살펴보았지만 발자국은 보이지 않았다.

나는 오른쪽으로 돌았다. 콘크리트 둔덕은 건물을 따라 갈고리 모양으로 왼쪽으로 꺾인다. 걸으면서 근처의 눈을 관찰했다.

발자국을 발견하지 못한 채 다음 모서리에 다다랐다. 모서리를 돌고 잠시 걷자 장애물에 부딪쳤다. 대나무 담이다. 여자 목욕탕을 가리기 위해 설치되어 있다. 높이는 삼 미터여서 타넘을 수는 없다. 대나무 담을 우회하는 발자국은 찾아볼 수 없었다.

"어이구야, 이거 참 본격적인걸."

나는 히죽히죽 웃으면서 발길을 돌렸다. 도중에 정원에 접한 창문을 전부 체크했다. 남자 목욕탕 창문, 현관 로비 창문, 어느 곳도 열리지 않았다.

나왔던 유리문을 통해 홀로 들어갔다. 복도로 나오니 새로운 얼굴들이 보였다.

"당신은?"

트레이너 차림의 남자 두 사람을 교대로 가리켰다.

"이코머스 그룹의 세노오입니다."

수염자국이 푸릇한 남자가 대답했다.

"파이낸스 사업부의 하니와라고 합니다."

금발 중대가리가 대답했다.

"어째서 이곳에?"

"우리가 부른 건 아니에요."

마나가 손을 저었다.

"주스를 사려고 내려왔더니 말소리가 들려서, 무슨 일인가 하고요."

세노오가 말했다. 계단과 탁구장 사이에 청량음료 자동판매기가 있다.

"그러면 얼른 주스를 사서 방으로 돌아가세요. 그리고 이 일은 아직 아무에게도 말하지 말아주세요. 반드시. 사람들이 많아져봤자 방해가 될 뿐입니다."

나는 세노오와 하니와를 재촉하고, 마나와 아키호에게 다시 확인했다.

"수상한 소리가 난 뒤에, 제가 내려올 때까지 홀에서 아무도 나오지 않았다는 말씀이죠?"

"아이 참, 아까도 그렇게 말했잖아요."

마나가 입을 비쭉거렸다.

"저쪽에서도?"

주방에 가까운 쪽의 문을 가리켰다.

"안 나왔어요."

"안에서 들렸던 소리는 어떤 소리였습니까?"

"그러니까, 싸웠대도요."

"좀더 자세히요."

"자네는 남에 대한 배려의 마음이란 게 없나? 사람이 죽었다고. 이 사람들은 지금 이야기할 상태가 아니야, 조금만 생각하면 알 거 아닌가."

고사카가 분개한 눈치로 끼어들었다.

"이건 아주 중요한 확인 작업입니다. 아라가키 사장님을 위한 일이기도 합니다. 어떤 소리가 났습니까?"

탐정에게 사사로운 정은 금물이다.

"맨 처음에 뭐라고 말다툼하는 소리가 나고……"

마나가 대답하기 시작했다.

"하지만 목소리가 낮아서 무슨 일로 싸우는지는 잘 들리지 않았어요."

아키호도 옆에서 거들었다.

"그러고 나서 테이블이나 의자 같은 게 쓰러지는 소리가 나고……"

"금방 조용해졌어요."

"확실히 누군가와 누군가가 싸웠던 거죠? 실내에는 아라가키 씨 혼자 있었고, 당신들이 들었던 것은 아라가키 씨의 신음소리와 괴로워서 발버둥치다가 테이블을 쓰러뜨린 소리라고 생각할 수는 없을까요?"

"네? 설마, 아니에요."

"신음소리와 말다툼 소리 정도는 구분할 수 있어요."

두 사람은, 그렇지? 하면서 얼굴을 마주 보았다.

"이건 이제 우연으로 치부할 수 없겠습니다."

약간 흐린 남자의 목소리가 났다. 하니와였다.

"아직도 안 갔습니까?"

하니와 옆에는 세노오도 있었다.

"초대 오너는 자살, 2대는 선수 생명이 끊어졌고, 3대는 교통사고를 당했습니다. 그리고 4대 오너는 누군가에게 살해당했습니다. 저주입니다. 이 건물에는 뭔가가 들러붙어 있습니다."

"바보 같은 소리 하지 마!"

고사카가 나무랐다. 엄한 말투와 험상궂은 표정, 그렇지만 머리에 수건을 뒤집어쓴 모습의 기묘한 조합이 비정상적인 사태를 이야기해 주고 있다.

"저도 여기엔 뭔가 있다고 생각합니다."

세노오가 어깨를 끌어안고 벌벌 떨었다.

"자네까지 무슨 소린가?"

"저희 아버지께서는 TM건설에 근무하셨어요."

"어머, 거기는 설마?"

마나가 입에 손을 댔다.

"네, 하기노미야 장을 처음에 소유했던 곳이죠."

"아버지와 아들이 이곳을 소유한 회사에서 일하는 건가요? 오너가 같으면 몰라도 몇 번이나 바뀌었는데. 어쩐지 굉장히 운명적이네요."
"제가 하기노미야 장에 온 건 오늘이 처음이 아닙니다. TM건설에서 영업직으로 일하던 아버지와 함께 온 적이 있었어요. 저는 아직 초등학생이었습니다. 여름방학 기간 중에 TM의 사장이 사원과 그 가족을 모아서 2박3일 친목회를 열었습니다. 정사원이 열 명 정도인 작은 건설 회사였기 때문에 모든 사원 가족이 여유 있게 숙박할 수 있었습니다. 그게 나온 건 이틀째 밤이었죠."

그리고 세노오가 이야기한 것에 따르면, 이틀째 되는 날 밤 2층 어느 방에 아이들끼리 모여서 촛불을 밝혀놓고 괴담 대회를 열었고, 그게 이어져서 담력시험을 하게 되었다. 묘지나 신사까지 원정을 갈 정도로 거창한 것은 아니고, 1층에 내려갔다가 돌아오는 소소한 이벤트였다. 그날 밤은 태풍의 영향으로 비바람이 강했고, 담력시험을 시작할 무렵에는 천둥번개까지 치고 있어서 밖으로 나가는 것은 무리였다.
담력시험의 룰은 아주 간단했다. 여자 목욕탕에 트럼프의 빨간 카드를, 홀에 검은 카드를 놓아두고, 혼자 가서 같은 숫자의 카드를 하나씩 모아 2층으로 돌아오는 것이었다. 여탕에 발을 들여야 한다는 점은 남자아이들에게는 또다른 의미로 담력시험이었다.
구미라는 초등학교 3학년 여자아이가 과감하게 자진해서 첫번째 주자로 나섰고, 다음으로 중학교 2학년인 게이타가, 아키라라는 초등학교 4학년 남자애가 세번째로 출발했다.
그것을 처음으로 발견한 사람은 아키라였다. 2층 방으로 허겁지겁 돌아오자마자, 나왔어! 나왔어! 나왔다고! 하고 반복했다. 홀에 피투성이 유령이 나왔다는 것이다. 카드를 고르고 있는데 갑자기 나타나는 바람에 입에 거품을 물고 도망쳐왔다고 했다.

그러나 구미는 자기가 갔을 때에는 유령 같은 건 없었다고 말했다. 게이타도 보지 못했다고 말하며, 겁쟁이라서 환각을 본 거라며 웃었다.

그러면 자기가 확인하겠다며 세노오가 나섰다. 솔직히 등골이 오싹했다. 그러나 두 살 아래의 여자애가 새침한 얼굴로 왕복하고 돌아온 이상 질 수는 없었다.

분위기가 한껏 달아올랐기 때문에 계단이나 복도의 전등은 미리 꺼두었다. 야단치는 어른은 없었다. 태풍 덕분에 하루 종일 밖에 나갈 수 없었던 탓에 낮부터 마시기 시작해서 금세 취해 곯아떨어졌던 것이다.

세노오는 회중전등의 불빛에 의지해 우선 여탕을 향해 걸음을 옮겼다. 어두운 것도 무서웠지만, 그 어둠을 예고도 없이 새하얗게 찢어놓는 번갯불과 그에 이어서 괴수의 포효처럼 울려퍼지는 천둥 소리가 그의 발을 움츠러들게 했다.

목욕탕에는 유령은 물론 목욕중인 여자도 없었다. 세노오는 탈의실의 벤치 위에서 카드를 한 장 집어들고 두번째 체크포인트로 향했다. 홀의 안쪽 문을 연 곳에 의자가 하나 덩그러니 놓여 있고 그 위에 검은 카드가 쌓여 있었다. 천둥번개에 맞서기 위해 세노오는 노래를 부르면서 복도를 나아갔다.

홀 안은 새까만 어둠이었다. 회중전등을 이리저리 흔들어보니 바로 앞에 의자의 실루엣이 보였다. 세노오는 홀 안에 발을 들이고 의자 위의 카드에 손을 뻗었다.

그때, 방 전체가 눈부신 빛에 감싸였다. 번갯불이다.

그리고 세노오는 보았다.

시야 왼쪽에 붉은 물체가 떠올랐다.

세노오는 으악! 하고 비명을 지르며 엉덩방아를 찧었다.

홀은 한순간에 어둠에 감싸였다. 쿠구구궁 하고 천둥이 울려퍼졌다.

좌우 어디를 봐도 온통 어둠뿐이었다. 그러나 세노오의 머릿속에는 아까 보았던 물체가 새빨간 잔상으로 남아 있었다.

(사람 형체였던 것 같은데……)

그렇게 생각하고 있는데, 다시 창문 밖이 빛나고 붉은 물체가 떠올랐다.

역시 사람으로 보였다. 머리카락이 길고, 손발이 길쭉한……

홀은 이미 어둠 속이다. 그곳에는 아무것도 보이지 않는다.

세노오는 회중전등을 든 손을 이리저리 움직였다. 무섭다 못해 거의 기절할 것 같았지만, 뭔가에 조종당하듯이 빛의 띠를 그쪽으로 움직였다.

있다!

온몸이 붉고 이상할 정도로 몹시 야윈, 찢어진 속옷 같은 것을 걸치고 치렁치렁한 머리를 풀어헤친, 얼굴이 일그러진, 눈알이 없고 이빨이 다 빠진, 다리는 지면에서 일 미터 정도 떨어진, 그야말로 괴물책 그림에나 나올 법한 — 피투성이 유령이 공중에 떠 있었다!

공포가 극에 달하자 세노오는 목소리도 나오지 않았다. 엉덩방아를 찧은 채로 꿈틀꿈틀 뒤로 물러났고, 간신히 복도에 도착하자 카드고 회중전등이고 다 내던지고 2층으로 달려 돌아왔다.

"하기노미야 장에는 뭔가가 있습니다. 뭔가가 들러붙어 있어요, 뭔가가."

세노오는 흐린 목소리로 되뇌었다.

"정말, 어린애 같은 소리 좀 하지 말아요."

아키호가 세노오의 등을 두드렸다. 얼굴은 웃고 있지만 긴장한 기색도 보인다.

"어린 시절의 체험 맞는데요."

"누가 말했듯이 공포가 환각을 보게 만든 거예요."

"저도 그렇게 정리하고 싶지만…… 그 뒤에 모두 같이 홀에 확인하러 갔어요, 손을 맞잡고. 그리고 또 나왔어요. 봤다고요. 열 사람 모두가."

꺄아! 하고 마나가 기성을 질렀다.

"그만 하자고, 그런 얘긴."

하니와가 이맛살을 찌푸렸다.

"믿어주지 않으셔도 괜찮습니다. 하지만 그 뒤에 하기노미야 장에 관여한 이들에게 무슨 일이 일어났죠? 도산, 자살, 아킬레스건 파열, 교통사고, 기업매수. 그리고 오늘밤…… 믿고 안 믿고를 떠나서, 현실에서 재앙이라고밖에 생각되지 않는 일이 빈발하고 있습니다. 이곳에는 뭔가 말도 안 되는 어두운 것이 깃들어 있어요."

이 말에는 모두가 입을 다물어버렸다. 나는 헛기침을 했다.

"저는 잠시 위층에 볼일이 있어 가야 하니, 귀찮으시겠습니다만 교대로 이곳을 감시해주시길 부탁드립니다. 세노오 씨와 하니와 씨는 방으로 돌아가서 얌전히 계시고요. 아니면 두 분이 남으시고 시라스나 씨와 후지타니 씨가 방에서 쉬시겠습니까? 지치셨을 테니. 어찌됐든 절대로 안에 들어가지 마시고 아무도 안에 들여보내지 마세요. 그리고 말인데, 그렇게 수건을 뒤집어쓰고 있다간 구급대원에게 비웃음을 당할지도 모릅니다."

마지막으로 고사카의 꼬락서니를 지적한 뒤, 나는 발뒤꿈치를 이용해 그 자리에서 빙글 몸을 돌리고 다섯 사람 앞을 떠났다. 그럴 생각은 없었는데 가게우라 흉내를 내버렸다.

그 흉내의 주인공께선 어떤가 하니, 버림받은 개처럼 소파 위에 웅크리고 있었다.

"선생님, 이제 등장하실 차례예요."

그렇게 말을 걸어도 그는 쿨쿨 자기만 했다. 나는 그의 귓가에 입을 갖다대고 말했다.

"밀실살인입니다."

낮게, 그러나 힘있게 그렇게 속삭였다.

가게우라는 희미하게 눈을 떴다.

"범인은 눈에 둘러싸인 밀실에서 연기처럼 사라져버렸습니다. 새하얀 눈밭 위에 발자국도 남기지 않고서요. 명탐정이신 선생님께서 나서야 하지 않겠습니까?"

가게우라는 눈을 비볐다. 나는 그의 상체를 일으키면서 어머니가 어린 자식에게 그림책을 읽어주듯이 일련의 사건을 들려주었다. 그리고 이렇게 마무리했다.

"선생님은 아까 경찰의 의뢰가 없기 때문에 움직이지 않겠다고 말씀하셨습니다만, 조금만 더 생각해보세요. 이런 범죄는 경찰의 영역이 아닙니다. 분명히 경찰은 이 사건을 감당 못 하다가 가게우라 하야미의 소문을 듣고 의지할 겁니다. 그렇다면 지금부터 움직여도 손해는 아니잖습니까? 아니, 생생한 현장을 볼 수 있고 관계자에게 직접 이야기를 들을 수 있으니 오히려 이득이라고 할 수 있죠."

그렇게 말하자 시종일관 흐리멍덩한 얼굴로 귀를 기울이던 가게우라는 잠꼬대처럼 음냐음냐 하는 소리를 내며 이렇게 대답했다.

"내가 나설 상황이 아니야."

"정말, 지금까지 뭘 듣고 계셨어요? 눈 오는 날의 밀실살인이라고요. 이건 경찰이 가장 어려워하는 종류의 사건이에요. 반드시 선생님께 의뢰가 들어올 겁니다. 내기해도 좋아요."

"나에게는 역부족이야."

"장난하지 마세요. 선생님이 해결 못 할 사건이 어디 있어요."

"자네야말로 사람 말을 제대로 듣게나."

"네?"

"내가 나설 필요도 없는 하찮은 일이라고. 나를 움직이게 만들기엔 역부족이야."

"하찮아요?"

"이만한 사건은 경찰도 나를 의지할 것 없다고 생각하네만, 만약 일이 그렇게 된다면 그때는 자네에게 맡기도록 하지."

"네?"

"그러나 의뢰가 없는 동안에는 한마디도 해서는 안 돼. 고사카의 '고' 자도."

"뭐라고요?"

"공짜로 범인을 알려주는 짓을 해서는 안 된다고."

"범인? 고사카 사업부장이?!"

자신도 모르게 목소리가 커졌다.

"뭘 이제 와서 새삼스럽게 놀라나."

가게우라는 하마처럼 크게 하품을 했다.

"이제 와서라뇨, 사건은 아까 막 발생했어요."

"그렇지만 끝나 있기도 해. 범인을 알아냈으니까."
"고사카 씨가 아라가키 사장을?"
"이보게나, 정말로 아직 이해 못 한 건가? 명탐정 지망생이란 직함이 울겠구먼."
"어째서 그 사람이? 근거는요?"
선생님의 비아냥은 무시하고 연달아 몰아붙였다.
"범죄자는 현장으로 돌아온다."
"네?"
"고사카는 시체 발견과 동시에 홀에 나타났어. 이렇게 기막힌 타이밍은 너무 수상하지 않나?"
"그냥 단순히 인상으로 수상히 여기는 건 아닌가요?"
나는 쓴웃음을 지었다.
"밤늦게 1층에 대체 무슨 볼일이 있어서?"
"목욕하려고 했겠죠, 수건을 들고 있었으니."
"입욕시간은 끝났어."
"몰랐던 게 아닐까요? 저처럼."
"목욕탕에 가는데 홀 앞을 통과할 필요는 없어."
"홀의 불빛을 보고 아직 누가 마시고 있나 하고 찾아왔던 거죠."
"두번째 이유. 고사카는 아라가키 미쓰오를 미워하고 있었어."
"네?"
"고사카는 작년 9월까지는 카시에라 엔터프라이즈의 이사였어. 그 회사가 아라미쓰 그룹에 매수되기 전까지는."
"정말인가요?"
"파티 자리에서 엿들었지."

"고사카 사업부장이 회사를 빼앗긴 것에 원한을 품고 있었다는 말씀인가요?"

대우도 이사에서 평범한 관리직으로 격하되었다. 불만을 품었어도 이상하지 않다.

그러나 나는 반론했다.

"고사카 씨가 범인일 리가 없어요. 일단 그 사람이 범인이라고 하죠. 하지만 아라가키 사장을 살해한 뒤에 홀에서 어떻게 나온 거죠? 아니, 그 사람에 국한된 문제가 아니에요. 복도에는 시라스나 씨와 후지타니 씨가 있었어요. 그 사람들은 아무도 나오지 않았다고 했어요. 한편 정원에도 발자국이 없어요. 범인은 어떠한 방법으로 밀실상태의 홀에서 탈출했다는 거죠? 그게 명확하지 않은 한 누가 범인이라고 해도 저는 납득할 수 없어요. 시라스나 씨와 후지타니 씨가 들었던 건 피해자가 혼자서 괴로움에 신음하는 소리다, 이건 말이 안 돼요. 그 사람들의 말로 판단건대 범인은 그때 아직 실내에 있었어요."

도전적으로 가게우라를 노려보았다. 그러자 그는 더욱 크게 하품을 하고 말했다.

"밀실 트릭 따윈 애저녁에 풀렸어."

"네?"

"내가 누군가?"

가게우라는 충혈된 큰 눈을 부라렸다.

"명탐정입니다."

"알고 있으면 일일이 놀라지 마."

"그러니까, 실내에서 어떻게 탈출한 거냐고요. 저는 명탐정이 아니라서 이해가 안 돼요."

"홀의 복도 쪽은 전부 벽이야."

"네, 그렇습니다."

"그림 같은 것도 걸려 있지 않았어."

"그랬던가요?"

"자네 관찰력이 부족하군. 기둥이 돌출된 곳도 없고, 척 보기엔 아무런 장식 없이 밋밋해. 한편 정원 쪽에는 문이 있지."

"네, 미닫이 형식의 유리문이죠."

"두 짝을 문 하나로 센다 치면, 문은 여섯 개 있지."

"그렇죠."

"문과 문 사이는 벽이고 여기에도 특별한 장식이 없어."

"네."

"의자와 테이블은 중앙에 모여 있었어."

"시체를 감추기 위한 공작이죠."

"아마 아닐 거야. 의자와 테이블은 사건 발생 전부터 그렇게 놓여 있지 않았을까? 파티가 끝난 뒤에 관리인이 청소하기 쉽도록 모아두었을 거야."

"관리인에게 확인해보죠."

"홀의 문은 현관 근처 가장자리와 주방 근처 가장자리에 있지."

"그 두 군데뿐이죠."

"문은 실내에서는 밀고 바깥쪽에서는 당겨서 열게 되어 있어."

"으음, 그렇죠."

"문을 보면 복도 쪽에는 손잡이가 있지만 실내 쪽에는 없어. 실내 쪽, 즉 문 안쪽에 보통 손잡이가 있는 부분에는 금속 플레이트만 붙어 있어."

"이상한 문이죠. 화장실이나 병원에서 가끔씩 보이는."

"유럽이나 미국에서는 그게 표준이야. 이런 타입의 문이면 밀어야 할지 당겨야 할지 당황할 필요가 없어. 손잡이가 없는 문이 눈앞에 있으면 사람은 자연스럽게 밀려고 행동하지. 그래서 손잡이가 없는 쪽은 민다, 있는 쪽은 당긴다, 이런 룰이 자연스럽게 몸에 배는 거야."

"그렇군요."

"뛰어난 공업 디자인, 진정한 휴먼 인터페이스라고 할 수 있지."

"어라? 혹시 이 디자인에 트릭이?"

"관계없지는 않지만 문에 장치가 있는 건 아니야."

"괜히 변죽 울리지 말고 시원하게 설명해주세요."

나는 애교 있게 웃어 보이며 가게우라의 팔을 쿡쿡 찔렀다.

"자네는 탐정 지망생이잖아. 조금은 자기 머리로 생각해보라고. 데이터는 이미 충분히 모여 있어. 무엇보다 여기서 자네를 상대로 이야기해봤자 땡전 한 푼 나오지……"

가게우라는 거기까지 생각하다가, 입을 반쯤 벌린 채로 굳어버렸다. 오 초, 십 초, 아무리 기다려도 말이 이어지지 않고, 입을 다물려고도 하지 않는다.

"턱이 빠졌나요?"

나는 농담을 하며 그 얼굴을 들여다보았다. 가게우라는 아차 하고 표정을 바꾸더니 곧바로 고개를 설레설레 저었다.

"오늘은 명탐정 실격이로군. 미안하네, 방금 한 말은 전부 잊어줘."

"방금 한 말?"

"고사카가 범인이라고 말한 것. 그건 철회하겠어. 어리석은 착각이었어."

"착각이요?"

"고사카 씨는 범인이 아니야. 범인일 리가 없어. 잠이 덜 깼었군. 와인을 너무 마셨어. 이러면 안 되지, 안 돼."

가게우라는 고개를 갸웃거리고 머리를 툭툭 때렸다.

"뭐야. 그럼 제 말도 띄엄띄엄 들으셨군요. 다시 한번 말씀드릴 테니까 이번에는 졸면 안 돼요?"

"그럴 정도는 아냐. 자네의 말은 제대로 머릿속에 들어 있어. 진상도 거의 보여."

"네?"

"하지만 그것을 공표하려면 앞으로 두세 가지 더 확인해야 해."

가게우라는 훌쩍 일어나더니 셔츠 옷자락을 바지 속으로 밀어넣고 재킷을 집어들어 입었다. 그리고 어디에 간다는 말도 없이 방을 뛰쳐나갔다.

6

가게우라의 뒤를 쫓아서 1층으로 내려가자 마침 구급대원이 들것으로 아라가키를 실어나가는 참이었다. 상태를 물어봐도 그들은 말을 흐렸지만, 표정은 이미 때가 늦었다고 말하고 있었다. 구급차에는 관리인의 부인이 동행인으로 탔다.

경찰은 아직 도착하지 않았다. 가게우라는 홀 안을 관찰한 뒤 유리문을 통해 둔덕 위로 나갔다. 나도 뒤를 따랐다. 그러나 일하는 데 방해가 된다며 쫓겨났다. 정말로 제멋대로인 양반이다.

구급차의 사이렌 소리를 듣고 나왔는지, 홀 앞의 복도에는 사람들이 많이 모여 있었다. 다들 불안한 듯 시선을 이리저리 돌리거나 띄엄띄엄 서로 속삭이고 있다. 몇 시간 전의 웃음소리와 환성은 이제 흔적도 보이지 않는다.

나는 고사카의 모습을 발견하고 다가갔다.

"잠깐 괜찮으신가요?"

그렇게 말을 걸자, 그는 소녀처럼 뺨에 손을 대고 약간 고개를 기울였다. 이제는 수건을 뒤집어쓰고 있지 않다.

"고사카 씨는 뭘 하려고 아래에 내려오셨습니까?"

고사카는 다시 한번 고개를 기울이고, 그러고는 표정을 딱딱하게 굳혔다.

"어떤 뜻이지?"

"이렇게 늦은 시간에 무슨 용무가 있었을까 하는 것뿐입니다."

"목욕하러."

"목욕탕은 11시에 닫습니다만."

"놓고 간 물건을 찾으러 왔어."

고사카는 콩알무늬 수건을 팔랑팔랑 흔들었다.

"그걸요?"

"그래."

"밤중에 굳이?"

"그래."

"귀중품도 아닌데?"

"작은 일이라도 신경 쓰이면 잠을 못 자는 성격이거든."

"2층에서 목욕탕까지 가는 데 홀 앞을 지나갈 필요는 없는데요."

"목욕탕 창문에서 홀의 불빛이 보였어. 그래서 아직 누가 마시고 있나싶어 보러 온 거지. 잠깐. 자네, 아까부터 무슨 소릴 하는 거야?"

고사카가 이맛살을 찌푸렸다.

"고사카 씨는 누구와 같은 방을 쓰십니까?"

나는 못 들은 척 질문을 계속했다. 이 남자를 의심하는 건 아니지만 동기가 있다는 걸 안 이상 일단 조사는 해봐야 한다.

"나는 1인실을 받았어."

"아래층에 내려오기 전에 방에 누가 놀러 왔거나, 혹은 다른 방에 놀러 갔던 적은요?"

"없지."

"그러면 당신이 아래층에 내려온 것이 수건을 찾기 위해서였다고 증명해줄 사람은 없는 거군요."

"증명? 수건을 찾는 데 어째서 증인이 필요하지? 자네, 무슨 말이 하고 싶은 건가? 당치도 않은 상상을 하는 건 아니겠지?"

고사카가 성난 기색을 보였다.

"고사카 씨는 아까 전에 목욕탕 창문에서 홀의 불빛이 보였다고 말씀하셨죠."

"그렇지."

"그때 홀에 사람이 있었습니까?"

"보지 못했어."

"아라가키 씨가 쓰러져 있는 것도?"

"그래."

"정원에 사람은?"

"보지 못했어."

그렇게 고사카에게 질문을 던지는 중에 가게우라가 홀에서 나왔다.

그는 이쪽에는 눈길도 주지 않고 빠른 걸음으로 현관 쪽으로 사라졌다.

"실례합니다."

나는 고사카 앞을 떠나 가게우라를 뒤따랐다.

가게우라는 로비에서 수염자국이 짙은 젊은이와 마주 서 있었다.

"세노오 씨, 당신은 어렸을 적에 이 홀에서 유령을 봤다고 하셨다더군요."

과연 가게우라다. 파티 동안 얼굴과 이름을 완전히 외운 모양이다. 세노오는 이야기를 나눈 적도 없는 사람이 갑자기 이름을 불러서 당황한 눈치였다.

"당신과 또 한 명의 남자아이가 본 것뿐만 아니라, 아이들 모두 함께 확인하러 갔을 때에도 나왔다면서요?"

"네."

"담력시험에 참가한 멤버 중에 중학생이 있었죠?"

"게이타요?"

"그 아이는 TM건설 사장의 아들이지 않았습니까?"

"네, 그렇습니다. 어떻게 알고 계시죠?"

"명탐정이기 때문입니다."

"네?"

"사장의 아들이란 점 때문에 게이타 군은 아이들 집단의 리더 격인 존재였습니다. 아닙니까?"

"사장의 아들이기 때문이라기보다, 나이가 제일 많았거든요. 가라테나 유도도 했으니, 무슨 일이 생기면 보호해주겠다면서 맨 앞에 서서 홀 쪽으로 내려갔습니다."

"그래서, 열 사람 전부가 유령을 봤다?"

"네."

"어른은 보지 않았죠?"

"담력시험은 아이들끼리만 했으니까요."

"홀에 유령이 나왔다고 어른들을 부르지 않았습니까?"

"다들 술에 거하게 취해 누워 있었고, 한두 사람을 억지로 깨워서 얘기해보았지만 상대해주지 않았습니다."

"다음 날에는 어른들도 홀에 갔겠죠."

"네. 식사는 홀에서 하니까요."

"그때 유령은?"

"없었습니다. 하지만 전날 저녁에는 있었습니다. 저뿐만이 아닙니다. 열 사람이 봤습니다. 천 명이 봤어도 그게 어린아이면 믿기에 부족합니까?"

"아뇨, 의심하는 건 아닙니다. 아침에는 없는 게 당연하죠. 유령은 밤에 나오는 존재니까요. 그렇지, 다케무라 군?"

가게우라는 갑자기 나를 돌아보며 말했다.

"자네는 경찰이 도착할 때까지 홀에 아무도 들어가지 않도록 지키고 있게나."

그리고 현관에서 밖으로 나갔다.

7

오전 3시 반.

현장검증이 끝난 홀에서는 가게우라가 드디어 수수께끼 풀이를 시작하려 하고 있었다. 탐정 앞에는 이 현장을 지휘하는 시즈오카 현 O경찰서의 오시로 경부와 그의 부하 중 하나인 히다카 형사가 있다.

한 시간 전으로 거슬러올라가자. 가게우라는 느지막히 출근해서 하기노미야 장에 도착한 경부에게 성큼성큼 다가갔다. 그리고 명함을 건네면서, 자신은 도쿄를 중심으로 활동하고 있는 민간 조사컨설턴트다, '제국해군의 밀사사건'이나 '트렁크에 들어간 신부, 이즈—반다이—가루이자와 살인 트라이앵글'을 해결로 이끌었던 사람이 바로 자기다, 이번에 이렇게 사건현장에서 만나게 된 것도 인연이니 조사에 협력하겠다, 실은 자신은 이미 진상을 파악했다, 그걸 지금 여기서 이야기하면 조사의 수고를 덜 수 있다, 그렇게 해서 번 시간은 다른 사건에 투자할 수 있다, 어떻습니까, 나쁘지 않죠? 하고 영업활동을 전개했다. 이 지역에도 익히 가게우라 하야미의 활약상이 전해졌는지 오시로 경부는 그 갑작스런 제안을 바로 받아들였고, 그리하여 이제 막 진상이 밝혀질 참이라는 것이 현재 상황이다.

그건 그렇고 가게우라에게 무슨 바람이 분 걸까? 처음에는 이 사건에 전혀 흥미를 보이지 않았는데 이젠 강매하면서까지 관여하려 하다니. 술기운 때문에 흥이 오른 걸까?

"기괴하게 보이는 건 단순한 착각이고, 실체는 대단할 것 없는 사건입니다."

가게우라의 이야기가 시작되었다.

"오전 0시 전후, 여기서 범인과 아라가키 사장이 다툽니다. 이때 아라가키 씨는 머리를 세게 얻어맞고 쓰러지죠. 즉사는 아니었겠지만 범인은 그를 구하지 않고 자리를 떠나려 했습니다. 그런데 복도에는 사람이 있었습니다. 시라스나 씨와 후지타니 씨죠. 두 분은 안에서 나오는 이상한 소리를 듣고서, 뭐지? 어떡하지? 하고 큰 소리로 말을 주고받았겠죠. 그래서 범인은 밖에 사람이 있다는 걸 알아차렸습니다. 복도로 나갈 수는 없었습니다. 그래서 이쪽으로 탈출을 시도했습니다.

가게우라는 척척 유리문으로 걸어가서 활짝 열었다.

"이쪽에도 장애물이 있었습니다. 정원에 눈이 쌓여 있죠. 걸어가면 발자국이 남습니다. 발자국을 보면 신발 사이즈나 브랜드를 판별할 수 있습니다. 성별, 나이, 판매점도 추적할 수 있죠. 결국에는 어느 한 개인을 특정할 수 있습니다. 뭐, 거기까지 신경 쓰지는 않았다 하더라도 발자국을 남기면 그것을 더듬어 쫓아올 수 있다는 두려움은 느꼈겠죠. 범죄자의 심리죠. 그러나 달빛에 비친 정원을 잘 살펴보니 한줄기 광명이 보였습니다. 눈이 쌓이지 않은 부분이 있지 않겠습니까."

가게우라는 콘크리트 둔덕으로 내려갔다.

"범인은 이 오십 센티미터의 폭 내에서 발을 헛디디지 않도록 조심해서 걸었습니다."

가게우라는 ㄷ자 모양의 둔덕을 반시계방향으로 걸어갔다. 경찰관 두 사람과 나도 하얀 숨을 뿜으면서 탐정의 뒤를 따랐다.

"걸어가면서 창문을 하나하나 체크했습니다. 다른 방을 경유해서 탈출하려고 했죠."

두번째 코너를 돌았을 즈음에 가게우라는 발을 멈췄다. 그리고 창문에 손을 뻗었다.

"어엇?"

나는 바보 같은 소리를 냈다.

창문이 열린 것이다.

"범인은 이곳으로 침입했습니다. 경부님, 여길 보시죠."

가게우라는 창문의 레일 부분에 머그라이트를 비추었다. 스친 듯한 얼룩이 묻어 있다. 빛의 고리가 욕실 안으로 이동했다. 타일 위에도 신발로 비빈 듯한 자국이 확인되었다.

"감식반을 부르죠."

히다카 형사가 휴대전화를 꺼내들었다.

"말도 안 돼요."

나는 가게우라에게 따지고 들었다.

"제가 조사했을 때에는 열리지 않았어요. 이상합니다."

"이상한 건 자네야."

"문이 열려 있었지만 여닫이가 빽빽해서 열리지 않았던 건가요? 아니면 창문의 고무패킹이 창틀에 흡반처럼 달라붙어 있었던 건가요?"

"자네가 조사했을 때에는 자물쇠가 잠겨 있었어. 하지만 범인이 침입을 시도했을 때에는 열려 있었지."

"네?"

"원래 이 창문에는 자물쇠가 잠겨 있지 않았어. 범인은 간단히 목욕탕으로 들어왔고, 안에서 잠갔지. 그 뒤에 찾아온 자네가 밖에서 열려 했을 때는 자물쇠 때문에 움직이지 않았고. 그렇지?"

"아!"

"자네는 깨끗한 눈밭이나 밀실이라는 말에 현혹되어서, 사건을 어려운 방향으로만 이끌고 가고 싶어했던 게 아닌가?"

정곡을 찔렸다. 맨 처음에 생각했어야 하는 가능성을 버린 것이다.

"그렇지만 보통 침입한 후에 일부러 문을 잠그나요?"

일단 저항을 시도해보았다.

"첫번째 이유, 범죄자의 특성이 그렇게 하게 만들었다. 문을 잠그면

추격자가 와도 막을 수 있어. 두번째 이유, 일상적인 버릇이 그렇게 하게 만들었다. 평소에 자물쇠에 신경 쓰는 사람은 남의 집에서도 자연스럽게 문을 잠그지."

간단히 박살났다.

"그래서 말입니다만, 가게우라 씨, 범인은 오늘밤 이곳에서 묵은 관계자 중에 있다는 말씀입니까?"

오시로 경부가 말했다.

"범인이 누구인지는 지금은 말씀드릴 수 없습니다. 나머지 이야기는 따뜻한 곳에서 하죠."

가게우라는 콧물을 훌쩍이면서 콘크리트 둔덕을 유턴했다. 우리는 아까 나온 문을 통해 홀 안으로 돌아가서 다시 복도로 나왔다.

"시라스나 씨와 후지타니 씨는 이곳에 있었습니다."

가게우라는 문 정면의 벽 쪽에 섰다.

"목욕탕 앞의 복도는 전혀 보이지 않습니다. 즉, 범인은 두 사람에게 들키지 않고 목욕탕에서 복도로 나올 수 있었습니다. 또 이곳에서는 계단도 현관도 보이지 않습니다. 따라서 범인이 2층으로 올라가든 현관에서 밖으로 나가든, 역시 두 사람에게는 보이지 않습니다. 큰 소리를 내면 이야기가 다릅니다만."

"범인은 2층 객실에?"

오시로 경부가 성급하게 물었다. 이제는 밀실의 수수께끼가 아닌 이상 나도 그것이 가장 알고 싶다.

그러나 가게우라의 대답은 우리가 기대하던 것과는 달랐다.

"이번 사건은 외부인에 의한 범행이라는 것이 제 견해입니다. 그렇게 생각하는 이유는 두 가지. 첫째, 범인이 아라미쓰 그룹의 일원이라면 설령 복도에 사람이 있다 하더라도 그냥 밖으로 나가면 됩니다. 지나가다가 발견한 척 '사장님이 쓰러져 있다. 구급차를 불러!' 하면 됩니다. 그러나 외부인은 이런 방법을 쓸 수 없습니다. 당신 누구야? 하고 의심받겠죠. 또다른 이유는 현관 밖에 있습니다. 문으로 향하는 발자국이죠."

"정말입니까?"

"정확히 표현하자면 '발자국인 듯한 자국'입니다. 경부님도 건물로 들어오실 때에 깨달으셨겠습니다만, 현관에서 문으로 향하는 진입로에는 눈이 없습니다. 아마도 관리인이 자기 전에 쓸어놓았겠죠. 우리 일행이 돌아갈 때를 위한 배려였을 겁니다. 그 때문에 문제의 발자국은 아주 얕아서 사이즈나 브랜드를 특정하는 건 곤란하리라 사료됩니다. 하지만 그것이 문으로 향하고 있다는 것은 어렵지 않게 알 수 있습니다."

"구급대원의 발자국이 아닐까요? 아라가키 사장을 싣고 갈 때요."

그렇게 딴죽을 건 사람은 나였다.

"아냐. 구급대원의 발자국이라면 들것을 운반하니까 두 사람의 발자국이 겹치듯이 나게 돼. 이 문제의 자국은 그렇지 않고 따로따로 찍혀 있어."

"어쨌든 이쪽에도 감식반을 보내겠습니다."

히다카 형사가 휴대전화를 꺼냈다.

"그리고 문을 나간 뒤도 문제입니다. 유감스럽게도 좁은 도로에 구급차나 경찰 차량의 타이어 흔적이 겹쳐져서, 범인의 발자국이나 도주 차량을 쫓는 것 역시 곤란하리라 생각됩니다."

"내부인이 범행 후 도주했을 가능성도 있지 않습니까?"

나는 다시 끼어들었다.

"없지. 이 소동 때문에 아래층에 모인 사람들의 얼굴을 기억과 대조했어. 파티에서 봤던 얼굴은 전부 모여 있었어. 아라가키 씨만 빼놓고."

"출석자의 얼굴을 전부 기억하신 겁니까. 대단하시군요."

"그 정도로 일일이 놀라지 말라고. 내가 누군가?"

"명탐정입니다."

"하지만 명탐정에게도 한계는 있어. 내부인의 범행 가능성은 없앨 수 있어도 대체 누가 침입했는가 하는 물음에는 대답할 방법이 없어. 처음에 말했던 대로야. 그렇게까지 할 수 있는 건 명탐정을 뛰어넘은 초탐정, 초능력자라고."

"범행의 동기는 뭘까요?"

"그것도 초능력자에게 물어봐주게나. 추리할 근거가 너무 없어. 그냥 상상만으로 이야기해보자면, 몰래 침입했던 좀도둑이 사장에게 들켜서 당황한 나머지 돌발적으로 죽여버렸다는 케이스 정도일까."

"이런 시간에 아라가키 사장은 홀에 무슨 볼일이 있었을까요?"

"객실 창문에서 밖을 보고 있는데 수상한 사람이 하기노미야 장으로 들어왔다, 무슨 일인가 해서 아래층으로 내려왔는데 홀에서 딱 맞닥뜨렸다, 그런 게 아닐까? 이것도 상상의 영역을 넘지 않지만."

"긴급 수배령을 강화했습니다. 선생님 덕분에 조사가 단숨에 진전될 것 같습니다."

오시로 경부가 만족스러운 듯 말했다.

"제 덕분이라뇨. 그런 말씀을 듣기에는 한참 모자랍니다. 머리도 거의 쓰지 않았는걸요."

겸손하게 말하는 척하지만 실은 은근히 자랑하는 거다.

"그런데, 그것 말입니다……"

"그것?"

"어쨌든 시골의 경찰이라서 연간 예산도 적은지라……"

"아아, 조사협력비 말씀이군요."

"많이 드릴 수 없을지도 모르겠습니다만, 부디 그 부분은……"

"얼마라도 괜찮습니다. 이번에는 경비도 들지 않았으니까요. 뭣하다면 도서상품권이나 문화상품권 같은 것도 좋겠군요."

술기운 탓일까? 가게우라는 그런 기특한 소리를 했다.

8

뒤척임과 한숨을 반복하고 있는데 옆에 있는 침대에서 가게우라가 말을 걸어왔다.

"물리적 트릭을 이용한 밀실이나 뭔가를 따라 한 살인은 소설에만 나오는 게 아니야. 실은 현실의 세계에서도 발생해. 그러나 평범한 사건은 그것의 천 배 정도 더 많이 발생하지."

"네."

힘없이 대답하고 다시 한숨을 쉬었다.

"그렇기 때문에 문이 잠겨 있다, 눈 위에 발자국이 없다, 이런 현상에만 사건의 방향성을 맞춰가서는 안 되는 거야."

"네."

"그걸 마음에 새기고 다음번 일에 임하도록 하게나."

"네."

"뭐, 대수로운 일은 아냐. 침울해할 필요는 없어. 실패가 없으면 성장도 없으니까."

그런 이야기를 들어봤자 한숨은 멈추지 않는다.

"오늘은 무슨 액운이 낀 것 같아요. 눈 때문에 열차가 늦어졌고, 한정판매하는 초밥 도시락이 품절됐고, 온천에 들어가고 싶었는데 못 들어갔고, 술주정하는 선생님에게 붙들리고, 영화도 제대로 못 봤고, 엉뚱한 추리를 해버렸어요. 그랜드크로스 급의 불행이 이어지고 있다고요."

"내가 뭐 어쨌다는 거야?"

"아뇨, 그런 말 안 했어요."

"영화를 제대로 못 봤다는 얘긴?"

"CS에서 하던 외국영화요. 사건 때문에 초반밖에 못 봤어요. 꽤 재미있어 보였는데. 눈 오는 외딴섬에서 사람이 차례차례 죽어나갔다고요."

"이봐, 방금 주의하라고 했잖아. 눈이라든가 외딴섬 같은 것에 너무 민감하게 반응하지 말라고."

"아뇨, 정말로 이상한 사건이에요. 섬에 있던 모든 사람이 죽었다, 그러나 외부에서 출입한 흔적은 보이지 않는다. 이거야말로 밀실살인이죠."

"무슨 영화였지?"

"제목은 못 봤어요."

"눈 오는 외딴섬에서 대량살인? 나도 영화를 꽤 많이 본 편인데, 그런 작품은 기억에 없군. 스토리를 조금만 더 자세히 말해봐."

나는 초반의 눈보라치는 장면부터 순서대로 설명했다.

"어때요, 끌리죠? 정말로 내부에 배신자가 있었다는 예상 밖의 전개일 가능성도 있지만요."

"범인은 미국이야."

"네?"

"미국 정부직속 특수공작원에 의한 반미 테러조직 분쇄작전이 실행된 거야."

가게우라의 목소리는 자신감에 차 있었다.

"그런가요?"

"이건 영화야."

"네."

"할리우드에서 만들어졌지."

"아마도요."

"섬에 모인 사람들은 하나같이 타도 미국을 외치고 있었어."

"그렇죠."

"장소가 바뀌어서 뉴욕. 빌딩과 지하철에서 폭탄이 작렬하고 미국인들은 공포의 나락으로."

"네."

"즉, 이 영화의 줄거리는 다음과 같이 추측할 수 있어. 미국 정부는 극비리에 구소련의 반미 무장조직 소탕작전을 개시했다. 몇 년 뒤 그 조직의 생존자가 미국으로 숨어들어가서 보복 테러를 저지른다. 그것에 맞서 싸우는 강인한 주인공. 이혼한 부인은 아이를 데리고 미 국방성에 근무. 수수께끼의 미녀가 궁지에서 구해주지만 사실 그녀는 적의 스파이였다. 그녀는 주인공에게 총구를 겨누고 탕, 하고 한 발을 날린다. 장면이 바뀌어서 필라델피아 상공에서 여객기가 납치되었는데, 납치범의 요구는 대통령의 목숨. 거부하면 펜타곤을 향해 돌진하겠다! 그 비행기 안에 짠 하고 나타난 사람은 바로 주인공. 흉탄에 쓰러진 것이 아니었나? 그의 신기에 가까운 활약에 의해 테러리스트는 전멸, 비행기는 급상승. 주인공의 가슴에 빛나는 금색 로켓을 뒤집자 총탄의 흔적이! 안에는 아이의 사진이 보인다. 금색 로켓이 여자 스파이의 흉탄에서 지켜준 것이다! 미국 만세. 덤으로 부인과도 관계가 회복되었으니 완벽한 해피엔드."

"할리우드 영화니까 스토리는 그쯤 되겠죠. 하지만 제가 알고 싶은 건 스토리도 캐스트도 아니에요. 눈 오는 외딴섬에서 벌어진 발자국 없는 살인사건의 진상이에요."

"그러니까 미국의 특수공작원의 짓이라니까? 미국이 국가적으로 관여했으니 웬만한 대규모 계획은 손쉽게 이뤄질 거 아냐."

"맞은편 해안에서 미사일을 날렸다? 사람들은 그런 식으로 죽지 않았어요. 칼에 목을 베였다고요."

"발자국이 없었던 건 건물 주위잖아. 건물 위는?"

"네?"

"본토에서는 섬으로의 출입을 감시하고 물속에는 기뢰를 부설해놨어. 하지만 상공은 탁 트여 있잖아."

"범인이 하늘에서?"

"그렇다고."

"낙하산으로 강하했다고요?"

"특수부대니까 당연히 그런 훈련을 받았을 거야."

"아뇨, 못해요. 어디서 낙하산을 타고 내려온단 말이에요? 비행기잖아요. 상공에서 엔진 소리가 나면 경계할 거예요. 설령 술에 취해 있다 하더라도. 본토의 감시부대도 알아차릴 테고요."

"이보게, 다케무라 군. 비행기는 엔진을 끈다고 바로 추락하지 않아. 엔진을 끄면 동력비행에서 활공비행으로 전환할 수 있게 설계된 모터

글라이더라는 것도 있어."

"그러면 이런 건가요? 비행기는 산장에 접근하기 시작할 때 엔진을 끄고 소리 없이 활공, 특수 공작원이 낙하산 강하, 통과 후, 엔진 재점화."

"그런 얘기지."

"살해한 뒤에는? 산장에서 누가 나간 흔적은 없었어요. 옥상에서 기다리고 있으면 비행기가 데리러 와주나요?"

"본토에서 응원군이 섬에 도착한 시점에서는 아직 공작원이 안에 남아 있었어. 침대 밑에 숨어 있거나, 시체인 척하고 있거나. 그 뒤에 시체 더미에 숨어서 섬에서 탈출했겠지."

"아아, 그런 방법이 있었나."

"그러면 이 이야기는 이만 끝내지. 자네는 오늘 두 가지를 배웠어. 첫째, 겉으로 보이는 것에 정신이 팔려서 본질을 잃어서는 안 된다. 둘째, 추리력을 훈련할 재료는 주위에 얼마든지 굴러다닌다. 그럼 잘 자게나."

그렇게 말하고 등을 돌린 삼십 초 후, 가게우라는 벌써 잠이 들어 있었다.

9

똑똑, 하고 노크 소리가 들렸다. 무시해도 그칠 기미가 없다. 소리는 점점 커졌다. 그 끈질긴 소리에 굴복하고 나는 침대에서 일어났다.

"가게우라 선생님이……"

문을 열자 젊은 남자가 서 있었다. 퍼석퍼석한 머리카락과 시퍼런 면도 자국. 세노오다.

"선생님이?"

나는 하품을 하며 눈을 비볐다.

"가게우라 선생님이 쓰러져 계십니다."

"응?"

나는 눈을 비비면서 돌아보았다. 가게우라의 침대는 텅 비어 있다.

"목욕탕에서."

"어지럽답니까?"

"머리에서 피를 흘리며……"

"네?"

"아마도…… 죽은 게……"

"엑?"

"아침에 목욕탕에 갔습니다. 그랬더니 탈의실의 벤치 아래에 이상한 게 있어서, 뭔가 하고……"

끝까지 듣지 못하고, 나는 복도로 뛰쳐나가서 계단을 뛰어내려갔다.

남자 목욕탕에는 아라미쓰 그룹의 사원 두 명이 있었다. 타월을 손에 들고 멍하니 서 있다. 그들의 눈앞에는 대나무로 만들어진 삼인용 벤치가 있었다. 그 벤치 아래에 가게우라가 있었다. 몸을 ㅅ자로 굽히고 얼굴을 이쪽으로 향하고 쓰러져 있다.

"선생님? 선생님!"

사원을 밀쳐내고 바닥에 찰싹 달라붙듯 쪼그려서 가게우라를 불렀다. 가게우라는 대답하지 않았다. 손가락 하나 까딱하지 않았다.

목덜미에 손을 댔다. 손목을 잡았다. 벤치 아래로 기어들어가서 심장에 귀를 대보았다. 생명의 반응이 전혀 느껴지지 않았다.

가게우라의 얼굴을 보았다. 눈을 까뒤집고 반쯤 벌어진 입술은 작은 거품을 뿜고 있다. 버섯 모양 가발이 반쯤 흘러내려와 있다. 가발과 지면 사이에 끈적끈적한 붉은 액체가 흐르고 있었다.

"구급차는?"

엎드린 채로 돌아보았다.

"아차."

앞에 서 있던 두 남자와 세노오가 동시에 나직하게 외쳤다.

"아차가 뭐야, 아차가! 사람이 쓰러졌으면 당연히 구급차를 불러야지! 상식이잖아! 이렇게 사람이 많은데 아무도 연락하지 않은 거야? 말도 안 돼!"

나는 바닥을 내리치면서 울부짖듯 외쳤다. 한 사람이 당황하며 휴대전화를 꺼냈다.

거친 숨을 쉬면서 몸을 일으켰다. 두 손이 붉게 더럽혀졌다. 피는 바닥에까지 흐르고 있다.

"죄송합니다."

세노오가 기어들어가는 목소리로 말하고 몸을 움츠렸다.

"아뇨, 갑자기 이런 광경을 보게 되면 냉정하게 생각 못 하는 게 당연하죠. 저야말로 너무 감정적으로 행동해서 죄송합니다."

나는 한숨을 섞으며 고개를 저었다.

"삼십 분 정도 걸릴 것 같답니다."

119에 전화한 남자가 말했다. 나는 고개를 끄덕이고, 일어서서 세 사람에게 질문했다.

"맨 처음에 발견한 사람은 어느 분이십니까?"

세노오가 손을 들었다. 다른 두 사람은 세노오가 나를 부르러 간 사이에 찾아온 모양이다.

"발견한 게 몇시입니까?"

"어디 보자, 일어난 게 7시를 조금 넘었을 때고, 담배 한 대 피우고 나서 아래로 내려왔으니 아마도 7시 조금 넘어서…… 15분쯤 되지 않았을까요?"

손목시계를 보았다. 오전 7시 33분.

"탈의실에 들어와보니 선생님이 쓰러져 있었다는 말씀이군요."

"네."

"선생님은 벤치 아래에 쓰러져 있었고요."

"네."

"움직이지 않았습니까?"

"말을 걸고, 팔을 조금 건드리기는 했습니다만."

다시 한번 벤치 아래를 들여다보았다. 가게우라는 주먹을 쥐고 있었다. 오른손으로 왼손 약지를 쥐고 있다. 오른손 손가락을 펼쳐보았다. 종이쪽지나 머리카락 같은 것은 아무것도 없었다. 왼쪽 손가락의 약지에 반지도 없지만, 이건 원래부터 없었다.

"저것도 처음부터 그렇게 되어 있었습니까?"

그러면서 벤치 아래를 가리켰다. 그곳에는 대리석 재떨이가 굴러다니고 있었다. 자세히 살펴보니 짧은 머리카락이 몇 가닥 붙어 있는 것을 알 수 있었다.

"그렇습니다."

"만일을 위해서 묻습니다만, 이곳에 들어올 때 누군가와 지나치거나 복도에서 마주치지 않았습니까?"

"아뇨."

나는 신음하며 팔짱을 끼고 눈을 감았다. 그러고 나서 눈을 뜨고서 허리를 굽히고 바닥 위를 샅샅이 관찰했다. 욕실 쪽도 면밀히 조사했다. 증거가 될 만한 물건은 아무것도 발견되지 않았다.

이윽고 구급차가 도착하고 나는 병원까지 동행했다.

가게우라는 숨을 거두었다.

눈물은 나오지 않았다. 대신 온몸의 힘이 빠졌다.

경시청의 가게우라 경시정에게 전화 연락을 하는 것이 고작이었고, 그 뒤로는 대합실의 장의자에서 멍하니 시간을 보냈다. 일요일이라서 병원은 조용했다. 전등이 꺼진 대합실에서 나는 태아처럼 몸을 웅크리고 있었다.

상당한 시간이 경과한 뒤에 오시로 경부가 찾아왔다. 형식적인 인사를 한 뒤에 그는 이렇게 말했다.

"괴로운 마음은 이해하지만 묻고 싶은 것이 있는데."

"괜찮습니다."

나는 쉰 목소리로 대답하고 의자 깊숙이 고쳐 앉았다.

"가게우라 씨의 윗옷 주머니에 휴대전화가 들어 있었습니다."

경부와 동행한 히다카 형사가 말했다.

"통화 기록에 따르면 마지막 통화는 6시 12분에 발신되었고, 상대는 다케무라 오조라로 표시되어 있습니다. 번호는 090 **** ****."

"제 번호입니다."

"그 전화는 받으셨습니까?"

"네."

"가게우라 씨 본인이었습니까?"

"그렇습니다."

"가게우라 씨는 뭐라고 하셨습니까?"

"목욕탕으로 오라고요."

"도움을 청하셨습니까?"

"아뇨. 그랬다면 바로 날아갔을 겁니다."

나는 성을 내며 말했다.

"'어이, 다케무라 군, 잠깐 욕실에 와봐' 하는 느낌이었습니다. 도움을 청하는 절박한 느낌은 전혀 없었습니다."

"가게우라 씨는 그 밖에 뭐라고 하시던가요?"

"아뇨, 거기까지만 듣고 잠 좀 자게 해달라고 말하고 제가 끊었습니다. 어차피 목욕탕에 와서 등을 밀어달라는 거겠지 싶어서요. 평소에는 그런 요구에도 고분고분 따랐습니다만, 오늘 아침은 저도 기분이 영 안 좋아서요. 그도 그럴 것이, 아라가키 사장의 사건 때문에 갓 잠이 든 상태였거든요. 아!"

나는 말을 멈추고 숨도 멈췄다.

"왜 그러시죠?"

"그 전화가 몇시 몇분에 왔습니까?"

"6시 12분."

"선생님은 목욕하러 욕실에 간 게 아닙니다. 선생님은 목욕이 6시 반부터라는 걸 알고 있었습니다."

입욕시간 공고를 읽지 못한 나는 관찰력이 부족하다며 그에게 주의를 받았었다.

"그러면 가게우라 씨는 목욕탕에 뭘 하러……"

"글쎄요…… 아아, 지금 생각해보니 그 태평스럽게 들리던 목소리는 머리를 얻어맞은 충격으로 혀가 잘 돌아가지 않았기 때문 같기도…… 그렇다면 저는 돌이킬 수 없는 실수를……"

나는 고개를 숙이고 이마에 손을 댔다.

"가게우라 씨는 자기 전에 뭐라고 말씀하셨습니까? 목욕탕에 볼일이 있다든가, 누군가를 만날 예정이었다든가."

"아뇨. 생각할 수 있는 거라면 아라가키 사장의 사건을 둘러싼 일이겠죠. 남자 목욕탕은 범인의 도주경로입니다. 뭔가 머리에 떠올라서 조사하러 갔는지도 모릅니다. 생각나면 곧바로 행동으로 옮기는 사람이니까요. 아!"

나는 이맛살을 찌푸리고 허공의 한 점을 응시했다.

"왜 그러십니까?"

"잠시만요."

한쪽 손을 얼굴 앞에 대고, 다른 한쪽 손으로 이마를 콩콩 두드렸다. 의자에서 일어나서 경부와 형사 사이를 지나갔다.

"어이, 왜 그러나."

오시로 경부가 수상하다는 듯 말을 걸었다. 나는 대답하지 않고, 팔짱을 끼고 의자 사이를 왔다 갔다 했다.

"다케무라 군!"

다시 말을 건 찰나, 발뒤꿈치를 그 자리에서 빙글 회전시키며 두 사람을 돌아보았다. 왼손으로 오른쪽 팔꿈치를 받치고 오른손 엄지와 검지를 턱에 댄 채 눈을 게슴츠레하게 뜨고, 내쉬는 숨에 목소리를 싣듯이 입을 열었다.

"모든 수수께끼가 풀렸습니다."

"가게우라 씨가 뭘 하러 목욕탕에 갔는지?"

히다카 형사가 물었다.

"그것도 그렇고, 선생님을 살해한 범인도요."

"뭐라고?"

두 사람이 동시에 외쳤다.

"아직 정확히는 아닙니다만."

"어쨌든 말해보게."

경부가 재촉했다.

"아라가키 사장 사건과 가게우라 선생님 사건은 배후가 연결되어 있습니다."

"동일범의 소행이다? 그 도둑이 돌아왔다는 건가?"

경부가 고개를 갸웃거리자, 히다카 형사가 짝 하고 손뼉을 치며 말했다.

"아라가키 사장을 살해할 때 하기노미야 장에 뭔가를 떨어뜨린 거겠죠. 개인을 특정할 수 있는 결정적인 물건을. 그걸 가져오기 위해서 경찰이 물러간 틈을 타서 다시 침입했는데 가게우라 씨와 마주친 겁니다. 그래서 죽인 거죠. 가게우라 씨는 범인의 유류품에 짐작이 가서 그걸 확보하기 위해서 새벽부터 움직였던 겁니다."

나는 고개를 저었다.

"논리는 멋지게 맞아떨어집니다만, 유감스럽게도 도둑과는 관계없습니다. 도둑 같은 건 처음부터 존재하지 않았으니까요."

"네?"

"지금은 이 이상 이야기하는 건 피하도록 하죠. 아직 생각이 정리되지 않았습니다. 일단 하기노미야 장으로 돌아가죠. 가는 동안 머릿속을 정리하겠습니다."

어이없어하는 경부와 형사를 곁눈으로 보며, 나는 앞장서서 출구로 향했다.

가게우라 하야미의 뒤를 잇는다.

나는 그렇게 결심했다.

10

오후 2시.

하기노미야 장 1층 홀에 오시로 경부 이하 시즈오카 현 O경찰서의 조사원이 모였다.

전날 숙박한 아라미쓰 그룹의 면면들도 아라가키 미쓰오를 제외한 전원이 집합했다. 원래는 아침식사 후에 돌아갈 예정이었지만 살인사건이 연달아 발생한 탓에 발이 묶여 있었다.

이 인원에 더해 관리인 부부까지 총 스물네 명. 그 중심에 나, 다케무라 오조라가 있다.

"자, 그러면."

그렇게 운을 떼자 마흔여덟 개의 시선이 일제히 나에게 와 꽂혔다. 스포트라이트를 정면에서 받고 있는 것도 아닌데 눈이 부신 기분이 들어서 눈을 제대로 뜰 수 없었다.

"이 자리에서 이렇게 이야기하는 것을 저는 방금 전까지 주저했습니다. 제가 입을 열면 가게우라 하야미의 이름을 더럽히게 될지도 모르기 때문입니다. 스승의 명예를 지키는 것이 제자 된 자의 의무가 아닌가. 그러나 생전에 가게우라는 이렇게 말했습니다. '진실의 추구야말로 탐정의 의무다'라고요."

"강연을 부탁한 건 아닌데."

오시로 경부가 노골적으로 비아냥거렸다. 나는 온몸이 확 달아올랐다. 아직 명탐정으로서의 후안무치함을 갖추지 못했다. 경부에게 애교 있는 웃음으로 답하며, 아직 반 이상 남아 있는 서두는 생략하고 본론으로 들어갔다.

"가게우라가 살해당한 이유는 진실을 알았기 때문입니다. 가게우라가 진실을 알고 있다고 알아차린 인물이 입막음을 한 거죠. 그러면 어째서 그 인물은 가게우라가 진실을 안다는 걸 깨달았을까요? 그것은 가게우라가 자신은 모든 것을 알고 있다고 그 인물에게 말했기 때문입니다. 즉, 정말로 부끄럽습니다만, 가게우라는 공갈협박을 했습니다. 진실의 은폐와 맞바꾸어서 그에 상응하는 대가를 요구한 것입니다."

"공갈협박?"

경부가 고개를 갸웃거린 것 외에 일동은 반응이 없었다. 말을 제대로 이해 못 하는 거겠지.

"가게우라가 쥐고 있던 진실이란 무엇인가? 바로 아라가키 사장 살해의 진범입니다. 도둑의 정체일까요? 아닙니다. 도둑질을 목적으로 침입한 도둑이 사장을 죽였다는 건 가게우라가 날조해낸 이야기입니다. 가게우라는 어째서 그런 거짓말을 했을까요? 거기에는 실로 깊은 어둠이 펼쳐져 있습니다만, 여러분들이 그동안을 참지 못하실 것 같으니 먼저 핵심부터 이야기하도록 하죠. 아라가키 사장 살해와 가게우라 하야미 살해는 동일범에 의한 것입니다. 그리고 그 범인은 지금 이 자리에 있습니다."

홀에 땅울림 같은 웅성거림이 퍼져나갔다.

전립선에서 연수를 향해 전류가 흘렀다. 아아, 처음으로 담배를 피웠을 때 같은 이 탈력감.

"범인은……"

그렇게만 말하고 입을 다문다. 고개를 왼쪽에서 오른쪽으로 천천히 움직인다. 다시 왼쪽으로 천천히 되돌린다. 일 초, 이 초, 삼 초, 충분히 뜸을 들인다.

"이 안에 범인이 있는 건가?"

분위기 파악 못 하는 경부 때문에 긴장감이 단숨에 떨어졌지만, 겨우 마음을 추스르고 다음 대사를 말했다.

"당신입니다."

그리고 뒤쪽의 한 점을 가리켰다.

"뭣?"

고사카 사업부장이 의자에서 일어섰다.

두번째 웅성거림이 밀려들었다. 나의 척수에도 다시 황홀감이 퍼져나갔다.

"고사카 씨, 당신은 카시에라 엔터프라이즈를 매수당한 것 때문에 아라가키 미쓰오를 원망하고 있었습니다."

"그래서 죽였다고? 바보 같은 소리!"

고사카가 코웃음을 쳤다. 나도 피식 웃었다.

"그렇습니다, 바보 같죠. 살인의 동기는 대개 바보 같기 마련입니다. 화가 났다, 도둑질하는 걸 들켰다, 헤어지잔 말을 들었다. 사람은 그 정도로 사람을 죽여버리는 동물입니다."

"지금 나랑 장난하자는 건가?"

"오래전부터 원망하고 있었겠죠. 그러나 상식적인 인간으로서 그 마음은 마음속 깊은 곳에 꾹 눌러 담아두고 있었습니다. 그것이 어젯밤에 단숨에 터져나왔죠. 술은 사람의 본성을 드러냅니다. 파티가 끝나고 방으로 돌아온 뒤에도 혼자서 술을 마시지 않았습니까? 아라가키 씨에게 한마디 해줘야만 분이 풀릴 것 같았던 당신은, 그를 홀로 불러내서 그동안 맺힌 것을 쏟아냈습니다. 그러나 아라가키 씨가 가만히 듣고 있었을 리가 없죠. 오히려 굴욕적인 말을 했고, 오가던 말의 강도가 점점 높아진 끝에 욱해서 죽여버린 겁니다."

"이야기를 지어내지 마."

"아라가키 씨에게 뺨을 맞은 게 아닙니까? 그래서 머리에 피가 몰려서 완전히 이성을 잃었던 거죠. 따귀 맞은 자국이 남지 않았나 걱정해서 수건을 뒤집어써서 감추었습니다. 그렇죠?"

"표현의 자유라는 권리를 행사하는 건 괜찮지만, 인권이란 권리도 있음을 잊지 말아줬으면 좋겠군."

고사카는 쓴웃음을 지으면서 경찰 쪽 사람들을 향해 고개를 돌렸다.

"우린 지금 탐정놀이를 하는 게 아니야."

오시로 경부가 나를 곁눈질로 노려보았다.

"알고 있습니다. 제가 틀렸다면 그때는 체포하시거나 고소하시기 바랍니다."

"도통 상대를 못 해주겠군."

고사카는 의자 다리를 걷어차고 아라미쓰 그룹의 사원들 사이를 지나 문으로 향했다.

"어디 가십니까?"

"당연히 집에 가는 거지. 도쿄로 돌아가겠어. 나는 바쁘다고. 사장님이 돌아가셨으니 더 바빠지겠군."

"귀경은 좋은 선택이 아닐 겁니다. 관계자들은 아직 남아 있어달라는 경찰의 요청이 있습니다. 자기 방으로 돌아가는 정도로 참아주시기 바랍니다."

"시끄러워!"

고사카는 문을 열고 복도로 나갔다. 한 형사가 뒤를 쫓았다.

"막간의 여흥이라고 해둘까요."

나는 어깨를 으쓱해 보였다.

"자네 말이야, 이후의 상황이 돌아가는 것에 따라서는 나도 묵묵히 있지는 않을 거야."

경부의 언사가 거칠어졌다.

"걱정하실 필요 없습니다. 고사카가 아라가키 씨와 가게우라를 죽였다. 이건 절대적인 사실입니다. 우선 아라가키 씨 사건부터 이야기하죠. 아까 말씀드린 대로, 이 홀에서 말싸움을 벌이다가 욱해서 죽여버렸습니다. 바닥에 쓰러뜨린 뒤에 몸 위에 올라타고 뒤통수를 바닥에 세게 내리찍었던 게 아닐까요? 전혀 움직이지 않는 아라가키 씨를 앞에 둔 고사카는 그의 목숨을 살리는 것이 아니라 자리를 피하는 것을 선택했습니다. 그런데 홀을 나가려다가 복도에 사람이 있다는 걸 깨달았습니다."

"우리구나."

후지타니 마나가 외쳤다.

"게다가 그들은 홀 안에서 뭔가 일어났다는 걸 알아차린 눈치였습니다. 지금 밖으로 나가면 범행이 발각됩니다. 그냥 조용히 있으면 가지 않을까 해서 기다렸지만, 떠나갈 기미도 없습니다. 지나가는 발견자를 가장하는 방법도 있습니다만, 말싸움하는 소리까지 들었다면 변명을 할 수 없습니다. 밖으로 도망치면 눈밭 위에 발자국이 남습니다. 콘크리트 둔덕을 따라서 다른 방으로 도망치려고 했지만 모든 창문이 잠겨 있었죠. 위기일발입니다. 고사카는 라스베이거스의 환상마술 같은 탈출극을 꾸몄습니다. 죄송합니다, 거기 계신 분, 조금 더 앞으로 와주시겠습니까?"

나는 말을 중단하고 뒤쪽 벽에 기대 있던 아라미쓰 그룹 남자 사원을 손짓해서 불렀다.

"여기서도 잘 들리는데요."

"아뇨, 거기 서 있으면 위험하기 때문입니다."

"네?"

"일단 앞으로 오세요."

남자 사원이 고개를 갸웃거리면서 홀 한가운데까지 나왔다. 나는 문 쪽으로 걸어갔다. 현관 근처의 문이다.

문 오른쪽에 전등과 냉난방설비 스위치를 모은 패널이 있었다.

"뒤쪽을 주목해주십시오."

그렇게 말한 뒤에 나는 스위치 하나를 눌렀다.

웅성거리기 시작했다.

벽이 움직인 것이다.

아까까지 남자 사원이 기대고 있던 주방 쪽의 벽이 슬금슬금 앞으로 다가왔다. 내가 스위치에서 손을 떼자 벽의 움직임도 멈췄다.

"어이, 어떻게 된 건가!"

경부가 눈을 크게 떴다.

"보시는 대로입니다. 벽이 이렇게 움직이는 것을 아셨던 분? 안 계십니까? 뭐, 당연하겠죠. 일개 복리후생시설의 기능을 모든 사원에게 일일이 알려줄 리가 없습니다. 그러나 고사카는 알고 있었습니다. 아마 카시에라 엔터프라이즈 시절부터 알고 있었겠죠. 그리고 그는 이 기능을 환상마술에 응용했습니다.

"어째서 벽이 움직이는 거야?!"

경부가 짜증나게 계속 끼어들었다.

"공간을 활용하기 위해서죠. 벽을 움직여서 커다란 방을 작은 방 두 개로 나눌 수 있습니다. 둘로 나누면 동시에 두 개의 이벤트를 할 수 있습니다. 한쪽에서는 연수를 하고 다른 한쪽에서는 회의를 진행한다든가. 또한 몇 사람만이 이용할 경우, 휑하니 넓은 공간에서 식사나 연회를 하면 분위기를 망치게 됩니다. 그런 경우에는 인원수에 맞춰서 방을 좁게 하는 거죠. 방이 둘로 나뉘기 때문에 문이 양쪽 끝에 설치되어 있었던 겁니다. 정원과 복도 쪽 벽에 장식이 있으면 벽을 이동시키는 데 장애가 되므로 벽에는 그림이 걸려 있지 않았고, 문도 손잡이가 없는 걸 달았습니다. 자, 그러면 이렇게 벽이 움직이면 어떤 환상마술이 가능할까요? 뒤쪽 문을 주목해주세요."

일동이 일제히 돌아보았다.

"보시는 대로 지금은 문은 보이지 않습니다. 벽이 앞으로 움직였기 때문에 저편으로 숨어버린 거죠. 어제의 고사카도 벽을 이런 상태로 만들었습니다. 앞으로 너무 나와서는 안 됩니다. 문이 아슬아슬하게 가려지면 그것으로 충분합니다."

나는 창가로 이동했다.

"그리고 문밖의 콘크리트 둔덕으로 내려갑니다. 어느 문으로 나가도 괜찮지만, 고사카는 이것을 사용한 것 같습니다."

오른쪽에서 다섯번째 문을 열고 둔덕으로 내려갔다. 그리고 둔덕을 따라 주방 쪽으로 몇 걸음 이동해서 이웃한 문을 통해 실내로 들어간다. 그곳에는 사람이 없다. 벽이 움직였기 때문에 생겨난 공간이다.

"고사카는 이 좁은 방에서 숨어서 귀를 기울이며 기회를 엿보았습니다."

조금 목소리를 키우며 움직이는 벽 쪽을 향해서 말했다.

"이윽고, 복도에 있던 사람이 홀 안쪽의 이상을 확인하기 위해 현관 쪽 문으로 들어왔습니다. 시라스나 씨와 후지타니 씨, 그리고 저죠. 고사카는 이때를 놓치지 않고 주방 쪽 문을 통해 복도로 나왔습니다. 저희가 들어가는 공간과 고사카가 나오는 공간 사이에는 벽이 존재하므로 우리는 고사카의 움직임을 볼 수 없습니다. 멋지게 탈출에 성공했죠."

그렇게 설명하면서 문을 열고 복도를 통해서 움직이는 벽의 맞은편으로 돌아왔다.

"그러나 깔끔히 탈출했다고 그대로 2층 객실로 돌아가서는 안 됩니다. 벽을 움직였기 때문에 홀의 모양이 달라져버렸습니다. 보시는 대로죠. 홀이 좁아지고, 주방 쪽의 문이 사라지고, 창문의 개수도 줄었습니다. 벽을 원래대로 돌려놓지 않으면 탈출 트릭이 들키게 됩니다."

"저희가 들어갔을 때에도 홀이 지금처럼 좁았었나요? 문도 하나 부족했고요? 전혀 깨닫지 못했는데."

마나가 눈을 휘둥그레 떴다. 옆에서 아키호가 고개를 끄덕였다.

"네, 저도 깨닫지 못했습니다. 사람이 쓰러져 있으면 의식은 그쪽으로 집중됩니다. 그러나 시간이 지나고 진정하면 방의 상태를 관찰할 여유도 생기게 마련이죠. 그래서 그 전에 손을 쓸 필요가 있습니다. 고사카는 지나가는 사람을 가장하고 홀에 들어와서 우리를 복도로 내쫓고, 스위치를 눌러 벽을 원래대로 돌려놓았습니다. 게다가 관리인을 부르러 간 김에 배전반을 손봐서 홀의 스위치를 눌러도 벽이 움직이지 않도록 해두었습니다. 그랬기 때문에 경찰이 현장검증을 하고도 벽이 움직인다는 것은 알지 못했습니다."

세노오가 어릴 적에 체험한 괴이한 일도 움직이는 벽에 의한 것일 테다. 오너의 아들인 게이타의 장난이다.

첫번째 주자 구미가 홀에 갔을 때, 움직이는 벽은 주방 쪽에 찰싹 붙어 있었다. 즉 홀은 분할되지 않았다.

두번째 주자인 게이타는 스위치를 눌러서 움직이는 벽을 홀 중앙 근처까지 이동시켰다. 그러자 움직이는 벽의 뒤쪽, 즉 주방 쪽에 고정되어 있던 벽에 유령이 나타났다. 게이타가 미리 붉은 물감으로 그림을 그려두었거나 커다란 종이를 붙여두었을 것이다.

그리고 세번째 주자, 주방 쪽의 문으로 들어간 아키라는 유령을 보았다.

세노오도 이 트릭에 걸렸다. 방 안까지 충분히 들어가면 오른쪽 가까이에 벽이 있음을 확인할 수 있으니, 왜 평소보다 가까이 있는 걸까 생각하고 트릭을 알아차릴 수 있었을지도 모른다. 그러나 카드를 올려놓은 의자는 입구 근처에 놓여 있어서 방 안쪽까지 들어갈 필요가 없었으므로 오른쪽으로 움직인 벽이 시야에 들어오지 않았다.

마무리로 게이타는 모두에게 유령을 보여주고 겁을 주었다. 그리고 밤중에 벽을 원래대로 돌려놓았다. 이렇게 하면 다음날 아침 홀에 가보아도 유령은 보이지 않는다. 만약 벽에 직접 그림을 그려두었다면 나중에 천천히 지우면 된다. 오너의 아들이라면 그것도 가능하다.

"가게우라는 이상의 사실을 경찰이 조사를 시작하기 전에 간파했습니다. '시코쿠 쓰루기 산 동굴 역십자 사건'이나 '공중가람의 4중 밀실'에 비하면 단순한 트릭이죠. 하지만 제 이야기로 전해만 듣고서도 바로 알아차렸으니, 제 스승이지만 정말로 대단합니다. 그러나 뒤가 안 좋았죠. 진상을 경찰에게 전달하지 않고 범인과 거래를 하려고 했습니다. 용서받을 수 없는 일이죠."

나는 입술을 깨물었다.

"부끄러운 이야기지만 가게우라의 제일 큰 관심은 돈이었습니다. 원래 그런 사람은 아니었겠지만, 실력에 비해 수입이 들어오지 않고 손해배상 빚이 쌓여가는 동안 정신이 황폐해진 모양입니다. 아라가키 씨 살해의 수수께끼는 풀었습니다. 그러나 그것을 경찰에 알려준들 한 푼도 떨어지지 않습니다. 경찰로부터 협력요청을 받은 것이 아니기 때문입니다. 그래서 가게우라는 사건을 무시하기로 했습니다. 막 탐정이 되었을 무렵에는 정의를 위해! 하면서 무보수로 협력하기도 했을 텐데 말이지요. 그러던 사람이 지금은 사리사욕으로밖에 움직이지 않습니다.

그래도 진상을 입 밖에 내지 않는 게 다라면 그나마 낫습니다. 무책임한 것뿐이죠. 그런데 그는 문득 떠올리고 말았습니다. 자신의 추리를 팔면 되지 않는가, 하고요. 경찰에게? 아뇨, 경찰은 살림이 어려워서 갑자기 추리를 들고 가봤자 대단한 보상을 바랄 수 없습니다. 과거에도 상품권이나 초밥집에서 한잔 사는 것으로 얼렁뚱땅 때워버리는 적이 잦았죠. 가게우라는 범인과의 거래를 생각한 것입니다. 네가 저지른 일을 폭로당하고 싶지 않다면 돈을 내라. 상대는 살인자입니다. 불법적인 요구에도 응하겠지요. 경찰에게서 얻는 조사협력비에 비할 바가 못 됩니다. 가게우라 하야미는 정의를 위해 행사해야 할 재능을 악마에게 판 것입니다."

나는 눈물 지으며 스승을 단죄했다.

"가게우라가 진상을 은폐해도 경찰이 독자적으로 진상에 도달해버리면 의미가 없습니다. 홀의 벽이 움직인 것을 아는 관계자—예를 들어 관리인이라면 당연히 알겠죠—가 사건 전후의 상황을 들으면 고사카의 탈출 트릭을 떠올릴지도 모릅니다. 고사카가 경찰에 잡히면 자신의 공갈협박도 발각됩니다. 그래서 그는 악랄하게도 경찰의 눈을 진상에서 멀어지게 만들기 위해 조사를 엉뚱한 방향으로 끌고 나가기로 했습니다. 현장이 완전한 밀실상태가 되면 탈출 트릭을 사용했다고 의심하므로 밀실에 구멍을 만듭니다. 남자 목욕탕의 창문의 자물쇠를 풀고 흙발로 올라간 흔적을 만들었습니다. 네, 그 창문은 사실은 잠겨 있었던 것입니다. 경찰이 도착하기 전에 가게우라가 풀고 발자국을 만들었습니다. 현관에서 문까지 난 발자국도 그의 작품입니다. 그렇게 해놓고 경찰에게는 외부 침입자의 범행이라고 말했습니다. 거기에는 경찰에도 명탐정으로 알려진 자신의 발언이 받아들여지리라는 치밀한 계산이 깔려 있었습니다. 실제로 가게우라의 발언을 받아들여 외부인의 소행이라는 쪽으로 조사가 진행되었지요?"

오시로 경부에게 고개를 돌리자 그는 씁쓸한 표정으로 끄덕였다.

"그러면 이제 안심하고 공갈협박을 할 수 있습니다. 경부님에게 거짓 추리를 들려준 가게우라는 같은 방을 쓰던 제가 잠들자 재빨리 고사카를 불러내어 교섭을 행하려 했습니다."

"그놈은 되먹지 못한 쓰레기였어."

옆에서 그런 목소리가 들리며 문이 열렸다.

"뭐가 어째? 앞으로 오랫동안 협력을 부탁드립니다? 그렇게 말하며 웃던 얼굴은 지금 생각해도 속이 울렁거려. 그건 조직폭력배들이나 쓰는 수법이야."

고사카가 돌아왔다.

"협박에 응하는 대신 죽인 거죠?"

나는 엄하게 물었다.

"매번 그렇게 탐정 활동으로 얻은 비밀로 공갈협박을 했나?"

"질문에 대답해주세요. 당신이 가게우라를 죽였죠?"

나는 정색하고 되물었다. 가게우라의 행위는 결코 용서받을 수 없는 일이지만, 그것을 처음 보는 타인이 규탄하는 모습은 불쾌했다.

"고사카 씨, 발언에 신중을 기하시길 바랍니다."

경부가 끼어들었다.

"배려는 필요 없습니다. 각오하고 있습니다."

고사카는 살며시 눈을 감고, 짐승이 우는 듯한 긴 한숨을 내쉬었다. 화가 머리끝까지 나서 퇴실했던 때와는 완전히 다른 사람 같은 표정이었다.

"저는 돈 같은 건 없습니다. 돈이 있다면 울며 겨자 먹기로 아라미쓰에 고용되어 일하지도 않았을 겁니다. 독립할 자금이 생길 때까지라며 꾹 참고 자복하는 상황이었습니다. 그놈에게 그렇게 말했더니, 당신은 재산이 없더라도 지금까지 쌓은 커넥션이 있으니 돈을 변통할 길은 얼마든지 있을 거라고 말합디다. 입술을 핥으며 칩떠보는 눈으로 히죽히죽 웃는 걸 보니 등줄기에 식은땀이 흐르더군요. 한 번 응했다간 평생 이놈에게 휘둘리겠구나 하고 깨달았죠. 그렇다고 거부했다간 오랜 교도소 생활이 기다리고 있습니다."

"응하면 지옥, 거부해도 지옥. 그래서 죽였다?"

나는 확인했다. 고사카는 천천히 고개를 좌우로 흔들었다. 부정하는 것인지, 기억하고 싶지 않다고 저항하는 것인지 판단할 수 없었다.

"사업부장님, 지금 이야기가 정말인가요?"

청중 속에서 여성의 목소리가 들렸다. 울음 섞인 목소리였다.

고사카는 목소리가 난 쪽을 향했다. 그리고 누구를 보는 것도 아닌 허망한 시선을 어딘가 먼 곳으로 던진 뒤, 천천히 고개를 끄덕였다.

"사실이야. 내가 사장을 죽이고, 탐정도 죽였다……"

한탄하는 듯한 한숨이 여기저기에서 흘러나왔다. 그런 사원들의 마음은 배려하지 않고 나는 사무적인 발언을 했다.

"가게우라는 대리석 재떨이로 때렸군요."

"그래. 정신이 들고 보니 그놈은 발치에 쓰러져 있었어. 꿈쩍도 하지 않더군."

고사카는 허리 옆으로 오른손을 펼치고서 물기 없는 손바닥을 가만히 바라보았다.

"이렇다는군요."

나는 옆으로 시선을 돌렸다. 오시로 경부는 으음, 하고 신음하며 고개를 끄덕였다.

마지막으로 한 가지, 하며 나는 청중 쪽으로 고개를 돌렸다.

"고사카를 의심하게 된 계기는 가게우라의 시신에 있었습니다. 시체의 오른손이 왼손 약지를 쥐고 있었습니다. 척 보니 바로 감이 오더군요. 이건 가게우라의 메시지라고. 그렇습니다. 다잉 메시지란 겁니다. 하지만 그는 대체 뭘 전하고 싶었던 걸까요?"

질문을 던지고서 청중을 천천히 둘러보았다. 고개를 왕복했지만 답은 돌아오지 않았다. 나는 입을 열었다.

"약지는 무명지라는 말 외에도, 일본에서는 연지를 바르는 손가락이라 해서 연지손가락이라고도 합니다. 고사카 씨의 성에 들어가는 한자 '紅'이 들어 있지요."

홀에 작은 웅성거림이 흘렀다. 탐정의 허영심이 위험수위까지 차올랐다.

"고사카에게 당했다, 가게우라는 그렇게 전했던 겁니다. 머리를 세게 얻어맞아서 의식이 멀어져가는 동안 마지막 힘을 짜내서 말입니다. 보통 사람은 그런 짓을 못 합니다. 명탐정으로서의 본능이 그렇게 시켰던 거겠죠. 가게우라 하야미는 뼛속까지 명탐정이었던 겁니다. 그런데도 마음이 현혹되어 길을 잘못 들어버린 나머지 귀중한 재능을 스스로 죽여버렸습니다. 유감스럽기 그지없습니다."

나는 눈을 감고 입술을 깨물었다. 감은 눈꺼풀과 입술 끝의 떨림이 멈추지 않았다.

11

벗어던진 트레이너를 간단히 개어서 가방에 밀어넣고, 힘차게 지퍼를 닫았다.

옆에는 갈색 가죽 보스턴백이 있다. O경찰서에 들른 뒤에 가게우라 경시정이 가지러 오겠다고 했다. 그를 기다렸다가 같이 도쿄로 돌아갈 생각이다.

나는 등을 대고 침대에 푹 쓰러지며 팔다리를 크게 벌렸다. 익숙한 냄새가 콧속에 스며들었다.

아직 반나절밖에 지나지 않았는데, 오 년이나 십 년쯤 전의 일같이 느껴진다. 그러나 흐릿하게 풍겨나는 이 달착지근한 점토 같은 냄새는 가게우라의 것이다. 이렇게 눈을 감으면 오늘 아침에 일어난 사건이 디지털 하이비전 같은 선명함, 5.1채널 스테레오 서라운드의 생생함으로 머릿속에 떠오른다.

휴대전화가 울렸다. 울리는 것은 알았지만 몸이 움직이지 않았다. 그러나 호출음은 계속 이어졌다.

간신히 몸이 말을 들어서 전화를 받으니 귀에 익은 소리가 날아들었다.

"다케무라 군, 당했어. 목욕탕이야. 큰일 났다고, 아야얏. 빨리, 빨리, 나 좀 구해주게, 죽을 것 같아."

단숨에 잠이 확 깼다. 자고 있던 옷차림 그대로 머리카락도 정돈하지 않고 방을 뛰쳐나가서 남자 목욕탕으로 달려갔다.

가게우라는 남자 목욕탕의 탈의실에 쓰러져 있었다. 하반신은 대나무 벤치 아래에 집어넣고 바닥 위에서 신음하고 있었다.

괜찮냐고 물어보니 생명에는 지장이 없다고 대답했다.

대체 어떻게 된 일이냐고 묻자, 고사카에게 얻어맞았다며 버섯 모양 가발을 벗어 보였다. 뒤통수에는 커다란 혹이 생겨 있다.

가게우라는 아라가키 미쓰오 살해의 진범은 고사카라고 말했다. 홀에서 탈출한 트릭을 설명하고, 거짓 좀도둑설을 주장한 이유도 밝혔다.

"교섭이고 나발이고 없더군. 새파래져서 부들부들 떤다 싶더니 갑자기 쾅! 내려치더라고."

벤치 아래에 대리석 재떨이가 굴러다니고 있다.

"죽은 척했더니 입에 거품을 물고 줄행랑쳤어. 겁쟁이 자식. 뭐, 겁쟁이니까 살인을 저질렀겠지만. 그럼 이제 살인에 살인미수까지. 협박 소재가 하나 더 늘었군. 다케무라 군, 같이 가주게. 둘이서 가면 위험하지 않을 거야."

그래서 나는 재떨이를 집어들었다.

돈, 돈, 돈, 돈 돈!

신물이 났다.

명탐정은 청렴해야 한다. 세속의 명예와 이득에는 눈길도 주지 않고 진실의 추구를 양식으로 살아가는 것이 명탐정이다. 탐정은 직업이지만 명탐정은 다르다. 삶의 방식인 것이다.

그런데도 이 남자는 말끝마다 돈, 돈, 돈, 돈 돈!

신물이 난다.

더군다나 진실의 은폐를 꾀했다. 정의를 위해서라면 또 모르지만 자신의 사리사욕을 채우기 위해서. 욕심이란 괴물에 홀린 끝에 치졸한 악당으로 전락해버렸다. 이미 그는 명탐정이 아니다. 명탐정으로 사는 것이 용납되지 않는다.

이젠 지긋지긋해!

나는 울적한 마음을 돌덩어리에 실어서, 가게우라의 뒤통수를 향해 내리쳤다.

가게우라는 더이상 움직이지 않았다. 죽은 체하는 게 아니다.

두려움도 후회도 없었다. 고사카는 자신이 가게우라를 죽였다고 믿고 있다. 죄는 그가 뒤집어써줄 것이다.

시체의 오른손에 왼손 약지를 쥐이고, 나는 목욕탕을 뒤로했다.

침대 위에서 몸을 뒤척였다. 주름이 간 시트가 다정하게 볼을 쓰다듬는다. 그리운 냄새가 온몸을 감싼다. 세레다. 탐정의 신이 축복을 내리는 것이 느껴진다.

선생님, 저는 꼭 훌륭한 명탐정이 되겠습니다. 저 멀리 하늘 위에서 지켜봐주세요.

생존자, 1명

생존자 1명, 사망자 5명으로 조사 종료

가고시마 현 경찰, 해상 자위대, 제1관구 해상보안본부로 이루어진 합동수색대는 6일, 가바네지마 섬에서 이루어지고 있는 수색활동을 종료하기로 결정했다. 이 결과 동섬에서의 생존자는 1명에 머무르게 되었다.

아마 나는 죽을 것이다. 살인귀가 찾아오지 않더라도 이대로 있으면 머지않아 죽어버릴 것이다. 식량이 바닥났다. 먹을 것을 모을 기력도 사라져가고 있다.

일주일 정도 전에는, 이런 곳에서 죽을까보냐, 도쿄로 돌아가면 우선 뜨끈한 물로 샤워를 하고, 긴자의 백화점에서 원피스를 새로 맞춰 입고, 사쿠라다몬의 경시청에 출두해서 고지야 가즈키요에 맞서 같이 죽을 각오로 법정에 서서 열세 명의 희생자와 그 유족에게 고개를 숙이고, 아, 그리고 부모님에게도 불효를 사죄하고—이런 의욕적인 생각을 하고 있었지만 지금은 다 상관없어졌다. 체력 소모를 억제하려고 호흡수조차 줄이고 침낭 안에서 웅크리고 있으려니, 문득 이제 슬슬 죽어도 괜찮지 않을까 하는 생각이 든다. 흔히들 삶에 대한 집착이 없어지면 끝장이라고 한다. 그러니까 나도 죽어가는 운명이겠지.

하지만 이대로 죽어버리면 나의 죽음은 올바르게 해석되지 않는다. 나는 '진리의 길 복음교회' 내에서 과격파에 속해 있지도 않거니와, 더 이상 도망칠 수 없다고 생각해서 집단으로 자결한 것도 아니다. 그렇게 오해받으며 죽는 것은 참을 수 없다. 그렇기 때문에 나는 이 글을 남기기로 했다. 이 노트가 살인귀의 손에 처분되지 않고 언젠가 이 섬에 찾아올 선량한 누군가에게 발견되면 좋겠다. 그리고 텔레비전 방송국이나 신문사 같은 곳에 가지고 가서, 내가 휘말린 이 불합리한 사건을 대대적으로 발표하길 바란다. 그리고 진리의 길 복음교회를 해산으로 몰아넣고 고지야 가즈키요와 세키구치 히데키를 사형대에 보내길 바란다. 그렇지 않고서는 나는 이 세상을 뜰 수 없다. 먼저 죽어버린 옛 동지들도.

어쨌든 나는 이 글이 백일하에 드러나는 날이 반드시 오리라 믿고,

흐릿하게 남아 있는 기력과 체력을 이 노트에 쏟아붓기로 한다.

우리가 가바네지마 섬에 상륙한 것은 199*년 7월 21일이었다. 가바네지마는 동지나 해 남서부에 위치한, 둘레 십 킬로미터 정도의 작은 섬이다.

태풍4호의 여파로 바다가 아직 요동치는데다 심야의 항해라는 점도 있어서 앞길이 걱정되었지만, 세키구치 히데키 사교司敎가 타륜을 잡은 크루저 해신4호의 항해는 생각보다 순조로웠다. 가고시마 현의 **항을 출발한 지 열두 시간 뒤인 7월 21일 오후 2시, 무사히 가바네지마에 도착했다.

가바네지마는 사면이 해식절벽으로 이루어진 거친 섬이다. 절벽 아래의 바닷속에는 거대한 바위가 묻혀 있어서 배를 해안에 대는 것이 그리 간단하지 않다. 예전에는 난바다에서 작은 배를 타고 접근해서 절벽에서 약간 튀어나온 곳으로 상륙했다고 한다.

자료에 의하면 이 섬의 역사는 헤이케 진영의 패잔병이 유배되었던 것에서 시작한다. 사방에 섬이 하나도 없는 절해고도였기 때문에 에도 시대에는 사쓰마 번의 중죄인이 유배되었고, 동시에 이국선의 감시에 이용하기도 했다. 태평양전쟁 말기에도 군사 목적으로 이용했는데, 섬사람을 강제 퇴거시킨 뒤 미군의 본토 침공에 대비한 대포를 설치했다. 종전 후 강제 퇴거된 사람들이 돌아와서 초등학교 분교를 세우기도 했지만, 1958년에 대규모 해저분화가 발생하자 계속되는 지진을 피해 섬의 모든 주민이 다시 섬을 떠났다. 이후 주거를 목적으로 사람들이 돌아오는 일은 없었고, 이삼 년에 한 번씩 학술조사를 위해 사람이 찾아오는 선에 머무르고 있다.

해신4호는 좌초를 피하기 위해 만조 때를 노려 천천히 섬으로 접근해서, 섬의 남동부에 있는 통칭 '물뱀의 창고'에 순백색 선체를 들이밀었다. 물뱀의 창고는 1958년 분화 때 형성된 동굴이다. 이 동굴은 완만한 커브를 그리고 있기 때문에, 선체가 안쪽까지 들어가면 근처를 항해하는 배들에게 발견될 일은 없다.

마치 뱃도랑 같은 물뱀의 창고에 해신4호를 정박시킨 우리는 수면에 얼굴을 내민 바위와 선체 사이에 널빤지를 놓고 상륙했다. 널빤지를 걸친 바위 조금 앞에 수직 동굴이 뚫려 있어서 그곳을 통해 지상으로 나갈 수 있었다. 이 수직 동굴도 1958년 분화로 형성된 것이었다.

가바네지마는 좁지만 기복이 많고 지표면은 검붉고 울퉁불퉁한 암반으로 덮여 있어서, 맞은편 그늘이나 언덕에서 당장에라도 만화영화에 등장하는 괴수가 나타날 것 같은 분위기였다. 덥고 비가 많은 지방인데도 키 낮은 풀밖에 자라지 않는 것은 화산성 토지라 땅에 양분이 없기 때문일 것이다. 예전에 사람들이 정착해서 살았다는 것이 도저히 믿기지 않는 황량한 땅이었다.

섬의 북서부 분지에 기울어진 작은 오두막이 있었다. 천장이 군데군데 뜯겨져나가고 창은 유리 없이 뻥 뚫려 있고 벽에도 구멍이 뚫려 있는 꼬락서니였다. 조립식주택인 걸 보면 섬을 떠난 주민이나 구 일본육군이 남긴 것이 아니라 요 몇 년 사이에 방문한 학술조사대가 가설한 집일 것이다.

우리는 이 오두막과 해신4호 사이를 짐을 짊어지고 몇 번이나 왕복했다. 물뱀의 창고와 지상을 잇는 수직 동굴에는 사다리 같은 것은 물론 길다운 길도 나 있지 않아서, 각자 배낭에 침낭, 삽과 로프와 연료 같은 공용도구, 그리고 몇 개월치의 물과 식료품을 넣어 남김없이 실어나르고 나니 이미 해가 저물어 있었다. 모두 시퍼런 멍이나 긁힌 상처가 생겼다.

가바네지마 잠복 작전은 이렇게 시작되었다. 교황의 말에 따르면 석 달 정도를 예상한다고 하는데, 운이 좋으면 보름 만에 끝날지도 모르고, 반대로 이 섬에서 새해를 맞아야 할지도 모른다.

어쨌든 우리는 이 남해의 외딴섬에서 해외도피 준비가 정리되는 것을 숨죽이고 기다려야 한다.

우리가 가바네지마로 도망쳐온 것은 7월 18일에 일어난 그 사건의 범인이기 때문이다.

여기서 말하는 우리란, 무나카타 다쓰야, 모리 도시히코, 나가토모 히토미, 그리고 바로 나 오타케 미하루 네 명이다.

7월 18일의 그 사건이란 세상이 다 아는 JR오** 역 폭파사건이다. 아침 출근시간 때 역 구내 네 곳에서 플라스틱 폭탄이 폭발해 13명이 사망하고, 부상자는 중상자만 따져도 59명이 넘는, 일본 범죄 역사에 남을 흉악한 폭탄 테러다.

당초에 이 테러행위는 과격단체의 짓으로 여겨졌으나, 중심이 되는 좌익단체들은 잇달아 범행을 부정하는 성명문을 발표했다. 그러자 그 다음에는 진리의 길 복음교회의 범행이라는 익명의 글이 다수의 인터넷 사이트에 올라왔다.

진리의 길 복음교회는 1980년 초반에 일본에서 생겨난 기독교 계통 신흥종교단체다. 요한계시록을 독자적으로 해석한 종말사상을 설파하는 것이 특징으로, 교의를 한마디로 설명하자면 악마에 의해 더러워진 이 세상은 이제 얼마 안 있어서 전지전능한 신이 정화해주실 것이므로, 당신도 신의 군단의 일원이 되어 그 최종전쟁을 승리로 이끌라는 것이다. 그리고 그 교회에서는 최종전쟁의 발발을 1999년으로 보고 '종말의 날이 가깝다' 라는 구호를 통해 1990년대 중반부터 급격히 신도 수를 늘려갔다. 최고 우두머리인 고지야 가즈키요의 나이는 사십 세고, 신도의 평균 연령도 삼십대 전후로 젊은 편이다.

인터넷 사이트의 글은 옳았다. 우리 네 사람은 진리의 길 복음교회의 신도들이었다.

오** 역을 폭파한 것은 신의 지시다. 신의 군단의 일원으로서 미력하게나마 부패한 세상을 정화한 것이다. 우리 교회의 사상에 공명하지 않는 자는 모두 썩었으며 정화의 대상이다. 다만 우리의 신은 자비롭기에 구원의 문은 활짝 열려 있다. 부패한 세상과 그에 오염된 자신을 깨닫고서 교회의 문을 두드리고 개심하면 최종전쟁 뒤에 도래할 천년왕국의 주민이 될 수 있다. 따라서 우리가 장치한 폭탄은 세상 사람들을 각성시키기 위한 비상벨이기도 했다.

우리 네 사람 중 누군가가 오** 역을 폭파하기로 결정한 것은 아니다. 리더 격인 무나카타 다쓰야도 실행부대의 관리자일 뿐이었다. 비상벨을 울리라고 우리에게 지령을 내린 사람은 교회의 서열 4위, 청년부장인 세키구치 히데키 사교다. 세키구치 사교는 고지야 교황에게서 지시를 받고, 교황은 신으로부터 신탁을 받았다. 그러니까 우리의 행동은 신의 지시인 것이다.

우리 네 사람은 세키구치가 그린 설계도 위를 일 밀리미터의 오차도 없이 걸었다. 동쪽 출구의 여자화장실과 서쪽 출구의 202번 코인로커와 1번 홈의 쓰레기통과 지하철 연결통로로 나뉘어서 각각 폭탄을 설치하고, 전철에 타고 이웃한 역으로 가서 그 역 앞에 있는 코인 주차장에 세워둔 도난차량에 올라탔다. 그리고 카 라디오를 켜고 오전 8시 시보를 신호로 네 사람이 각자 휴대전화를 눌러 오** 역에 설치된 폭탄의 발화장치를 작동시켰다.

세키구치가 손수 제작한 폭탄의 위력은 나의 상상을 아득히 뛰어넘었다. 한 정거장 떨어져 있는데도 지면이 흔들리는 것이 또렷하게 느껴졌고, 사망자가 한두 명 선에서 그치지 않을 것이리라 직감했다.

흉악한 범죄를 저질렀다는 의식은 조금도 없었다. 전 인류를 위해 비상벨을 울린 것이므로 오히려 자랑스럽고 후련한 기분이었다.

그러나 악마가 지배하는 이 더러운 세상이 우리의 행동을 받아들이지 않으리라는 것은 알고 있었다. 그릇된 가치관에 의해 우리를 범죄자 취급할 것이다. 그러나 중요한 최종전쟁을 앞두고서 호락호락 악마의 군대에 항복할 수는 없다. 우리는 경찰에 잡히지 않도록 재빨리 현장을 떠났다.

무나카타와 모리가 교대로 핸들을 잡고 도메이 고속도로를 달려서, 메이신 고속도로와 주고쿠 자동차도로를 거쳐 남서쪽으로 내려가서 규슈 자동차도로의 사쿠라지마 휴게소에 도착했다.

"예정보다 반나절 늦었군."

이미 도착해 있던 세키구치 사교가 언제나처럼 억양 없는 목소리로 맞이했다. 그의 옆에는 가방을 든 이나무라 유지로가 그림자처럼 붙어 있었다.

"주고쿠 자동차도로에서 타이어 펑크가 나서요. 주차공간을 나오기 전에 이상을 깨달아서 다행이었습니다."

무나카타가 고개를 숙였다.

"보험회사를 불렀나?"

"아뇨. 족적을 남길까봐 직접 타이어를 교환했습니다. 다만 스페어 타이어를 준비하지 않았기 때문에 사오는 데 시간이 걸려서 그 때문에 늦었습니다. 그런데 태풍은 괜찮을까요?"

마침 바다의 날이라서 게양되어 있는 일장기가 소리를 내며 펄럭이고 있었다.

"쓸데없는 걱정은 안 해도 돼. 잠자코 나를 따르는 것이 신을 따르는 것이야."

마음가짐이 나쁜 일부 신도들은 세키구치 사교를 철가면이라고 부른다.

우리는 여기서 1400킬로미터를 함께한 세단을 버리고 이나무라가 운전하는 왜건으로 옮겨 탔다. 이 차도 아마 도난차량일 것이다.

여섯 사람을 태운 차는 가고시마 인터체인지에서 규슈 자동차도로를 내려와 일반국도를 타고 남하했다. 교황에게서 직접 목소리를 들은 것은 그렇게 이동하던 중이었다. 우리는 스피커폰으로 설정한 휴대전화를 향해서 자세를 고치고 경청했다.

"모리 도시히코 군, 수고했다. 오타케 미하루 양, 고생 많았다. 나가토모 히토미 양, 몸은 좀 괜찮은가? 그리고 무나카타 다쓰야 군, 다른 사람들을 잘 이끌어주었어. 다들 참 잘해주었네. 자네들의 행동은 하늘에도 전해졌을 거야. 자네들 전원에게 내가 직접 조제助祭 칭호를 주겠네. 그러나 유감스럽게도 신의 기쁨은 악마의 분노를 부르지. 악마에 지배당한 이 나라에서 자네들은 범죄자로서 쫓기게 될 것이야. 따라서 계속 이 나라에 있으면 신변에 위험이 있을 터이니, 이후에는 한동안 해외에서 느긋하게 지내주었으면 하네. 교회는 이미 그 준비에 착수했다네. 하지만 안전한 루트가 확보될 때까지는 한동안 시간이 걸려. 그때까지는 세키구치 사교의 지시에 따라서 국내의 어느 장소에서 대기해주게. 불편한 생활에 힘들지도 모르겠지만 석 달 안에 자유로운 나라로 갈 수 있는 여권을 준비하지. 전지전능한 신은 항상 자네들과 함께 계신다네. 아멘."

우리 네 사람은 눈에 물기가 맺혔다. 성과 이름을 하나하나 불러준 것에 온몸이 떨리는 영광을 느꼈다. 교회의 수장인 교황이 말단에 있는 우리의 이름을 알고 있다는 것 자체가 기적 같았다.

가고시마 현 남단에 위치한 **항에 도착해서야 우리 네 사람은 비로소 행선지를 알게 되었다. 무인도라는 것을 알고 적지 않게 위축되었지만, 그곳에 가는 것이 신의 지시라면 기꺼이 따르는 수밖에 없다.

이미 출항 준비는 끝나 있었다. 크루저 안에는 종이상자들이 가득 쌓여 있어 앉을 자리를 확보하는 것도 쉽지 않았다. 그러나 물과 식량이 이렇게나 많이 준비되어 있다는 것을 알고 나는 아주 안심했다. 석 달은 물론이고, 반년도 생활할 수 있을 만한 양이었다.

그리고 7월 21일 새벽, 해신4호는 야음을 틈타 가고시마 **항의 마리나를 뒤로했다.

가바네지마에 상륙한 날 저녁에는 먹고 마시고 노래하고 춤췄다. 가솔린 버너로 고기와 생선과 야채를 굽고, 볶음국수도 만들고 캔맥주로 건배하며 신나게 먹고 마셨다.

"오늘밤은 신분을 따지지 말고 즐기자고."

세키구치 사교가 공인한 축제였다. 하룻밤의 연회다. 오** 역에서의 정화작전 성공을 축하하고 이후의 무사를 기원하는 것이다.

내일부터는 맛없는 식탁이 기다리고 있다. 레토르트 식품, 건조식품,

영양제. 섬을 나가는 그날까지는 알코올도 없거니와 요리라고 부를 만한 음식도 입에 댈 수 없다. 말하자면 이날의 저녁식사는 최후의 만찬이었다. 다들 그것을 아는 만큼 자신들 앞에 놓인 음식으로 열심히 젓가락을 움직였고, 한 병이라도 더 마시려고 맥주에 손을 뻗었다. 한 사람이 노래를 흥얼거리자 이윽고 합창의 고리가 생겼고, 모두가 일어서서 스텝을 밟고, 불을 밝힌 양초를 머리 위에서 좌우로 흔들었다.

이윽고 다들 먹다 지치고 떠들다 지쳐서, 어떤 사람은 담배를 피우고 또 어떤 이는 가볍게 숨소리를 내며 잠드는 등, 각자 연회의 여운에 젖어 있었다.

나는 부른 배를 문지르면서 밤하늘에 가득한 별들을 올려다보았다. 이 남쪽 지방은 이미 장마가 끝난데다 태풍이 지나간 덕에 하늘에 구름 한 점 없었다. 별의 수도 밝기도 도쿄의 밤하늘과는 전혀 딴판이었다. 영화의 세트장 같은 이런 밤하늘은 처음이어서 아무리 바라보아도 질리지 않았다. 완전히 동심으로 돌아간 나는 선물로 집에 가져갈 수 있지 않을까 하고 하늘을 향해 손을 뻗어보았다. 사흘 전 오** 역에서 맛보았던 긴장과 앞날에 대한 불안도 이때만큼은 잊을 수 있었다.

달도 아름답게 빛났다. 보름달에 조금 못 미치는 달이었다. 섬 전체에 내리쪼이는 엷고 부드러운 빛이 마치 날개옷 같았다.

나는 걷고 싶어졌다. 그래서 걸었다. 도시에서 살 때와는 완전히 다르게 자신의 감정에 솔직해졌다.

달빛이 엷다고 생각했지만 산책하기에는 충분히 밝았다. 달빛은 바위 표면을 흐릿하게 비추었고, 그 사이를 돌아다니다보니 마치 이곳이 달의 사막 같다는 생각이 들었다. 알코올의 영향으로 걸음이 비틀거리는 감각이 마치 무중력상태 같아서 그런 착각을 한 건지도 모른다.

정신이 들고 보니 물뱀의 창고로 통하는 수직 동굴 근처까지 와 있었다.

그리고 이상한 소리가 들렸다. 날카롭고 띄엄띄엄 울리는 그것은 짐승의 울음소리 같았다.

술기운 덕에 용감해진 나는 공포보다 흥미가 앞서 동굴 안으로 내려갔다. 달이 바로 머리 위에 떠서 수직 동굴 내부를 밝게 비추는 덕에 손과 발을 짚을 곳을 어렵지 않게 찾아서 내려갈 수 있었다.

하지만 완전히 내려가니 동굴 안쪽까지는 달빛이 비치지 않아서 회중전등 없이는 나아갈 수 없었다.

그러나 그 이상 전진할 필요는 없었다.

어둠의 한구석이 흐릿하게 밝았다. 해신4호의 선실에 불이 켜져 있었다. 소리는 그쪽에서 흘러나오고 있었다. 그리고 나는 금방 소리의 정체를 알아차렸다.

선실의 조명 안에 여자의 실루엣이 보였다. 허리까지 오는 긴 머리카락을 춤추듯이 휘두르고 있다. 몸을 격하게 위아래로 움직였다. 그녀는 알몸이었다. 얼굴은 또렷하게 보이지 않지만, 이렇게 긴 머리카락을 가진 여자를 나는 한 사람밖에 모른다. 게다가 이 섬에 온 여자는 나를 제외하면 한 사람밖에 없다.

이것도 연회의 하나인 걸까?

나가토모 히토미가 알몸으로 허리를 흔들며 짐승 같은 소리를 흘리고 있었다. 그 아래서 쾌락을 즐기는 남자의 얼굴은 보이지 않았지만, 나는 그 정체를 추측할 수 있었다. 무나카타, 모리, 이나무라는 내가 산책을 나설 때 오두막 주위에 있었다.

나는 질투를 느꼈다.

세키구치 히데키를 남몰래 연모했던 것은 아니다. 나보다 신에 가까운 자로서 그를 존경하기는 했지만 연애의 대상으로서는 아니었다.

그렇지만 나는 질투를 느꼈다.

세키구치는 교회의 간부다. 나가토모는 교회 서열 4위인 남자의 눈에 든 것이다. 방금 전까지 나와 그녀는 같은 입장이었는데 지금은 하늘과 땅만큼 차이가 나버린 기분이 들었다. 아니, 기분 탓이 아니라, 앞으로 교회 안에서 그녀의 위치가 상승할 것은 틀림없다.

비슷한 나이에 비슷한 체격. 비슷한 머리모양, 비슷한 생김새, 비슷한 허스키 보이스. 노래 실력이나 주량도 엇비슷하다. 그런데도 나에게는 말조차 걸어주지 않고 나가토모를 선택했다.

오늘 나는 남을 질투했습니다. 그렇게 신에게 용서를 빌고, 나는 잠이 들었다.

배 여행과 운반작업의 피로, 적당한 알코올. 나는 아침까지 푹 자고 제일 먼저 침낭을 나왔다. 눈을 뜰 때의 기분은 나쁘지 않았다. 동쪽 하늘이 붉게 물들고 빛이 서서히 하늘을 채워가는 모습은 마치 SF영화의 첫 장면 같았다.

아침식사에는 어제 만찬의 여운은 없었다. 영양조정식품 한 상자와 경장영양제 한 캔. 고작 그것뿐이었다.

영양조정식품은 구운 과자 같은 고형물로, 말하자면 영양가 높은 건빵 같은 것이었다. 경장영양제는 유동식 영양제로 생긴 거나 식감 모두 밀크셰이크를 연상시켰다. 양쪽 다 영양소가 균형 있게 배합되어서 그 두 가지를 끼니마다 섭취하면 이론상으로는 생명을 유지할 수 있을 만한 칼로리와 영양을 얻을 수 있다는 것이다. 부피도 작으므로 한꺼

번에 많이 실어올 수 있어서 서바이벌 생활에는 무척 효율 좋은 식료품이라 할 수 있었다. 그러나 양쪽 다 향료로 맛을 냈기에 극히 무기질적이고 인공적이었다. 못 먹을 정도는 아니었지만, 한 상자에 80그램의 영양조정식품을 250밀리리터의 경장영양제와 함께 먹고 나니 더는 먹고 싶은 마음이 없었다. 어제 저녁의 바비큐 파티와는 딴판으로 좀 더 달라는 사람은 하나도 없었다.

섬에 가지고 들어온 식료품은 그 밖에도 레토르트 카레나 냉동건조 야채 등이 있었지만, 이후의 식사는 기본적으로 영양조정식품과 경장영양제들이다. 가지고 온 식료품의 대부분이 그 두 가지인 것이다. 실은 이 두 상품의 발매원은 진리의 길 복음교회의 입김이 닿는 곳으로, 이들의 판매가 교회의 귀중한 자금원이었다.

아침식사 후에 섬을 탐색했다. 오랫동안 체류하려면 환경 파악이 필수다. 탐색이 전체적으로 끝날 때까지는 세키구치 사교와 이나무라도 섬에 남아 있을 예정이었다. 이 섬에서 생활하는 데 부족해 보이는 물자가 있다면 나중에 운반해준다고 한다.

무엇보다 우선해야 할 것은 물의 확보였다. 페트병에 든 생수는 충분했지만, 마시는 것 이외까지 그것으로 충당하려 하면 한 달도 버티지 못하고 바닥날 것이다.

우리는 우선 옛 마을을 찾았다. 우물이 사용할 수 있는 상태이기를 기대했던 것이다.

마을의 흔적을 찾는 것은 의외로 힘들었다. 무너진 가옥의 모습을 머릿속에 상상하며 돌아다녔지만 그같은 풍경은 전혀 찾아볼 수 없었다. 마을을 찾으면서 샘물이 있는지도 주의 깊게 살폈지만 그 역시 보이지 않았다.

옛 마을의 위치를 좀처럼 찾을 수 없었던 것은 건물들이 완전히 무너져 있기 때문이었다. 낮은 잡초 사이사이로 썩어 문드러진 목재 몇 토막이 굴러다닐 뿐이었다. 계속되는 태풍의 직격으로 이렇게 되어버린 모양이다. 동지나 해는 태풍의 단골 코스다.

옛 마을에 우물 비슷한 것이 있기는 했다. 그러나 둥근 틀 안은 흙과 자갈로 메워져 있었다. 삽은 있지만 얼마나 파야 물이 나올지 상상도 되지 않았다.

그러나 그곳에는 또 작은 수영장 같은 것이 둘 있었다. 각각 가로세로 오 미터 정도의 사각형 구멍인데, 내부가 콘크리트로 메워진 걸로 보아 빗물을 저장했던 것이 아닐까 추측되었다. 실제로 발견했을 때에도 물이 채워져 있었다. 하지만 채워져 있는 물은 몹시 탁했으므로 일단 전부 퍼내고 새로 빗물을 받기로 했다.

수영장을 청소하던 중에 점심때가 되어, 우리는 일단 오두막으로 돌아와서 식사를 했다. 점심도 영양조정식품과 경장영양제다. 아침은 영양조정식품이 치즈맛, 경장영양제가 커피맛이었다. 점심은 과일맛과 바닐라맛으로 바뀌었다. 하지만 (실제로 먹어본 적은 없지만) 꼭 우주식을 지급받은 것 같은 기분은 달라지지 않았다.

"어떻게 되었으려나."

우주식을 한입 베어물고 무나카타 다쓰야가 중얼거렸다. 생략된 주어는 '오** 역 폭파사건 후'일 거라고 상상할 수 있었다.

"자네들은 훌륭하게 사명을 다했어. 뒷일에 관해서는 괜히 걱정하지 않아도 돼."

세키구치 사교는 억양 없는 목소리로 말했다.

"라디오는 받을 수 없습니까?"

모리 도시히코가 물었다. 그는 마흔 살로 이 여섯 사람 중에서는 가장 연장자였다. 세키구치 사교는 서른일곱, 나머지 네 사람은 삼십대 초반이다.

"아까 한 말 못 들었나? 괜한 걱정은 할 필요 없다고 했잖아."

"하지만 세상의 정보가 들어오지 않으면 왠지 불편할 것 같아서요. 이곳은 태풍이 지나가는 길목이기도 하고."

"뭐가 불편하단 말인가. 오히려 더할 나위 없는 환경이잖아. 교황도 항상 말씀하시지 않나. 텔레비전이나 라디오는 악마의 도구야. 있지도 않은 이야기를 퍼뜨려서 사람들을 미혹시켜. 악마의 도구가 없으면 미혹당할 걱정도 없지."

"사전에 조사한 것에 따르면 이 섬에는 라디오 전파가 닿지 않습니다."

이나무라가 말했다.

"그래. 태풍 걱정도 없어. 신은 선량한 자에게는 은혜를 내려주시지. 사악한 세상의 정화에 공헌한 자네들을 괴롭히실 리는 없어. 그 증거로, 맹위를 떨치며 북상하던 태풍4호가 이 섬을 출발하기 직전에 중국 쪽으로 비켜가지 않았나. 신이 길을 열어주신 거야."

세키구치 사교는 만족스러운 듯 고개를 끄덕였다.

"이 섬에는 악마의 유혹이 닿지 않는다는 말씀이군요! 누구에게도 무엇에도 방해받지 않고, 성서를 읽고, 교황님의 설교집을 읽고, 신에게 기도한다. 마음껏 신앙에 전념할 수 있어요. 아아, 얼마나 훌륭합니까! 이렇게 훌륭한 환경은 앞으로도 평생, 원한다고 해서 마음대로 손에 넣을 수 없을 거예요. 신이여, 정말 감사합니다!"

나가토모 히토미가 가슴 앞에서 자신의 손을 맞잡았다. 어제저녁의 일이 있는 만큼, 세키구치에게 아양을 떠는 거라고밖에 생각되지 않았다.

"그래, 열심히 하도록 해. 그리고 이 웅대한 자연의 품에서 심신을 재충전하는 거야. 등산도 좋고 동굴에서 어패류를 잡는 것도 좋겠지. 자네들의 임무는 끝났어. 이곳에서 한동안 휴가를 보내라고. 이건 신께서 주신 상이야."

"온천을 파는 건 어떨까요? 이곳은 화산지대니까 솟아날 가능성도 충분히 있습니다."

이나무라가 웃었다.

"뭐, 신앙의 시간만 등한시하지 않는다면 나머지는 뭘 하며 지내도 상관없어. 다만 한 가지는 주의하게. 항해중인 배에 발견될 만한 실수는 하지 말도록. 동굴에서 물장난이나 수영을 하는 건 상관없지만 섬 주위에서 바위 낚시 같은 건 하지 마. 저 험한 바위 위에 서는 것도 쉽지 않을 테고, 그럴 수 있다고 해도 눈 깜짝할 사이에 파도에 휩쓸려가 버리겠지만."

"꺅!"

갑자기 교성이 들렸다. 나가토모 히토미가 세키구치 사교에게 달라붙었다.

"뭔가 있어요."

그녀는 그에게 달라붙은 채로 한쪽 팔을 앞쪽으로 뻗었다.

"뭐가 말인가?"

그는 그녀의 어깨를 끌어당겼다.

"짐승 같은 것이었어요."

"동물?"

"네. 저쪽 사이에서 움직였어요."

나가토모는 깨진 창문 밖으로 보이는 병풍 모양 바위를 가리켰다.

"쥐인가요? 토끼?"

"아뇨, 좀더 큰 것이었어요."

"보고 와."

세키구치 사교가 이나무라에게 명령했다.

"곰이면 어떡합니까."

이나무라가 꽁무니를 뺐다.

"곰은 아니겠죠. 곰은 추운 곳에서 사는 동물이지 않습니까? 어디, 같이 한번 보러 가죠."

무나카타가 먼저 오두막을 나섰다. 이나무라도 뒤를 좇아서 두 사람은 슬금슬금 바위 그늘을 들여다보았다. 이나무라가 돌아보고는 아무것도 없다고 큰 목소리로 말했다.

"아까 전에는 분명히 있었어요."

나가토모가 고개를 좌우로 저었다. 알았어, 알았어, 하듯이 세키구치가 그녀의 머리를 쓰다듬었다.

"아마 야생화된 가축이겠죠."

모리가 말했다.

"이런 섬에서는 섬을 떠날 때 가축을 내버려두고 가는 경우가 많아서, 그 결과 야생화돼버리는 이야기를 들은 적이 있습니다."

"소나 말?"

커플에게서 시선을 거두고 나는 고개를 돌리며 물었다.

"염소 같은 것이 많다고 합니다."

"제 눈에는 검게 보였는데요."

나가토모가 말했다.

"야생 염소는 새하얗지 않을 텐데."

나는 무뚝뚝하게 대답했다.

"여러분들에게 한 가지 즐거움이 생겼군요. 짐승을 찾아서 잡아먹으면 될 테니."

오두막으로 돌아온 이나무라가 웃었다. 은근히 상대를 깔보는 듯한 말투를 쓰는 남자다.

그렇지만 더 불쾌한 것은 나가토모였다. 그녀는 분명 아무것도 못 봤을 것이다. 짐승이 있었다는 얘긴 그저 세키구치에게 달라붙기 위한 구실인 게 분명하다.

"자, 오후 활동을 시작하죠."

나는 정색을 하고 오두막을 나왔다.

남쪽 섬의 햇살은 따가웠다. 찌르는 듯한 햇살이란 이런 걸 두고 하는 말이다. 지글지글 태우는 맹렬함이 피부에 직접 느껴졌다. 그렇지만 바위 그늘로 들어가면 바다에서 불어오는 바람이 피부를 부드럽게 쓰다듬어서, 더위는 도쿄에서보다 훨씬 버티기 쉬울 것 같았다.

저수지 청소가 끝났을 즈음 마침 남쪽 하늘의 뭉게구름이 우르릉 소리를 내기 시작했다. 한바탕 비가 퍼부어주면 곧바로 신선한 물을 저장할 수 있다.

그러나 비가 퍼부으면 곤란한 것도 있다. 오두막의 지붕에는 여기저기 구멍이 뚫려 있다. 창문도 깨져 있다. 내리는 정도에 따라서 상당히 비참한 사태가 벌어질지도 모른다.

그러자 세키구치 사교가 크루저에 두꺼운 비닐시트가 쌓여 있다며,

배에 다른 볼일도 있으니 가는 김에 같이 가져오겠다고 말했다.

나의 반응은 재빨랐다. 눈을 반짝인 나가토모 히토미가 거들겠다고 말하는 것보다 먼저, 두 사람 사이에 끼어들었다.

"시트는 어떻게 고정시키죠? 우선 무거운 돌을 찾아놓을까요? 그러면 나가토모 씨, 우리는 돌을 모으러 가죠. 아, 그리고 짐도 비에 젖지 않는 장소로 옮겨야겠고. 어머나, 벌써 벼락이 치네. 서둘러야겠어요."

그렇게 쉽게 마음껏 쾌락을 즐길 수 있을 줄 알고!

결국 세키구치 사교는 혼자서 물뱀의 창고로 향했다.

천둥 소리는 울려퍼질 때마다 가까워졌고 하늘이 점점 어두워지더니 이윽고 비가 내리기 시작했다. 무거운 돌은 이미 준비해두었지만, 비가 본격적으로 내리기 시작해도 세키구치 사교는 돌아오지 않았다.

양동이로 쏟아붓는 듯한 비였다. 아니나 다를까, 오두막은 피해를 입었다. 지붕에서 물이 새는 것도 심각했지만 깨진 창문으로 빗물이 심하게 들이쳐서 창문 근처가 물바다가 되었다. 이 사정없이 내리는 비가 세키구치 사교의 발을 묶어버린 것이다. 우리는 그렇게만 생각했다. 맑을 때에도 험한 길이다. 이 호우 속에 그 길을 걷는 것은 너무나 위험하다.

비는 한 시간 정도 내리다가 뚝 그쳤다. 바깥을 보자 하늘의 절반이 검은 구름이고 나머지 절반은 주홍빛으로 물들어 있었다.

삼십 분 정도 지나고 하늘에 저녁놀이 져도 세키구치 사교는 돌아오지 않았다. 물뱀의 창고에서 오두막까지는 이십 분 정도 거리다.

한 시간이 더 지나고 달과 별이 하늘을 뒤덮어도 세키구치 사교가 돌아올 기색은 없었고, 절벽이 무너져서 위태로운 지경에 빠진 것이 아닌가 하는 말이 나오기 시작했다. 무너진 바위 아래에 깔렸을지도 모른다는 불길한 소리를 하는 사람도 있었다. 그쯤 되자 이나무라와 무나카타가 상황을 확인하러 가기로 했다. 남은 세 사람은 초콜릿맛 건빵 비슷한 것과 딸기맛 셰이크 비슷한 것으로 저녁을 때우면서 기다리기로 했다.

한 시간 뒤, 두 사람이 진흙투성이가 되어 돌아왔다. 이나무라와 무나카타였다. 뒤따라 또 한 사람이 들어올 기색은 없었다.

"사교님은요?"

당장에라도 울 것 같은 얼굴로 나가토모가 물었다.

"어딘가로 가버렸습니다."

무나카타의 표정에는 곤혹과 분노가 섞여 있었다.

"보이지 않았다는 건가요?"

"그렇습니다. 배도요."

"배에 없다면 그 중간 어딘가에 있을 텐데. 사교님의 이름을 부르면서 찾아볼까요?"

"아, 그게 아닙니다. 배에 없었다는 게 아니라, 배도 없었다는 겁니다."

"네?"

"배가 사라졌습니다. 세키구치 사교님도 안 보입니다. 즉, 사교님은 배를 타고 섬을 떠났다는 이야기입니다."

집을 지키던 사람들 모두 눈이 휘둥그레졌다.

"대체 어디로 가신 거죠?"

"글쎄요."

"사교님은 배에 짐을 가지러 가셨어요. 비닐시트를 가지러. 단지 그뿐이에요. 그렇죠?"

나가토모는 다른 이들에게 동의를 구했다.

"저에게 화풀이하지 마세요. 저는 보고 온 그대로 전했을 뿐입니다. 세키구치 사교님의 모습은 보이지 않았습니다. 크루저도 사라졌습니다. 그렇죠?"

무나카타는 이나무라에게 동의를 구했다. 이나무라는 말이 없었다. 긍정도 부정도 하지 않았다. 팔짱을 끼고 험악한 얼굴로 허공을 노려보고 있다.

"사교님은 배에 다른 볼일도 있다고 하셨습니다만."

모리가 이나무라에게 물었다. 이나무라는 무서운 표정을 무너뜨리지 않았다.

"그게 배를 출발시키기 위한 준비였던 겁니까?"

모리가 다시 묻자, 이나무라는 기름이 다 떨어진 로봇처럼 고개를 좌우로 저었다.

"배 안에 있는 줄 알았던 비닐시트가 없어서 구하러 간 걸까요?"

나는 고개를 갸웃거렸다.

"이 망망대해 어디에서 비닐시트를 구할 수 있겠습니까. 항해중인 배를 붙잡아서 비닐시트를 빌려달라고 부탁이라도 한다는 건가요?"

무나카타가 도발적으로 말했다.

"어떤 상황이면 말도 없이 출발할까요? 우선 생각할 수 있는 건, 곧 돌아올 것이기 때문에 굳이 말할 필요가 없다고 생각했다는 것."

생각을 정리하는 눈치로 모리가 말했다.

"그러니까, 어디로 나갔냐고 묻고 있잖아요!"

"이 주변을 한 바퀴 도는 거죠. 요컨대 크루징이 아닐까요?"

내가 말했다.

"이곳에는 놀러 온 것이 아닙니다. 크루징이라니, 그런 태평스런 짓은 안 하실 겁니다."

"태평스럽다기보다, 비가 심해서 오두막으로 돌아올 수 없으니까 시간을 때우기 위해 배를 몰고 나갔다고 생각할 수는 없을까요?"

"그렇게 비가 심하게 퍼붓는데 배를 띄우는 것 역시 위험합니다."

"긴급사태가 발생한 걸까요?"

모리가 턱을 쓰다듬었다.

"긴급사태?"

"배의 무선으로 SOS신호가 들어온 겁니다. 장소가 가까워서 구조하러 나간 건가?"

"그러면 그렇다고 동굴에 메모를 남길 수 있지 않을까요."

"긴급시에 그런 생각까지 할 여유가 있을까요?"

"벌써 몇 시간이 지났는데요. 구조하러 갔다가 오히려 조난당한 걸까요?"

"그만 하세요!"

나가토모가 날카로운 목소리로 말했다. 그녀의 단정한 얼굴이 일그러지는 것을 보고, 내 안에 새디스틱한 마음이 싹텄다.

"혹시 짐승에게 습격당한 게 아닐까요? 낮에 나가토모 씨가 봤다는 짐승에게."

"염소에게?"

무나카타가 어이없다는 듯 내뱉었다.

"염소가 확실한 것도 아니잖아요. 실은 좀더 사나운 동물일지도 모르고."

"하지만, 짐승은 관계없을 겁니다. 배가 없어졌습니다. 배로 어딘가 간 것이 아닐까요?"

"세키구치 사교와 배를 꼭 연결지어 생각하지 않을 수도 있다고 봐요. 사교님은 섬 안에서 짐승에게 습격당했습니다. 짐승과 관계없이 사교님이 발을 헛디뎠다고 해도 되겠죠. 한편 배는 사교님의 힘을 빌리지 않고 어딘가로 가버렸습니다. 바닷물에 떠내려간 거죠."

"닻을 내려놓았고, 선체와 바위를 로프로 묶어두었습니다."

"하지만 반드시 움직이지 않을 거라고 단정할 수는 없어요. 간만의 차에 의해서 로프가 헐거워졌을 수도 있어요. 아까는 바람도 강했으니 바깥쪽의 파도가 동굴 안까지 영향을 주었을지도 몰라요."

"그만 하세요!"

나가토모가 귀를 덮고 도리질치듯이 몸을 비틀었다. 쾌감이 느껴졌다.

"잠깐, 잠깐. 진정해, 진정하라고."

그때까지 침묵을 지키고 있던 이나무라 유지로가 손뼉을 치며 끼어들었다. "걱정할 필요 없어. 사교님은 무사해."

"어떻게 확신하시는 거죠?"

모리가 이맛살을 찌푸렸다.

"사교님의 행선지를 알기 때문이야."

일동이 얼굴을 마주 보았다.

"그 왜, 저수지 청소를 하고 있을 때에 사교님의 모습이 한동안 안 보였잖아? 교회와 정시교신을 하기 위해서 배로 갔던 건데, 그때 교회에서 긴급한 일이 있으니 일단 돌아와달라는 요청을 받았다고 했어. 그래서 저녁에 최종적으로 확인하러 무선교신을 하려고 배로 가보니, 역시 바로 돌아가야 하는 상황이었던 거겠지. 사교님께선 오두막을 나서기 전에 나더러, 이대로 출발할 수도 있지만 금방 돌아올 테니 빈자리를 지키고 있으라고 귓속말을 했어. 섬의 탐색이나 생활기반 정비가 아직 다 되지 않았기 때문에 나는 남겨졌지."

"이나무라 씨는 왜 지금까지 입 다물고 있었던 거죠?"

"사교님에게 입막음 당했어."

"사교님은 어째서 그런 짓을?"

"글쎄? 그 이유는 듣지 못했어. 어쨌든 아무것도 말하지 말라고 했어. 그래서 아무것도 모르는 척하며 사교님을 찾는 것을 도왔지. 그러나 지금 여기서 이야기를 듣다보니, 모두가 멋대로 상상하면서 불안해지는 것은 좋지 않다고 생각했어. 약속을 깨게 된 셈이지만 어쩔 수 없지."

나는 이나무라의 말에 이상한 느낌을 받았지만, 간부가 아랫사람을 일일이 상대할 수 없을 거란 생각에 일단 납득했다.

"긴급을 요하는 일이란, 오** 역 폭파 뒤의 일이나 우리 네 사람에 관한 일인 걸까요?"

무나카타가 불안한 듯 말했다.

"용건이 뭔지에 대해서는 일체 듣지 못했어."

"가까운 시일 안에 돌아오시겠죠?"

나가토모의 표정에는 불안과 안도가 섞여 있었다.

"물론이지. 나를 데리러."

"언제쯤 돌아오실까요?"

"용건이 끝나는 대로라고밖에 말할 수 없지만, 어쨌든 금방 돌아올 거야. 아무튼 세키구치 사교님은 무사해. 걱정할 필요 없어. 아, 배고파. 맞다, 나와 무나카타 군은 아직 저녁을 안 먹었지?"

이나무라는 일동에게 어색한 웃음을 지어 보였다.

가바네지마에서의 생활은 쾌적하다고는 말하기 어렵지만 절망적일 정도로 불쾌하지는 않았다.

오전중에는 교황의 설교집으로 스터디모임을 가졌다. 오후는 자유시간으로, 나는 주로 성서를 읽으며 보냈다. 모리는 옛 마을의 폐자재를 사용해서 집의 지붕을 수리했고, 무나카타는 온천을 파겠다며 땡볕에 시커멓게 타면서 땅을 파고 있었다.

매일처럼 소나기가 와서 물 걱정은 없었다. 매일 목욕을 할 수 있고 셔츠를 빨 수 있어서 당초에 생각했던 것보다 훨씬 청결한 생활을 보낼 수 있었다.

불쾌한 것은 이나무라의 태도였다. 조제 지위긴 하지만 우리도 섬에 오기 직전에 교황에게서 조제 지위를 받았으므로 입장은 대등한데, 어째서인지 자신이 높은 듯한 태도를 취했다. 인사를 해도 응, 하고 고개만 끄덕이고, 오두막 청소나 물을 길어오는 것도 지시를 내릴 뿐 자신은 땀을 흘리려 하지 않았다.

그는 식사에 관해서도 제멋대로였다. 영양조정식품이나 경장영양제를 '배합사료'라고 폄하하며 레토르트 카레나 스튜를 내놓으라고 명령했다. 그래놓고서는 막상 내놓으면 냉동건조 밥 같은 건 사람이 먹을 게 못 된다면서 반이나 남기고 버려버렸다. 가지고 온 얼마 안 되는 레토르트 식품은 일주일에 한 번씩 아껴 먹을 예정이었는데, 이나무라 때문에 일주일 만에 동이 나버렸다.

이나무라의 태도는 날이 갈수록 나빠졌다. 자기는 세키구치 사교에게 지시받은 일이 있다면서 스터디모임에도 참가하지 않았다. 그렇게 말해놓고서 뭘 하는가 하니, 그냥 바닥에 드러누워서 잠을 자는 것으로밖에 보이지 않았다. 더러워진 속옷을 나에게 떠안기며 세탁을 강요하기도 했다.

이나무라가 흐트러진 모습을 보이는 것은 세키구치 사교의 행동과 관계가 있는 걸로 추측되었다. 사교가 내일 정도에는 돌아오시겠냐고 나가토모가 물어보자, 갑자기 이나무라의 표정이 험악해졌다.

세키구치 사교의 행동은 우리의 마음도 뒤흔들어놓았다. 교회에 불려간 이유도, 언제 돌아올지도 모르는 것이다. 섬에서 본토까지 반나절, **항에서 도쿄까지 반나절이니 이동에 소요되는 시간은 왕복 이틀. 일주일째 돌아오지 않는다는 것은 용무를 처리하는 데 닷새를 소비하고 있다는 이야기다. 그렇지만 그 정도로 시간을 요하는 일이라면, 그렇다는 이야기를 남기고 출발하지 않았을까? 물론 말단에게 일일이 보고할 의무도 없고 밝힐 수 없는 중요한 용건도 있을 것이다. 그것은 이해하지만 바깥세상이 보이지 않는 인간은 정보에 굶주리게 된다. 그리고 정보가 들어오지 않으면 무슨 일이든 나쁜 쪽으로만 생각하게 되기 마련이다.

나는 불안해졌고, 다른 사람들도 마찬가지로 불안해했다. 그러나 서로의 속마음을 솔직하게 털어놓을 수는 없어서, 다섯 명은 미묘한 밸런스를 유지하면서 하루를 보내고 그다음 날을 맞았다. 나는 기도했고, 그와 그녀도 기도하며 신과의 대화를 통해 흔들림 없는 마음을 얻으려고 했다.

그러나 신은 죽었다.

세키구치 사교가 모습을 감춘 지 이틀 뒤, 우리의 정체성이 소리를 내며 무너져내렸다.

오두막에 있는데 이나무라 유지로가 찾아왔다. 다른 세 사람은 물뱀의 창고에 있었다. 스터디모임은 섬 안에서 제일 시원한 그곳에서 했다. 오두막의 청소당번이었던 나는 작업이 끝나면 재빨리 쫓아가서 참가하기로 했다.

슬그머니 오두막으로 들어온 이나무라의 눈을 본 순간, 나는 그의 의도를 알아차렸다.

아니나 다를까, 그에게 고백받았다. 아니, 고백이라는 말은 진지하고 곧은 마음을 담은 것이니 그의 말을 고백이라고 표현하는 것은 잘못이다.

"오타케 씨, 좋아해."

썩어가는 바닥에 무릎을 꿇고 앉은 이나무라는 등을 조금 구부정하게 구부리고 나의 얼굴을 똑바로 바라보며 간드러진 목소리를 냈다. 거짓이다. 그가 좋아하는 것은 나 오타케 미하루가 아니다.

내가 당황하자 이나무라는 야윈 팔을 쭉 뻗어서 나의 손등에 가볍게 손가락을 올려놓았다. 십 초 정도 시간이 흘러도 내가 묵묵히 고개를 숙인 채로 있자, 그는 승낙의 표시로 해석했는지 고양이처럼 재빠른 몸놀림으로 내 몸을 눕히고 허리에 손을 둘렀다.

이나무라 유지로가 좋아하는 것은 오타케 미하루의 몸이다. 아니, 고유인격은 필요 없다. 성별이 여자인 인간과 섹스하고 싶다는 것. 이 남자의 바람은 단지 그것뿐이다.

"좋아해, 오타케 씨."

이나무라의 다른 한쪽 손이 나의 긴 머리카락을 매만졌다.

"안 돼요……"

나는 고개를 돌렸다. 이나무라의 얼굴은 수염투성이고 머리카락도 해적처럼 흐트러져 있었다. 그 머리카락과 수염에서, 빈약한 가슴에서, 호리호리한 하반신에서, 온몸에서 땀과 먼지가 뒤섞인 냄새가 풍졌다.

"좋아해, 좋아해, 좋아해."

수염에 덮인 입술을 밀어붙였다. 나는 고개를 흔들어서 저항했지만, 야위긴 했어도 상대는 남자다. 이나무라는 어설픈 혀놀림으로 입술을 탐닉했다.

티셔츠 옷자락이 걷어올려졌다. 브래지어 안으로 뼈가 앙상한 손가락이 침입한다. 이 주일 동안의 빈곤한 식생활 덕분에 나는 경이적인 다이어트에 성공했다. 그의 손이 유방을 만지작거리는 동안 헐렁해진 브래지어가 벗겨지고 흐릿하게 부푼 가슴이 드러났다. 이나무라는 그 중심의 돌기를 손가락으로 잡고, 비틀고, 입술을 대고, 쪼고, 아기처럼 소리를 내며 빨았다.

나는 왜 이 남자에게 몸을 맡기고 있는 걸까.

운동복을 무릎까지 끌어내리고 속옷 위로 하복부를 쓰다듬는다. 속옷이 허벅다리까지 내려가고 거친 입김이 쏟아진다.

이나무라 유지로는 오타케 미하루를 좋아하는 것이 아니다. 한계에 달한 성욕을 쏟아내고 싶은 것뿐이다. 오늘 청소당번이 나가토모 히토미였다면 그녀의 육체를 원했을 것이다.

그러나 나가토모는 세키구치 사교와 관계를 가졌다. 그의 부하를 상대하려 할까? 그러나 나는 그 녀석을 상대하고 있다. 나가토모는 교회 서열 4위를 자기 것으로 만들었는데, 내 상대는 그 들러리인가……

그렇게 생각하자 강렬한 혐오감이 밀려왔다.

"그만둬요!"

나는 이나무라를 떠밀었다. 공격을 전혀 예측하지 못했는지 그는 간단히 균형을 잃고 뒤통수를 벽에 부딪혔다.

"너 이 자식……"

천천히 몸을 일으킨 이나무라에게서 아까까지의 살가운 눈치는 사라져 있었다. 나는 몸의 위험을 느끼고 운동복을 끌어올리면서 뒷걸음쳤다.

"뭐 어때. 그냥 즐기자고."

이나무라는 머리를 문지르면서 일어섰다.

"그만 해요. 다가오지 말아요!"

종이상자를 방패처럼 앞으로 내밀었다.

"어차피 이 섬에서는 평생 나갈 수 없어. 할 수 있는 데까지 즐겨야지."

"평생 나갈 수 없다고?"

멍해졌다.

"그래, 죽을 때까지 나갈 수 없어. 너도, 나도."

이나무라는 침을 뱉었다. 붉은 것이 섞여 있었다.

"죽을 때까지? 무슨 얘기죠?"

영문을 알 수 없었지만 급격히 심박수가 올라갔다.

"이 섬 이름의 유래를 알고 있나?"

나는 고개를 저었다.

"이곳은 옛날에 죄인이 유배 오는 섬이었는데, 살아서 섬을 나가는 일이 없었다고 해. 나갈 수 있는 건 시체屍뿐이지. 그래서 이름도 시체의 섬, 가바네지마屍島. 우리 다섯 사람의 운명도 그렇게 정해져 있어."

"무슨 얘기죠? 죽을 때까지 나갈 수 없다니, 대체 무슨 얘기예요?"

아까까지의 일을 잊고 나는 그의 팔을 잡았다.

"알고 싶어?"

이나무라는 히죽 웃었다. 나는 고개를 끄덕였다.

"좋아, 연극은 이제 끝이다. 무대 뒤편으로 안내하지. 다만, 즐긴 뒤에 말이야."

이나무라는 다시 내 운동복에 손을 대더니 속옷과 함께 힘껏 끌어내렸다. 드러난 하복부를 핥더니 아직 충분히 젖지 않았는데도 그의 하복부를 갖다댔다.

"미하루, 좋아해. 미하루, 미하루……"

이나무라는 그렇게 친근하게 내 이름을 부르며 나의 목덜미를 강하게 끌어안고, 가슴에 얼굴을 묻고, 가볍게 포효하는 듯한 소리를 내고, 그리고 절정에 달했다.

거친 호흡이 가라앉자 이나무라는 속옷을 주워들면서 내뱉었다.

"세키구치는 두 번 다시 돌아오지 않아. 우리는 산제물로 바쳐진 염소야."

"세키구치는 두 번 다시 돌아오지 않아. 우리는 산제물로 바쳐진 염소야."

이나무라는 모든 이들 앞에서 다시금 밝혔다.

동굴에서 스터디모임을 하던 세 사람은 아무리 시간이 지나도 내가 오지 않자 걱정이 되어서 무슨 일이 있나 하고 돌아왔다. 그리고 이나무라가 고백을 시작한 것이다. 오타케 미하루를 좋아한다는 고백과는 달리, 이번 고백은 더할 나위 없이 진지한 것이었다.

"사교님이 돌아오시지 않는다면, 이나무라 씨도 계속 여기 있는 건가요? 우리 네 사람의 출국 준비가 정리될 때까지 이 섬에서 같이 지내시게 된 건가요?"

모리는 사태를 제대로 이해하지 못했다.

"그래, 계속 함께야. 잘 부탁해."

이나무라는 자조적인 느낌으로 웃었다.

"두 번 다시 돌아오지 않는다니…… 오** 역의 일로 그렇게 큰일이 벌어졌습니까?"

무나카타가 목소리를 죽이고 물었다.

"그래, 아주 큰일이 났지."

네 사람이 얼굴을 마주 보았다.

"세키구치 사교님의 신변에 무슨 일이……?"

나가토모의 얼굴이 창백하게 질렸다.

"그 자식은 지금쯤 차갑게 식힌 맥주를 잔에 가득 채우고…… 아니, 아침이니까 푹신한 침대에서 자고 있겠지. 이거 정말 속이 뒤집어지는군."

"그 자식……?"

"그런데도 너희는 침낭 속에서 웅크리고 있고, 입에 댈 거라곤 이딴 것밖에 없어. 빌어먹을 세키구치 덕분에."

이나무라는 상자 속에 손을 쑥 찔러넣어서 경장영양제 한 캔을 꺼냈다.

"어째서 사교님의 이름을 그렇게 막……"

"고생은 너희들이 다 했는데 말이야. 폭탄을 설치했잖아. 목격당할지도 모르고, 현행범으로 체포될지도 모르는 위험을 무릅쓰고 행동했어. 중간에 폭발할 위험도 있었지. 한편 세키구치는 설치하고 오라고 입만 움직였을 뿐이야. 그런데도 이 차이는 대체 어떻게 된 거냐고."

이나무라는 캔 뚜껑을 따서 입에 댔지만, 한 모금 마신 뒤에 퉷 하고 뱉어냈다.

"사교님과 우리는 지위가 다릅니다."

무나카타가 곤란하다는 눈치로 말했다.

"그렇게 태평스런 소리나 하니 마음대로 이용당하는 거야. 이용당할 만큼 이용당한 뒤에 간단히 버려지지."

이나무라는 내용물이 들어 있는 캔을 창문 밖으로 던졌다. 일동은 멍해졌다.

"처음에 말했잖아. 세키구치는 두 번 다시 돌아오지 않아. 두 번 다시 돌아오지 않는다고. 즉 너희는 이 섬에 남겨진 거야."

"네? 하지만, 남겨졌다고 해도, 원래부터 세키구치 사교님은 며칠만 머무르다가 이나무라 씨와 함께 섬을 떠날 예정이었으니까…… 그게 앞당겨진 것뿐이잖습니까? 해외로 도피할 루트가 확보되면 데리러 와주신다고 했었으니까요."

"그러니까 태평스럽다는 거야. 너희는 옛날의 죄인들이 그랬던 것처럼, 죽을 때까지 이 섬에서 나갈 수 없어."

우리는 다시 서로 얼굴을 마주 보았다. 나는 이미 상황을 깨닫고 있었다. 그렇지만 생각의 마지막 선을 넘는 것이 두려워서, 이해하지 못하는 상태를 억지로 유지했다.

"아아, 나도 말이지, 사실은 지금쯤에는 불고기를 먹고, 초밥도 집어먹고, 맥주도 마시고…… 빌어먹을! 세키구치 자식, 나를 배신하다니! 왜 내가 이런 사료를 먹어야 하냐고! 내가 사육닭이냐!"

이나무라는 영양조정식품 패키지를 발밑에 내동댕이치고 신발 뒤축으로 짓밟았다. 이어서 가까이 있던 종이상자를 들어올리더니 번쩍 뒤집어 안에 들어 있는 것들을 바닥에 흩뿌리고서 빌어먹을! 빌어먹을!

하고 외치며 패키지나 깡통을 닥치는 대로 걷어찼다.

"그만두세요!"

짓이겨진 식품 패키지 위에 나가토모가 엎드렸다. 이나무라는 그래도 다리를 들어올리고, 나가토모의 몸에 발길질하듯이 휘둘렀다.

"우리에게 폭탄사건의 책임을 전부 떠넘기려는 거군요?"

나는 생각의 마지막 선을 넘었다. 그러자 이나무라는 움직임을 멈추고 천천히 다리를 내리면서 "정답이야" 하고 히죽 웃었다.

"그래. 내가 아까 제물이라고 했지? 너희 네 사람이 이 섬에 끌려온 건 죽어줘야 했기 때문이야."

"죽어줘야 했기 때문에? 출국할 때까지의 일시적인 피난이 아닙니까?"

무나카타가 눈을 휘둥그레 떴다.

"아직도 기특한 녀석이 있구먼. 교회는 너희를 해외로 피난시키려는 생각은 하지도 않았어. 해외도피 준비를 하지 않으니 데리러 올 배를 띄울 필요도 없지. 이 섬이 너희의 최종 목적지, 즉 너희들은 섬에 유배된 거야. 가바네지마가 너희의 무덤이다."

"뭐라고요?"

"교회는 말이지, 오** 역 폭파사건으로 의심의 눈초리를 받게 될 경우 교회의 피해를 최소한으로 줄이기 위해서 이미 시나리오를 준비해뒀어.

폭파사건을 일으킨 것은 무나카타 다쓰야가 리더 격인 교회 내의 과격파 일파 네 명이다. 그들 넷이 멋대로 폭탄을 만들고 장치한 뒤에 폭파시켰다. 어디까지나 개인 그룹의 소행이지, 고지야 교황의 명령에 따른 것은 아니다. 결코 교회에 의한 조직적 범행이 아니다. 이미 네 사람은 파문했다.

그리고 참사를 일으킨 네 명의 신도는 일본열도 남쪽으로 도망가서, 결국에는 남해의 외딴섬에 도착했다. 그러나 결국 식량이 떨어져서 그대로 죽음을 맞게 된다. 그들의 시체 곁에는 폭탄테러 계획서며 도망일기가 남아 있다. 그에 따르면 오** 역 폭파사건은 네 사람이 계획하고 실행한 것으로, 진리의 길 복음교회로부터의 지시는 일체 없었다고 판단된다. 그렇게 사건이 마무리되는 거지. 죽은 인간을 재판할 수는 없어. 개인이 일으킨 범행이므로 진리의 길 복음교회에 책임을 추궁할 수도 없지.

내가 들었던 계획은 그런 거다. 도마뱀 꼬리 자르기라는 콘셉트를 제안한 사람이 고지야고, 세키구치가 세부적인 계획을 세웠어. 너희를 납치하듯 섬에 데려다놓고 방치해버리면 교회에게 배신당했다는 걸 알아차릴지도 모르니까, 교회는 너희 네 사람 편이라는 신사적인 태도를 꾸몄지. 고지야가 직접 말을 걸어서 감동시키고, 해외도피라는 희망도 주고, 섬에서 대기하는 것이 제일이라 착각하게 만들었어. 식료품을 준비한 것과 물의 확보에 협력한 것도 너희가 버림받았다는 피해의식을 품지 않게 하기 위해서야. 교회를 철썩같이 믿은 너희는 결국 식량이 바닥나도 고지야의 말을 떠올리며, 내일은 분명히 오겠지, 내일은 꼭 오겠지, 하고 희망을 품으면서 굶어죽어갔을 테지.

그래서 세키구치는 식량이 바닥났을 즈음에 섬으로 돌아와서, 계획대로 모두 죽어 있으면 거짓 범행계획서나 도망일기를 두고 섬을 떠난 뒤에, 가바네지마에 사람이 있다고 해상보안본부에 통보해서 굶어죽은 네 사람을 발견하게 하는 거지. 네 사람이 섬에 상륙한 족적 삼아 소형 보트를 물뱀의 창고에 두고 올 예정이었어.

그 계획에 따라서 나도 세키구치의 뒤치다꺼리를 했던 거야. 폭주해버린 신도의 묘지로, 이 가바네지마를 추천하거나 **항의 마리나에서 엉성하게 관리되던 크루저를 발견하거나 그 배에 식량을 쌓거나 했지. 식량 얘기가 나와서 말인데, 고지야는 너희를 얼른 처치하고 싶어서 며칠분의 사료만 주고 내버려두면 된다고 했는데, 내가 그것에 제동을 걸었어. 참사를 일으킨 네 명의 신도는 각오를 하고 외딴섬으로 도망간 거니까, 식량이 일정량 이상 준비되어 있지 않으면 이상하다, 어느 정도 살아 있다가 결국 힘이 다했다는 상황을 만들지 않으면 현실감이 떨어진다고 설득해서 이만큼 많은 식량을 주게 된 거야. 그래서 버림받은 지 이 주일이 지난 지금까지 이렇게 살아 있을 수 있지. 이건 나에게 감사해야 한다고.

그런데 대체 어떻게 된 일인지 나도 남겨져버렸어. 뭐, 잘 생각해보면, 비밀을 지키고 싶으면 비밀을 공유한 사람을 한 사람이라도 줄이는 게 좋지. 그렇게 된 고로 여러분, 배신당한 자들끼리 사이좋게 지내보자고."

이나무라는 일동에게 손을 내밀었지만 아무도 잡아주지 않았다. 분노와 반론을 표하는 자도 없었다. 이나무라는 재미없다는 듯 손을 도로 거두어 바지 주머니에 찔러넣었다.

"폭파에 의한 사망자는 어제저녁 당시 열세 명. 아직 중태인 사람도 있는 모양이니 사망자는 더 늘어나겠지."

이나무라는 주머니에서 사각형 상자를 꺼냈다.

"갖고 있었어요?"

모리가 라디오를 가리켰다.

"그래. 너희에게 세상의 올바른 움직임이 알려지는 걸 원치 않았기 때문에 숨겼다."

"그러면, 전파가 닿지 않는다는 말도?"

"반은 진실이야. 낮 동안에는 전혀 안 들려. 전파 상태가 좋은 한밤중에야 간신히 들릴 정도지. 그걸 이어폰으로 듣고 있었어. 뉴스에 따르면 조사당국은 진리의 길 복음교회를 눈여겨보기 시작한 모양이야. 인터넷상에서도 교회의 범행이라고 단정하는 발언이 줄을 잇는 것 같고. 그것들에 대해 교회에선 고지야가 직접 회견에 나가서 터무니없는 누명이라며 화를 냈다고 해. 그 달마처럼 불그스름한 얼굴과 코밑수염이 눈에 선하군. 하지만 얼마 안 가 교회에 조사의 메스가 들어올 것은 틀림없어 보여. 그렇게 되면 고지야는 '내부 조사결과 당 교회의 신도가 범행에 관여했을 가능성이 나왔습니다만, 그것은 어디까지나 신도 개인의 폭주행위이며, 당 교회는 일체 관련이 없습니다. 하지만 올바른 길을 벗어난 신도를 만들어낸 것은 깊이 반성하고 있습니다' 하며 눈물의 회견을 하겠지.

자, 그건 그렇고. 당신들 네 사람이 지명수배되는 것도 시간문제야. 그걸 알면서도 이 섬에서 나갈 용기가 있나? 하긴 탈출 수단도 없지만, 가령 수단이 있다고 해도 나갈 수는 없겠지? 당신들은 열세 사람의 목숨을 빼앗았어. 죽은 사람은 더 늘어날 거야. 극형은 피할 수 없겠지. 교회의 지시로 행했다고 주장하고 그것이 인정된다고 해도, 틀림없이 사형 판결을 받을 거야."

이나무라가 입을 다물자 오두막 전체가 깊은 침묵에 빠졌다.

"거짓말이야…… 사교님에게 버림받다니, 거짓말이야……"

상당히 시간이 지난 뒤에 나가토모가 짜내는 듯한 목소리로 중얼거렸다.

"나도 거짓말이면 좋겠어. 그날 저녁, 세키구치가 모습을 감춘 건 뭔가 일이 꼬인 거라고만 생각했어. 원래 예정대로라면 앞으로 이삼 일 정도 너희를 돌봐준 뒤에 둘이 함께 나갔어야 했다고. 그런데 녀석은 혼자 모습을 감췄어. 우선은 심심풀이 삼아 잠시 크루징을 나선 거겠거니 생각하려 했지만, 하룻밤이 지나도 돌아오지 않았어. 그럼 알코올을 구하러 잠깐 본토까지 나간 거겠지, 하고 생각했지. 그래도 돌아오지 않기에, 교회 본부에서 긴급무선이 들어와서 도쿄로 불려갔다고 생각했어. 하지만 이젠 틀렸어. 대체 며칠이 지난 거야? 이 주일이야. 세키구치는 이제 돌아오지 않아. 나도 버려두고 간 거야. 말살계획에 가담한 인간이 말살당하다니, 정말 바보 같군."

이나무라는 입을 벌리더니 이윽고 껄껄 웃기 시작했다.

"여기 온 첫날 저녁에 먹은 바비큐, 그건 말 그대로 최후의 만찬이었던 거야. 안 그래?"

그렇게 말하며 모리의 어깨에 팔을 둘렀다. 모리는 웃지도 않고 불쾌함을 표시하지도 않았다.

"무슨 말 좀 해봐!"

그렇게 흔들어도 모리의 표정은 변하지 않았다.

"어때? 충격적인 사실이었어?"

이나무라는 모리를 밀치고 무나카타의 어깨에 팔을 둘렀다. 무나카타도 웃지 않고 불쾌함을 드러내지도 않았다.

"바보 취급 하는 거냐?!"

그렇게 흔들어도 무나카타는 무표정으로 일관했다.

"그렇구나, 그렇게 내가 미운 거군. 그럼 나를 죽일 건가? 그래, 죽여, 죽이라고! 죽어주지! 하지만 말이야, 나를 죽여봤자 이 섬에서 나갈 수는 없어."

이나무라는 고래고래 고함을 지르며 금이 간 벽과 종이상자를 신발 바닥으로 마구 걷어찼다. 무나카타와 모리는 움츠러드는 눈치도 없이 이나무라의 행동을 말없이 지켜보고 있었다. 나가토모와 나도 묵묵히 있을 뿐, 미친 듯이 날뛰는 이나무라를 말리려고 하지는 않았다.

이윽고 이나무라는 움직임을 멈추고 숨을 헐떡거렸다. 시간이 지나도 계속 어깨가 들썩인다 싶더니, 그는 어느새 오열하고 있었다.

"미안해."

이나무라는 갑자기 무릎을 꿇더니 얼굴을 찡그리고 콧물을 훌쩍이면서 미안해, 미안해, 하고 떨리는 목소리로 반복했다. 아무도 그를 말리지 않았다. 괜찮다고 말하지도 않고, 용서하지 않는다고 말하지도 않았다.

한 달 넘게 멍하니 보냈다. 아무 생각도 없고, 거의 아무 말도 하지 않았다.

인생의 전부를 바친 교회에 배신당했다—믿을 수 없기에 앞서 인식하는 것을 뇌가 거부했다. 나는 하루 스물네 시간 중에 스무 시간 이상을 잠으로 보냈다. 자고 있으면 아무 생각도 안 해도 되고, 아무 생각도 안 하면 공포도 절망도 슬픔도 느끼지 않는다. 다른 사람들도 비슷한 상황으로, 섬에 살아 있는 시체 다섯 구가 굴러다니는 거나 마찬가지였다.

문득 생각이 나서 손목시계를 보자 9월에 접어들어 있었다. 그 무렵부터 서서히 뭔가를 생각할 수 있게 되었다.

인생의 전부를 바친 교회에 배신당했다—믿기지 않지만 그것이 사실인 이상 새로운 길을 열어야 한다. 슬슬 무슨 행동을 시작해야 한다.
뭔가 해야 한다는 생각은 들었지만, 어떡해야 좋을지 알 수 없었다.
때가 되면 세키구치 히데키가 해신4호를 타고 돌아올 것이라고 백 퍼센트 믿고 있었다. 배를 타고 본토에 도착하면, 뜨거운 샤워와 청결한 시트와 조리된 요리가 기다리고 있고, 몰래 달려와준 교황에게 칭찬과 함께 위조여권을 건네받고, 와인의 취기가 가셨을 즈음에 구소련이나 동남아시아 방면을 향해 여행을 떠난다. 그랬어야 했다. 그러나 이나무라 유지로의 고백으로 그럴 가능성이 제로라는 것을 뼈저리게 깨달았다.
모습을 감추기 직전, 세키구치는 이렇게 말했다.
"너희의 임무는 끝났어."
그것은 말 그대로 본심이었던 것이다.
그러면 교회에 버림받았다 치고, 다른 누군가가 우리를 구하러 올 가능성은 없을까?
가바네지마에 한때 몸을 숨긴다는 것을 나는 아무에게도 말하지 않았다. 부모형제에게마저도. 가족의 반대를 뿌리치고 도치키에 있는 교회 시설에 들어갔고, 그때부터 그들과는 관계를 끊었다. 이번에 해외로 도망간다는 계획을 듣고, 이제 부모형제와는 평생 만날 수 없겠구나 하고 문득 생각했다. 그러나 그들에게 작별을 고하지는 않았다. 나에게 육친이란 유전적으로 가까운 존재일 뿐, 마음의 거리는 너무나도 멀었다. 나뿐만 아니라 다른 네 사람도 아마도 비슷할 것이다.
따라서, 우리 다섯 사람의 친지들은 우리를 걱정하겠지만, 그들은 행선지를 밝히지 않은 인간을 찾을 방도가 없다.
기다려봤자 아무도 데리러 오지 않는 것이다.

모두 간신히 그것을 깨달은 듯, 충격적인 고백에서 한 달 반이 경과한 날 처음으로 이후에 대한 회의가 이루어졌다.

"밥이라도 먹을까?"

친구에게 말을 거는 듯한 투로 무나카타 다쓰야가 제안한 것이 계기였다. 충격의 고백 이후 저마다 각자의 세계에 틀어박혀서 식사도 제각기 배가 고파지면 알아서 먹고 있었다. 그러니 오랜만에 다같이 먹지 않겠느냐는 제안이었다. 나는 이의가 없었고 다른 사람도 곧 찬성했다.

식사에는 이나무라 유지로도 불렀다. 이나무라는 애초에 우리를 함정에 빠뜨리려고 한 인간이니 그와 한자리에 앉는 것에는 감정적으로 저항이 있었지만, 지금은 이나무라도 우리와 같은 불쌍한 제물이다.

식사라고 해도 식탁을 장식하는 것은 영양조정식품과 경장영양제였지만, 그나마 기분을 내서 세 종류 맛 중에서 마음대로 골라 먹기로 했다. 그에 더해 작은 게나 조개를 가솔린버너로 구웠다. 무나카타와 모리가 물뱀의 창고에 가서 잡아왔던 것이다.

"기다려봤자 데리러 오지 않는다면 우리 쪽에서 움직이는 수밖에 없겠군요."

턱에 염소 같은 수염을 덥수룩하게 기른 모리 도시히코가 석쇠 위의 게를 뒤집으면서 말문을 열었다. 내 기억상 섬에 상륙하기 전의 그는 좀더 자상해 보이는 얼굴이었지만 어떤 식으로 자상해 보였는지는 기억나지 않는다. 다만 정중한 말씨는 전과 전혀 달라지지 않았다.

"봉화라도 피워서 도움을 요청할까?"

이미 생각하고 있었는지 무나카타가 재빠르게 반응했다. 예전에는 통통하던 뺨도 쏙 들어가버리고 대신 그 부분을 곱슬곱슬한 수염이 덮고 있다.

"그건 좋습니다만, 문제는 이 부근에 배가 지나다니지 않는다는 겁니다. 요 열흘 정도 바다를 주의 깊게 지켜보았는데 지나간 배는 딱 한 척이었습니다. 그것도 이 섬에서 아주 멀리 떨어진 거의 수평선 부근을요."

"이 부근의 해역은 항로에서 크게 벗어나 있어. 해류 문제로 어장으로서의 가치도 낮아서 어선도 찾아오지 않아. 그런 걸 아니까 너희를 이 섬에 놓고 간 거라고. 만에 하나, 도망치려 한다고 해도 도망치지 못하도록. 그 선택이 지금은 나의 목을 조르고 있지."

이나무라가 자조적으로 웃었다.

"하지만 매일 끈기 있게 불을 피우면 언젠가는 눈치 채지 않을까? 좋아, 잠깐 시험해보지. 어, 벌써 다 익었네."

무나카타는 입을 쩍 벌린 조개 하나를 집어들고서 내용물을 입안에 넣더니 후아후아 숨을 내쉬면서 오두막 안으로 달려들어갔다.

나도 사양 않고 먹었다. 정체불명의 조개였지만 끓는 국물 속에서 유백색 살이 부들부들 떨리는 모습이 보기에도 맛있게 보였다. 그리고 실제로도 눈물샘이 느슨해질 정도로 맛있었다. 바닷물이 딱 좋게 간을 맞춰주었다.

"조개는 아직 많나요?"

나는 풀어진 말투로 모리에게 물었다. 무나카타와 마찬가지로 앞으로는 마음 편하게 살아가기로 했다.

"유감스럽게도 오늘 발견한 건 그게 전부입니다. 시간이 지나면 또 보이겠지만."

이 맛을 알아버리면 유동식과 건빵뿐인 식사로 돌아갈 수 없는 게 아닐까 하는 걱정이 들었다.

"이거, 맛이 이상하지 않아요?"

나가토모 히토미가 이맛살을 찌푸렸다.

"이상하지 않아요. 맛있는데."

그녀가 손에 들고 있는 것은 내가 먹은 것과 종류가 달랐다. 내가 먹은 것은 조개였지만 그녀 먹은 것은 고둥이었다.

"아니, 뭔가 이상해요."

나가토모는 그 자리에 쭈그려 앉더니, 마침 그곳에 있던 작은 구멍에다 입안에 든 것을 뱉어내고 그 위에 흙을 덮었다.

"저도 그 조개를 먹어봤는데 괜찮았어요. 덜 구워져서 맛이 이상하게 느껴진 게 아닐까요?"

모리는 나가토모의 손에서 고둥을 집어들어 석쇠 위에 올리려 했다. 그러나 이나무라가 그것을 옆에서 가로챘다.

"공주님 입에는 안 맞는 게지."

그는 비아냥거리듯 말하고 입속에 넣더니, "어이구, 맛있다" 하며 다갈색 몸을 배배꼬았다.

무나카타가 빈 종이상자를 안고 오두막에서 나왔다. 상자를 짝짝 찢고 종잇조각을 모아 쌓았다. 모리가 라이터를 들고 그 더미로 다가갔다.

"두 사람 다 중요한 걸 잊고 있어요."

나가토모가 라이터를 낚아챘다.

"우리는 세상에서 보면 범죄자예요. 출근시간에 역을 폭파해서 많은 사망자와 부상자를 냈어요. 그래서 이 섬으로 도망쳤잖아요? 경찰에게 붙잡히고 싶지 않아서 그런 거잖아요? 그런데도 일반인과 접촉하면 도망이고 나발이고 없어요. 봉화를 발견한 배에 탄 사람은 어떻게 행동할까요? 우리를 구해주기만 할까요? 아뇨, 해상자위대 본부나 경찰에 연락을 할 거예요. 그러면 우리는 항구에 도착하자마자 조사를 받게 되겠죠. 그리고 진리의 길 복음교회의 사람이란 것을 알면, 하물며 무인도에 있었다는 걸 알게 되면 아직 지명수배되지 않았다고 해도 엄중한 조사가 기다리고 있을 거예요. 체포되는 것은 시간문제예요."

그 뒤로 얼마 안 가 라디오의 전지가 다 닳아서 세상의 정세를 전혀 파악할 수 없었다. 우리는 이미 지명수배되어 있을지도 모른다.

"그러면, 항구에 도착하기 전에 승조원을 전부 죽이고 배를 빼앗을까요? 빼앗은 배를 대체 누가 조정할 것인가 하는 문제도 있지만, 그 이전에 우리가 강인한 뱃사람을 제압할 수 있다고는 도저히 생각되지 않습니다."

모리와 무나카타는 납득한 눈치로 고개를 주억거렸다.

"봉화를 피워서 나만 살아남는 건 어떨까? 나는 폭탄 테러에 전혀 관계되지 않았으니 조사를 받아도 상관없거든. 아, 하지만 그렇게 나만 쏙 빠져나가려고 했다간 배가 오기 전에 너희 손에 죽겠구먼."

이나무라가 자포자기 섞인 익살을 떨어 보였지만 아무도 웃지 않고 화를 내지도 않았다. 그러자 그는 벌떡 일어서더니 영양조정식품을 손으로 으스러뜨려, 가루가 된 그것을 스모 선수가 소금을 뿌리듯이 주위에 흩뿌렸다.

"그렇게 내가 밉냐? 말하면 입이 썩기라도 해? 빌어먹을, 그러면 밥 먹자고 부르지나 말든가. 밥이라고 해봤자 결국 사료뿐이잖아."

"전부터 자꾸 사료 사료 하는데, 그걸 준비한 건 당신이잖아! 나도 가끔씩은 스파게티나 샐러드를 먹고 싶다고."

나는 욱해서 받아쳤다.

"시끄러워! 나는 세키구치의 지시를 따른 것뿐이야. 조개는 더 없어? 게는? 사람 우습게 보지 말라고!"

이나무라는 발밑에서 식품 패키지를 주워들어 버너 위에 내던졌다. 코팅이 불에 타서 기분 나쁜 화학물질 냄새가 피어올랐다.

"좋아, 조개를 마음껏 먹겠어. 물고기도 잡을 거야. 혼자 잡아서 혼자 전부 먹을 거야. 동굴의 어업권은 나, 이나무라 유지로에게 있다. 지금 결정됐어. 내 허락 없이 물고기를 잡으면 죽여버리겠어!"

이나무라는 그런 말을 남기고 떠나갔다.

"잘 모르는 조개는 무턱대고 먹지 않는 게 좋을 거예요."

나가토모는 그렇게 작은 목소리로 말하고 입가에 손을 댔다.

"아직 입속이 이상해요?"

나는 걱정되어서 그녀의 얼굴을 들여다보았다. 여기서 쓰러진다 해도 의사를 부를 수 없다.

"그냥 속이 안 좋은 것뿐이에요. 하지만 한입 씹기만 하고 삼키지 않고 뱉어냈으니, 독이 있었다고 해도 괜찮을 거예요."

나가토모는 페트병의 물을 마셨다.

"남에게 부탁할 수 없다면 자력으로 탈출하는 수밖에 없겠군요. 뗏목을 만들까요?"

모리가 화제를 돌렸다.

"이 섬에는 통나무 뗏목을 만들 만큼 굵은 나무가 없어."

무나카타가 한숨을 내쉬었다.

"옛 마을의 폐자재를 사용하는 겁니다."

"다섯 명이 탈 수 있는 뗏목을 만들 만한 목재가 있을까? 상당히 많이 썩었잖아."

"일인용이어도 됩니다. 대표로 한 사람이 도움을 청하러 가면 돼요."

"누가 타고 갈 건데?"

"아……"

"게다가, 가령 다섯 명이 탈 수 있는 뗏목을 만들었다고 해도 도중에 아무에게도 들키지 않고 도착할 수 있을까요? 본토에서 여기까지는 크루저로도 열두 시간이 걸렸어요."

나가토모도 부정적이었다.

그것으로 의견 교환이 끊어지고, 제각기 딴 곳을 바라보며 입을 다물어버렸다.

"각자 좀더 생각해보기로 하죠."

나는 휴식을 제안했고 모두 승인했다.

무인도에 남겨졌는데도 이렇게 결론 내리기를 미룰 수 있는 것은 물과 식료품에 여유가 있기 때문이다.

일단 남은 식료품을 체크해보니, 한 달 동안 너무 멍하니 지내서 소비량이 줄었던 덕에 다섯 명이 하루에 세 끼씩 앞으로 두 달은 편하게 버틸 수 있다는 계산이 나왔다. 식료품이라고 해도 예의 맛없는 쿠키와 캔에 들어간 유동식뿐이지만 그것이 있는 것과 없는 것은 정신적 여유가 완전히 다르다. 오늘처럼 어패류를 더하면 더욱 오래 버틸 수 있을 것이다. 물은 더 여유가 있어서, 설령 페트병의 물이 다 떨어지더라도 풍부한 빗물을 여과해서 쓰면 된다.

그런데 다른 사람들은 깨달았을까? 나는 봉화와 뗏목이 아닌 다른 방법을 생각해보자고 제안한 게 아니라는 것을.

사실대로 말하면 나는, 우리는 벌을 받을 필요가 있다는 생각이 들기 시작했다.

우리는 무차별적으로 (최소한) 13명을 죽였고, 59명의 사람에게 부상을 입혔다. 정말 그것으로 세상이 정화될까? 피해자 중에는 미취학 아동도 포함되어 있다고, 전지가 닳기 직전의 라디오가 전했다. 이나무라의 고백을 들으면서 내 안에서 뭔가가 흔들리기 시작했다. 진리의 길 복음교회의 어두운 부분을 백일하에 드러낼 의무가 있다는 생각도 들었다. 그렇지만 우리는 13명을 죽였다. 고지야 가즈키요의 명령에 로봇처럼 따른 것뿐이라고 변호한다 해도 극형은 피할 수 없을 것이다.

그래서 나는 아직 재판을 받을 결단을 내리지 못했다. 자신의 죄를 깨끗하게 인정해도 극형에 처해질 바에야 도망칠 수 있는 데까지 도망쳐보는 편이 좋다는 생각이 들었다. 붙잡히면 극형이지만, 운 좋으면 평생 도망쳐다닐 수 있을지도 모른다.

각자 생각해보자는 말은 요컨대 이 이야기였다. 벌을 받지 않아도 되는가, 교회라는 조직의 후원을 잃고 계속 도망칠 수 있을까. 우리는 근본부터 다시 생각할 필요가 있다.

근본부터 생각해서 마음이 정리된다면, 이 절해고도에서 탈출할 방법은 얼마든지 있을 것 같았다. 우리를 이 섬에 가둔 것은 고지야 가즈키요가 아니라 우리 자신의 마음인 것이다.

일주일이 지났다.

고작 일주일로는 아직 마음의 정리가 되지 않았다. 그 사이에 탈출에 관한 새로운 제안을 꺼내는 사람도 없었다.

그날 나는 아침식사를 마치고 안경바위로 발길을 옮겼다. 서쪽 곶에 있는, 중앙이 타원형으로 파여 있는 큰 바위로, 내가 마음대로 그렇게 이름 붙였다. 중앙에 파인 부분은 드러눕기 딱 좋게 움푹 들어가 있는데, 오전중에는 이곳에 들어가 있으면 햇빛이 완전히 가려진다. 오전중에는 안경바위, 점심을 먹고 나면 동쪽 곶의 거북이바위에 가는 것이 이 근래 나의 행동패턴이었다.

9월 하순의 온화한 날씨였다. 푸른 하늘에는 조개구름이 떠다니고, 바다에서 불어오는 바람도 부드러웠다. 그러나 이 포근함은 끝 모를 불안을 품게 만들기도 한다. 남쪽이라지만 이곳은 카리브해가 아니다. 겨울에는 제법 추울 것이다. 추위를 피하기 위한 옷은 갖고 있지 않고, 침낭도 여름용이다(만약 여기서 겨울을 나게 된다면 그때는 교회가 보살펴줄 것이라고 믿었다). 식량도 아직 여유가 있다지만 다섯 명이 겨울을 날 정도로 충분히 남아 있지는 않다. 슬슬 어떠한 결단을 내려야 할 시기였다.

그러나 생각하려고 하면 이상하게 수마가 습격해왔다. 내 안에서는 결단을 강요하는 양식파와 결단을 연기하려는 현실도피파, 두 개의 인격이 존재했다.

이날 오전에도 결국 양식파의 등장은 없었고, 나는 나태한 기분을 만끽하다가 점심시간에 집으로 돌아왔다.

옛 마을을 지나올 때, 오타케 씨, 하는 목소리가 들렸다. 돌아본 나는 비명을 지르며 그 자리에 엉덩방아를 찧었다.

"그렇게 놀라지 마세요."

나가토모 히토미가 난처한 듯 미소를 지어 보였다.

"어떻게 된 거예요?"

나는 눈을 크게 뜨고 그녀의 머리를 가리켰다. 쇼트커트. 아니, 거의 고등학교 야구소년처럼 짧은 중머리가 되어 있었다. 오늘 아침에 봤을 때에는 머리가 허리까지 내려왔었는데.

"잘라버렸어요."

나가토모는 부끄러운 듯 정수리를 문질렀다.

"그건 알아요."

"손질할 수가 없어서요. 이젠 샴푸도 트리트먼트도 없어요. 있다 해도 빗물로 감아야 하고 바닷바람도 피할 수 없으니 푸석푸석해지는 것은 마찬가지예요. 그럴 바에야 차라리 싹둑 잘라버리자 싶어서요."

"용케도 그런 생각을 했네요. 몇 년이나 길렀잖아요?"

나는 아차 싶었다. 그녀는 그녀 나름대로 괴로워하고 있다는 생각이 들었다. 과거와 결별하려고 발버둥치고 있다. 게다가 그녀의 경우, 세키구치에게 몸을 허락한 것으로 장래의 지위가 보증되었다고 우쭐해 했던 만큼 배신당한 충격이 더욱 클 것이다. 머리를 잘랐다고 다시 태어나는 것은 아니겠지만, 한 걸음 내딛음으로써 새로운 무언가를 얻으려는 것이겠지.

"나도 잘라버릴까?"

나는 허리 근처까지 기른 내 머리카락을 움켜쥐었다. 바닷바람을 맞아서 까칠까칠한 것이 그야말로 소금에 절인 미역 같았다.

"그렇게 해요. 머리 감을 때 빗속에 서서 박박 문질러주기만 하면 돼요."

"으음, 하지만 그렇게까지 짧게 할 용기는 없네요."

자외선 차단용 파운데이션도 옛날에 바닥나서 피부가 거칠어졌다. 이미 겉모습에 연연해봤자 소용없겠지만, 중머리는 역시나 꺼려졌다.

"머리가 가벼워져서 어깨 결리는 것도 없어진 것 같아요. 큰맘 먹고 짧게 해요. 제가 잘라드릴게요."

어떤 머리모양이 좋을까 이야기하면서 우리는 오두막으로 돌아왔다.

집에 들어오자, 무나카타와 모리가 깜짝 놀라며 얼빠진 소리를 냈다. 무나카타는 데미 무어가 구출하러 온 줄 알았다며 웃었다. 하긴, 나가토모는 광대뼈 아래쪽 턱이 튀어나온 편이니 '지아이 제인'이 연상되는 것도 무리가 아니다.

이나무라의 모습은 보이지 않았다. 그는 저녁식사 시간이 되어도 오두막에 나타나지 않았다. 아무도 신경 쓰지 않았다. 식사를 모두 함께 하기로 정해진 것도 아니었고, 바로 얼마 전까지도 다섯 명이 각자 따로 식사를 한 터다.

그러나 밤이 깊어져도 이나무라는 돌아오지 않았다. 아침이 되어도 그의 침낭은 텅 비어 있었다.

아침식사 후 무나카타와 모리가 이나무라를 찾으러 가기로 했다. 걱정되니까, 라고만 말했지만, 그 주어가 '이나무라의 생명'이 아님을 나는 알고 있었다. '이나무라의 도주'가 걱정인 것이다.

이나무라가 스스로 말한 것처럼 그는 폭탄테러에 직접 관여하지 않았으므로 당당히 SOS를 발신할 수 있는 입장이다. 어선에 구출된 뒤에 경찰의 조사를 받아도 그는 전혀 문제가 없다. 끽해야 실행범의 도망 방조로 가벼운 처벌을 받는 정도다. 그렇지만 그가 경찰의 조사를 받으면 테러리스트의 잠복처가 밝혀질 테고, 우리는 사형대에 오르게 된다.

그래서 무나카타와 모리는 이나무라가 봉화를 피우지는 않는지, 몰래 뗏목을 만들지는 않는지를 조사하러 간 것이다.

그러나 우리의 걱정은 기우로 끝났다.

한 시간쯤 후에 오두막으로 돌아온 무나카타가 가느다란 목소리로 보고했다.

"이나무라가 죽어 있어."

이나무라 유지로의 시체는 물뱀의 창고에 있었다. 나와 나가토모가 달려갔을 때는 테이블 모양 바위 위에 눕혀져 있었는데, 무나카타는 그를 그 바위 밑에서 발견했었다고 한다. 그곳은 얕은 여울을 이루고 있고, 시체는 엎드린 상태로 반쯤 물에 잠겨 있었다. 그것을 모리와 둘이서 바위 위로 끌어올렸다는 것이다.

또 내가 본 이나무라의 시체는 옷을 입고 있었는데, 그것은 무나카타가 나와 나가토모를 부르러 간 사이에 모리가 입힌 것이고, 원래는 발가벗고 있었다고 했다. 옷은 바위 위와 주위에 아무렇게나 흩어져 있었다는 모양이다.

이나무라의 시체를 본 순간 나는 공포로 졸도할 뻔했다.

운명공동체 중 한 사람의 죽음은 충격이었다. 오랫동안 물에 잠겨서 퉁퉁 분 피부는 제대로 바라볼 수 없을 정도로 흉측했다. 그러나 그 보다 더한 공포를 가져다준 것은 이나무라가 죽은 원인이었다.

이나무라는 불운한 사고로 목숨을 잃은 것이 아니었다. 절망 때문에 자살한 것도 아니었다. 그는 살해당한 것이다.

이나무라의 목에는 상처가 있었다. 목덜미 부근에 좌우로 칼자국이 나 있었다. 상처는 쩍 벌어져서 문외한이 보아도 그가 죽은 원인이 그 상처임을 판단할 수 있었다. 그 밖의 부분에는 외상이 없었다.

흉기로 보이는 날붙이는 시체의 바로 곁 물속에 가라앉아 있었다. 이나무라가 항상 허리에 차고 다니던 시스나이프다.

상처는 몸의 정면에 있고, 상처를 만든 도구는 피해자의 소지품. 자살의 가능성을 남기고 싶지만 유감스럽게도 그것은 불가능하다. 과연 자신의 목에 나이프를 찔러서 죽으려는 인간이 있을까? 그런 장렬한 자살이 절대로 없다고 단언할 수는 없지만, 할복보다도 현실감이 옅게 느껴진다. 또 가령 그렇게 죽었을 경우, 한 곳을 찔린 단계에서 이미 의식을 잃지 않을까? 그런데 상처는 두 군데다.

따라서 이나무라의 목에 나이프를 찌른 것은 이나무라 이외의 인간이다. 알몸이었다는 것으로 보아 이나무라는 물고기나 조개를 잡고 있었을 것이다. 시스나이프도 몸에서 떼어 바위 위에 방치해두었다. 범인은 그 나이프를 빼앗아서 이나무라를 덮친 것이다.

거기까지 이르자 더는 무서워서 생각할 수 없었다.

이나무라의 시체는 동굴 한쪽 구석에 매장했다. 수직 동굴을 통해 지상으로 운반하는 것은 어려워 보였으므로, 밀물 때에도 침수되지 않는 위치에 뚫린 구멍 속에 밀어넣고, 바위와 돌로 위를 덮었다. 전지가 다 떨어져도 몸에서 떼지 않고 계속 가지고 다니던 라디오를 부장품으로 삼았다.

오두막으로 돌아온 우리는 뿔뿔이 흩어져서 각자 생각에 잠겼다. 뭔가 말해야 한다는 절박감이 있었지만 아무 이야기도 꺼내지 못한 채로 해질녘을 맞이했다. 식사를 하자는 말도 꺼내지 못했고 알아서 먹는 사람도 없었다. 이내 누가 먼저라고 할 것도 없이 드러눕기 시작했다.

침낭에 들어가서 잠시 시간이 흐르자 "아직 깨어 계십니까?" 하는 모리의 목소리가 들렸다. 그렇다고 세 사람이 순서대로 대답하자 잠시 뒤에 흐릿한 불이 켜졌다.

"이런 문제는 빨리 이야기하는 편이 좋다고 생각해서요."

모리는 추상적인 표현을 썼지만 세 사람에게는 충분히 뜻이 통했다.

우리는 가솔린랜턴 주위에 둘러앉았다.

"저는 이나무라 씨가 살해당했다고 생각합니다만, 다른 의견이신 분 있습니까?"

이의를 제기하는 사람은 없었다.

"타살이라고 하면, 25퍼센트 확률로 당신이 범인입니다."

모리는 정면에 손가락질을 했다. 나가토모는 그러네요, 하고 가만히 고개를 끄덕이고서, 옆에 앉아 있는 내 손을 잡더니 말했다.

"25퍼센트 확률로 오타케 씨가 범인이에요."

그러고는 미소 지었다.

"당신이 범인일 가능성도 25퍼센트."

나도 짐짓 여유 있는 체하며 정면의 무나카타를 턱으로 가리켰다.

"이 사람이 범인일 가능성도 25퍼센트."

무나카타가 모리의 어깨를 두드렸다.

"즉 범인은 우리 네 사람 안에 있는 셈입니다. 이건 분명합니다. 이 섬에는 이 네 사람밖에 존재하지 않으니까요."

내가 두려워서 직시하지 못했던 사실을 모리는 담담히 말했다. 무나카타도 남의 일처럼 말했다.

"게다가 그 네 사람 모두 이나무라 유지로를 죽일 동기를 가지고 있어. 이나무라는 우리의 말살계획에 일역을 담당했어. 결국 녀석도 교회에 배신당했지만, 그래도 천연덕스럽게 우리를 죽이려 했다는 사실은 지울 수 없지. 그런 녀석이 밉지 않을 리가 없어. 그에 더해 우리는 녀석의 도주를 두려워하고 있었어. 선수를 쳐서 죽여버리면 의도치 않게 도움의 손길을 부르는 화근을 없앨 수 있지."

"정면에서 목에 칼을 꽂는 건 여자에겐 불가능한 일이에요. 그런 짓을 시도했다간 금방 떠밀려버릴 거예요. 적어도 이나무라 씨와 동등한 힘이 없으면 정면에서 칼을 꽂는 방법은 성공시키기 어려워요."

나는 자기변호를 시작했다.

"그러면 여자 두 사람을 제외하면, 내가 범인일 확률은 단숨에 50퍼센트로 뛰어올라버리네. 이거 난처하게 됐군. 하지만 나는 안 했어. 어제는 이 오두막에서 한 걸음도 나가지 않았어."

무나카타는 건방진 표정으로 웃었다.

"알리바이를 주장할 생각인가요?"

나도 웃었다.

"그러면 제가 범인인가요? 하지만 저도 물뱀의 창고에 발을 들인 기억이 없습니다. 제 안에 사는 또 한 사람의 제가 멋대로 저지른 걸까요."

모리는 어깨를 으쓱거려 보였다.

"그렇다면 아무도 이나무라를 죽이지 않은 거잖아. 야, 이거 참 다행이군."

무나카타는 장난치듯 양옆에 앉아 있는 사람의 어깨를 두드리고 등 뒤로 팔을 둘러서 흔들었지만, 이윽고 움직임을 멈추고 표정을 험악하게 바꾸었다.

"이나무라가 살해당한 게 사실이라면, 이 섬에 존재하는 인간이 네 사람뿐이라는 것도 사실이야. 자, 누구지, 거짓말을 하는 사람은?"

대답은 없었다.

"난 말이야, 여자라고 얕볼 생각은 추호도 없어. 설령 힘이 없더라도 칼을 꺼내는 타이밍에 따라서는 목덜미를 베어버릴 수도 있어. 어쨌든 목적은 달성했지. 운 좋게 죽인 거야."

"오전중에는 서쪽 곶에 있었어요. 오후에는 동쪽 곶."

나는 곧바로 말했다.

"알리바이를 주장할 생각이야?"

아까의 앙갚음일까.

"저는 어느 분이 범인이라고 해도 탓할 생각은 없어요."

나가토모가 중얼거리듯 말했다.

"솔직히 말씀드려서, 바닷속에서 끌어올린 이나무라 씨의 시체를 봐도 저는 눈물도 안 나왔고 불쌍하다는 생각도 안 들었어요. 아까 무나카타 씨가 말씀하셨듯이 그 사람은 우리를 섬에 버리고 죽이려고 했어요. 그 사실을 알았을 때, 저는 어떻게 이런 잔인한 사람이 있을 수 있나 생각했어요. 원한과 미움도 품고 있었어요. 그런 사람이 죽은 거예요. 꼴좋게 됐다고 생각하지 않았다면 거짓말이겠죠. 어떻게 보면 범인은 저를 대신해서 칼을 빼주었다고 할 수도 있어요. 그걸 어떻게 책망할 수 있겠어요?"

냉혹한 말이었지만 나의 마음도 그녀의 의견에 가까웠다.

"내 말이 그 말이야. 죄를 물을 생각은 없어. 그러니까 범인 양반, 정직하게 사실을 밝혀달라고."

"아뇨, 저는 그렇게 말하는 건 아니에요. 반대예요. 범인을 책망할 생각이 없다면, 범인이 누구든 상관없잖아요. 그러니까 범인 찾기는 이제 그만두자고, 저는 그렇게 말씀드리는 거예요."

"누가 했는지 확실히 하지 않으면 영 기분이 찝찝하잖아."

"계속 범인이 누구인지 추궁하다가 네 사람의 관계가 삐걱거리는 게 훨씬 바람직하지 못해요."

무나카타는 한 번 신음하더니 침묵했다.

"어쩌면, 정말로 아무도 안 죽였을지도 모르겠군."

모리가 염소수염에 손끝을 찔러넣었다.

"어이, 자살이란 소리야?"

"자살은 아닙니다. 타살입니다."

"당신 말이야, 타살의 의미를 아는 거야? 아무도 안 죽였는데 타살일 수 있어?"

"이 네 사람 중에서는 아무도 안 죽였지만, 그 밖의 사람이 죽인 겁니다. 다섯번째 인물에 의한 범행입니다."

"뭐?"

"이 섬에는 우리 외에도 사람이 존재합니다. 이나무라 씨는 그 인물에게 살해당한 겁니다."

"머리가 이상해진 거 아냐?"

"짐승 말입니다."

"엥?"

"이곳에 상륙한 다음 날에 나가토모 씨가 목격한 짐승이요."

"그게 사실은 인간이었다?"

나는 벼락이라도 맞은 듯 몸을 쭉 폈다.

"비교적 커다란 것이 바위 사이에서 움직였다고 했었죠?"

모리가 묻자 나가토모는, 그래요, 하고 애매하게 고개를 끄덕였다.

"색깔은 검었고."

"그런 것 같은데……"

"그렇지만, 네 발이 달렸다든가, 털이 났다든가 하는 건 모르겠다?"

"기억에 없어요."

"그렇다면 그것이 짐승이 아니라 인간이라고 생각할 수도 있죠. 검고 더러운 옷을 입고 피부가 거무스름하게 그을린 인간. 나가토모 씨는 이곳이 무인도라는 전제 때문에 인간일 리가 없다고 단정하고 커다란 동물일 거라 넘겨짚은 게 아닐까요?"

나가토모는 잠시 고개를 갸웃했다.

"그러네요…… 선입관이 작용했을지도 몰라요. 인간이라…… 그러네요, 그런 것도 같아요. 인간이었군요."

나가토모는 홍조를 띤 얼굴을 들면서 서서히 힘주어 말했다.

그러나 무나카타가 말을 끊었다.

"바보야? 대체 그 녀석이 누군데? 우리가 오기 전부터 이 섬에 살고 있었다는 소리잖아. 그 옛날에 다른 사람들과 함께 섬을 버리지 않고, 사십 년간 혼자서 섬을 지켜왔다는 거야?"

"난파선에서 흘러들어온 건 아닐까요?"

모리가 말했다.

"그랬다면 그 녀석도 곤란한 상황이었을 거야. 그런데도 어째서, 먹을 것을 나누어주세요, 당신들 배에 태워주세요, 하고 말을 걸지 않았을까?"

"그래요, 배가 고팠던 거예요. 그래서 우리가 가지고 온 식량을 훔쳐가려고. 그런데 나가토모 씨에게 목격당했기 때문에 도망간 거죠."

"어째서 훔쳐갈 필요가 있지? 당당하게 달라고 하면 되잖아. 그 녀석도 지명수배를 당했기 때문에 우리에게 얼굴을 보이고 싶지 않았던 건가?"

"아니에요. 범죄자는 우리예요. 우리의 대화를 듣고서, 이놈들이 무거운 죄를 저지르고 도망쳐왔구나 생각하고, 들키면 죽겠다 싶어서 접촉을 피하고 있는 거예요."

"그러면 왜 이나무라를 죽인 거지?"

"모습을 들켰기 때문이죠. 동료를 부르면 무슨 짓을 당할지 모른다고 생각해서 당하기 전에 죽인 거죠."

"그래서, 그 녀석은 섬의 어디에서 생활하고 있는데? 밥은 어떻게 해결하고? 나는 불을 피운 흔적이나 생선 뼈다귀나 조개 껍데기가 버려져 있는 건 한 번도 못 봤어."

그러자 모리는, "그건 그렇군요" 하며 고개를 끄덕이고 염소수염을 긁으며 말을 이었다.

"짐승을 인간이라고 해석하는 건 무리가 있다고 치고, 그렇다면 다른 누가 제5의 인물이 될 수 있을까요?"

"아무도 될 수 없어."

"아주 최근에 누군가가 섬에 찾아왔다고 생각할 수는 없을까요? 찾아오자마자 떠났기 때문에 불이나 식사 흔적도 남아 있지 않았고."

"너 말이야, 이곳은 먼 바다의 외딴섬이라고. 어떻게 왔다 가는데?"

"물론 배를 타고요."

"언제 배가 왔는데? 누가 봤나?"

"밤중에 몰래 찾아온 겁니다. 물뱀의 창고에."

"세키구치?!"

나는 깜짝 놀랐다.

"네. 그럴 가능성도 있다고 생각합니다."

"어째서 세키구치가? 그 녀석은 우리를 이 섬에 버려두고 갔잖아. 그런 녀석이 돌아오다니…… 아, 우리의 생사를 확인하러 온 건가!?"

무나카타는 딱, 하고 손가락으로 소리를 냈다.

"네. 그러다가 이나무라 씨와 맞닥뜨려서 죽인 게 아닐까 하고요."

"그렇군. 아니, 하지만 뭔가 이상한데…… 그래, 세키구치가 우리를 섬에 가둬둔 이유는 도주 끝에 힘이 다했다는 시나리오를 연출하고 싶어서였잖아? 그냥 죽일 생각이었다면 도쿄에서 탕, 하고 한 발 쏘면 그만이었어. 그렇지만 그래서는 희생물로 삼을 수가 없고, 교회에 의한 입막음이라는 것이 알려질지도 모르니까 일부러 이 섬까지 데리고 온 거야. 그런데도 명백하게 살인으로 보이는 방법으로 이나무라를 처치해버리면 의미가 없잖아. 이나무라를 포함해 우리 모두 자연사여야만 해. 그렇지 않으면 힘이 다해서 죽었다는 시나리오가 성립되지 않아. 만약 동굴에서 맞닥뜨린 이나무라가 날뛰어서 어쩔 수 없이 죽였다고 해도, 자연사처럼 보이는 방법으로 죽여야만 한다고. 예를 들면 머리를 물속에 집어넣고 질식시킨다든가."

이나무라는 알몸으로 물고기를 잡고 있었던 듯하니, 그렇게 죽이면 불의의 사고로 보이게 할 수 있다. 오히려 나이프로 목덜미를 찌르는 게 더 어려운 작업이다.

"게다가, 이나무라를 죽였다면 그 뒤에 바로 우리도 죽였어야 해. 그렇지 않으면 경계를 받게 되잖아. 실제로도 이렇게 의심하고 있고. 의심받기 전에 전부 죽이고 시나리오를 변경하려는 걸까? 도망친 끝에 힘이 다했다는 시나리오를 중지하고, 내분으로 서로 죽고 죽였다는 식으로."

"말씀대롭니다. 저도 그 점에 모순을 느끼고 있었는데, 무나카타 씨도 같은 생각을 했다면 이 가설은 폐기하는 쪽이 좋겠군요."

"짐승설은 안 되고 세키구치도 안 된다면, 제5의 인물을 등장시키는 건 무리군요. 그러면 지금 이곳에 있는 네 사람 중에 범인이 있다는 결론이 나옵니다."

"그렇군. 그런데도 그 녀석은 누가 범인일까 하고 시치미를 뚝 떼고 있어."

무나카타는 이맛살을 찌푸리고 일동을 둘러보았다.

"저는 누가 범인이어도 상관없습니다. 정체에 별 흥미가 없어요. 그렇지만 동기는 알고 싶군요. 동기를 알 수 없으면 불안하니까요."

"동기? 동기야 속인 것에 대한 원한이나, 혹은 도피 방지를 위해서잖아."

"단순히 그렇다면 저는 아무 걱정도 안 할 겁니다. 이나무라 씨는 숨이 끊어지고 범인의 목적은 달성되었습니다. 그렇지만, 동기가 다른 것이라면 어떨까요?"

"빌린 돈을 떼어먹으려고 했던 걸까?"

무나카타가 웃었다. 그러나 그의 표정은 직후에 얼어붙었다.

"우리는 지쳐 있습니다. 생명을 유지하기 위한 맛없는 식사, 교회에 배신당했다는 정신적인 데미지, 변화도 자극도 없는 생활, 미래가 보이지 않는 하루하루. 섬을 탈출하고 싶지만 나가면 경찰에게 붙잡힌다…… 이 딜레마가 커다란 스트레스입니다. 범인은, 그렇게 쌓이고 쌓인 스트레스를 이나무라 씨에게 발산했다는 생각은 안 드십니까? 이나무라 유지로라는 인간에게 무슨 원한을 품었기 때문에 죽인 것이 아니라, 상황상 우연히 죽이기 쉬웠던 인간이 이나무라 유지로였다고요. 이나무라는 인적 없는 장소에서, 그것도 물고기나 잡을 생각인지 알몸이 되어 있었습니다. 극히 무방비했으니 그야말로 죽이기 안성맞춤이었죠. 그렇습니다, 범인은 누구를 죽여도 상관없었습니다. 그리고 동기가 스트레스의 발산이라면, 이후에 또 스트레스가 쌓였을 때, 우연히 죽이기 쉬운 상황에 있는 그 누군가를 향해서 폭발시키지 않을까요? 네, 이나무라 씨의 죽음은 앞으로 이어질 비극의 프롤로그에 지나지 않고, 다음에 죽게 될 사람은 저일지도 모릅니다."

다음 날, 우리는 섬을 한 바퀴 돌았다. 종횡으로 가로질러 걷기도 했다. 섬을 철저하게 조사하며 제5의 인물을 찾아다녔다. 그러나 사람의 모습은 물론이고 인간의 존재를 드러내는 어떠한 흔적도 발견할 수 없었다.

발자국 하나라도 좋다, 타고 남은 성냥개비 쪼가리라도 좋다, 사람의 흔적을 발견할 수 있다면 얼마나 마음이 편할까. 제5의 인물을 찾는 것을 당장의 행동목표로 삼았다. 네 사람이 손에 손을 잡고 그 인물로부터의 습격에 대비하는 마음이었다.

그러나 제5의 인물 따윈 존재하지 않았다.

살인범은 우리 안에 있다. 그렇지만 자기라고 손을 드는 사람은 없다. 그렇게 고백할 수 없는 것은 모리가 말한 것처럼 제2, 제3의 살인을 꾸미고 있기 때문은 아닐까.

나는 누구를 믿어야 좋을까. 세 사람 중에 두 사람은 믿어도 좋겠지만, 그 두 사람이 누구인지 알 수 없는 이상 세 사람 전부 믿을 수 없는 거나 마찬가지다. 누군가와 단둘이 되는 것만은 피해야 한다. 넷이서 나란히 잠을 자는 것은 상관없다. 셋이서 식사를 하는 것도 괜찮다. 그렇지만 둘이서 물을 길러 가는 것은 무섭다. 나가토모 히토미와 둘이서 빨래를 한다, 무나카타 다쓰야와 둘이서 오두막 청소를 한다, 모리 도시히코와 둘이서 물뱀의 창고에 조개를 잡으러 간다. 전부 무서워서 할 수 없을 것 같다.

신속히 섬에서 탈출해야만 한다고 생각했다. 하루, 또 하루. 그렇게 날이 가면 범인의 스트레스는 그만큼 축적되고, 범인의 스트레스가 절정에 달하면 다음 살인이 발생한다. 그때 살해당하는 사람은 나일지도 모르는 것이다.

그러나 섬을 탈출한다고 해도 기다리는 것은 죽음뿐이다. 누구에게도 들키지 않고 본토까지 도착하지 않는 한, 국가권력이 나를 극형에 처할 것이다.

나가도 지옥, 머물러도 지옥. 어떻게 해야 좋을지 알 수 없었다.

어떡해야 좋을지 알 수 없을 때, 사람은 현재 상황에 머무를 수밖에 없다. 나, 그리고 나머지 세 사람 역시 예전과 같이 멍하니 시간을 보냈다.

그러나 그런 태도는 나의 주관에 지나지 않았는지, 일주일 뒤에 모리 도시히코가 한 가지 결단을 내렸다.

"봉화를 피우죠."

세 사람을 앞에 두고 그렇게 말한 그의 눈은 아주 맑았고, 반대에 부딪혀도 실행하겠다는 결의로 차 있었다.

"여기서 가만히 기다려봤자 죽음을 피할 수는 없습니다. 하루 이틀 안에 죽지는 않을 겁니다. 식량도 아직 남아 있습니다. 얄궂게도 이나무라 씨가 죽은 덕에 한 사람 앞에 돌아가는 분량이 늘었습니다. 앞으로 두 달은 편하게 지낼 수 있겠죠. 그렇지만 잘 생각해보세요, 두 달이나 버틸 수 있는 걸까요, 아니면 두 달밖에 버틸 수 없는 걸까요? 동굴의 어패류도 그리 많은 양을 잡을 수 없습니다. 게다가 서서히 추위가 심해지고 있습니다. 굶어서 체력이 떨어졌는데 찬바람이 몰려온다면 대체 얼마나 견딜 수 있을까요?

그렇지만, 봉화를 피워서 배를 불러 느긋하게 타고 가는 것도 역시 죽음으로 직결됩니다. 항구에는 배에서 연락을 받은 경찰이 대기하고 있을 겁니다. 그러니까 항구에 닿기 전에 손을 쓸 필요가 있죠. 배를 가로채서 항로를 바꾸게 하든가, 야음을 틈타 구명용 보트로 탈출하든가. 정말로 그런 활극을 벌일 수 있을는지는 저도 알 수 없습니다. 솔직히 자신은 없습니다. 그러나 지금은 도박을 걸어야 할 때라고 생각합니다.

이 섬에서 가만히 기다리기만 해도 신의 구원의 손길이 뻗어온다면 반년이든 일 년이든 버텨내겠습니다. 잡초를 씹고 바닷물을 마시며 그때를 기다리겠습니다. 그렇지만 신이 구해줄 가능성은 제로입니다. 이 섬에서 구원을 기다린다는 것은 곧 죽음을 기다린다는 뜻입니다. 한편 적극적으로 섬을 떠난 경우에는 붙잡힐 가능성은 높지만 살아남을 가능성은 제로가 아닙니다. 봉화를 보고 찾아온 것이 설령 해상보안본부의 순시선이라 해도, 정체를 들켜 경찰에게 인계되는 사이에 도망칠 기회가 생길지도 모릅니다.

그렇다면 도박을 해보죠. 어차피 죽을 거라면, 이 섬에서 가만히 죽기를 기다리기보다 한번 도전해보고 죽고 싶습니다. 배트를 휘두르지 않으면 루킹 삼진, 휘두르면 헛스윙 삼진. 하지만 휘두를 경우에는 운 좋게 150킬로미터의 강속구를 때려낼 수 있을지도 모릅니다."

모리의 열변에 이의를 제기하는 사람은 없었다.

봉화라고 부를 만한 불을 피울 수 있기까지는 며칠이 걸렸다.

종이상자에 불을 붙여보니 힘차게 타오르긴 했지만 연기는 별로 나지 않았다. 화력이 너무 강해서 금방 타버렸다. 폐자재를 태운 경우도 마찬가지였다. 수없이 실패를 거듭한 끝에 어느 정도의 습기가 필요하다는 것을 알았다. 덜 마른 잡초에 불을 붙이자 종이나 폐자재를 태울

때보다 많은 연기가 났다.

그렇게 시행착오를 계속하면서, 최종적으로는 피운 모닥불 위에 습기가 있는 잡초를 돔 형태로 뒤집어씌우는 것이 좋다는 것을 알았다. 돔 안이 찜통처럼 되어서 연기가 가득 차고, 적당할 때에 잡초 뚜껑을 치우면 안에 모였던 연기가 실처럼 공중으로 피어올랐다.

인간은 이렇게 해서 현명해지는 거구나 하고 실감했다. 어린아이 시절에 비밀기지를 만들고 논 적도 없는 도시생활자가 나바호 족 인디언 장로에게 배운 것 같은 훌륭한 봉화를 피우게 된 것이다. 그러나 이런 학습은 그리 기쁘지 않고, 장래에 이런 기술이 도움이 될 기회가 또 찾아와도 곤란하다.

게다가 기술을 연마해도 넘을 수 없는 벽이 있었다. 아무리 나바호 인디언 빰칠 정도로 연기를 피워도 배가 지나지 않으면 소용없다. 가바네지마 주위에는 감탄스러울 정도로 배가 다니지 않았던 것이다. 이곳이 절해고도임을 다시 한번 뼈저리게 느끼고, 옛날에 유배지였다는 사실에도 절로 고개가 끄덕여졌다.

열흘이 덧없이 흘러가자 모리가 새로운 결단을 내렸다.

"뗏목으로 탈출하겠습니다."

"뗏목으로 탈출하려면 지금이 마지막 찬스입니다. 10월도 중순에 접어들었습니다. 아침저녁으로 추위가 느껴질 정도죠. 이제 곧 바닷물까지 차가워지면 뗏목으로 항해하는 건 극히 위험해집니다. 그때는 체력도 지금보다 떨어져 있을 테니, 오랜 표류생활을 도저히 견딜 수 없을 겁니다. 언제 지나갈지 모르는 배를 기다리는 것보다는 이 마지막 찬스에 승부를 걸어보고 싶습니다."

"뗏목을 만들고 싶어도 재료가 없어."

무나카타가 고개를 저었다. 계속 봉화를 피운 탓에 옛 마을에서 가져온 폐자재는 상당히 줄어 있었다.

"일인용이라면 어떻게든 될 겁니다. 최악의 경우에는 보디보트 수준이라도 괜찮습니다."

"일인용? 당신 혼자서 탈출할 생각이야?"

무나카타가 버럭 화를 냈다. 모리는 당연하다는 표정으로 끄덕였다.

"너무하네요. 다른 사람들은 버리겠다는 소리잖아요."

나도 당황해서 쏘아붙였다.

"버리는 게 아닙니다. 반드시 데리러 오겠습니다."

"어떻게?"

"구조받으면 저쪽에 남겨진 동료가 있다고 말해서 이 섬으로 오겠습니다. 네 사람이 모이면 힘을 합해 배를 탈취하든가 구명보트를 훔치든가 해서 본토로 가는 겁니다."

"그걸 어떻게 믿어. 구조받으면 마음이 바뀌어서 이곳으로 돌아오는 것이 귀찮아지지 않겠어?"

무나카타가 콧방귀를 뀌었다.

"반드시 돌아오겠습니다. 믿어주세요."

"설령 그 말을 믿는다 해도, 지나가는 배에 구조받기 전에 죽어버릴지도 몰라. 뗏목이 뒤집혀서 상어 밥이 되거나."

"그렇습니다. 저도 목숨을 걸고 뗏목에 타는 겁니다. 저만 이득을 보려는 생각은 전혀 없습니다."

"지금이야 무슨 소리든 할 수 있지. 만약 무사히 구조되면 목숨을 건 당신 자신과 목숨을 걸지 않은 세 사람이 똑같이 살아나는 것이 불공평하게 느껴질 거야."

"그러면 이렇게 하죠. 저는 섬에 남겠습니다. 그 대신에 다른 분이 뗏목에 타세요. 저는 그분을 믿고 기다리겠습니다. 자, 어느 한 분이 후보로 나서주세요. 목숨을 걸고 노를 저을 분은 안 계십니까?"

무나카타는 얼굴을 찡그리며 침묵했다.

"모리 씨가 생각했다면 모리 씨가 실행하는 게 좋다고 생각해요."

그때까지 묵묵히 지켜보고 있던 나가토모가 입을 열었다.

"우리는 서로를 속박하는 관계가 아니에요. 각자 독립된 개인이니 누군가를 배려해서 행동할 것도 없고요. 저는 모리 씨를 말리지 않을 거고 말릴 권리도 없어요. 모리 씨가 배와 함께 돌아온다고 말씀하신다면 그것을 믿고 기다리겠지만, 그 약속을 믿을 수 없다고 생각하시는 분은 믿지 않아도 돼요. 모리 씨도 이 자리에서 구두로 한 약속에 얽매일 필요는 없으니까요. 바다로 노를 저어 나간 뒤에 마음이 바뀌면 마음대로 하세요. 전부 자유예요."

예전에 우리는 동지였다. 우리는 신앙으로 맺어져 있었다. 그러나 교회에 배신당했다고 깨달은 시점에서 우리 사이를 연결하는 인연은 소멸되었고 운명을 공유할 이유도 없어졌다. 같이 섬에 남겨진 것은 사실이지만, 그렇다고 해서 생사를 같이한다는 건 크나큰 착각이다. 살아남고 싶다면 스스로 살아남기 위해 노력해야 하고, 타인이 구원의 손길을 내밀어주길 기대해서는 안 된다. 객관적인 시각에 근거해서 생각하면 그게 맞는 이야기다.

무나카타는 마음대로 하라는 말을 남기고 자리를 떴다. 나 역시 완전히 납득하지는 않았지만 더는 아무 말도 하지 않았다.

모리는 재빨리 뗏목 만들기에 착수했다. 물뱀의 창고로 폐자재를 운반하고, 포장용 로프를 사용해서 대강 형태를 만들었다. 나가토모는 그를 거드는 듯했지만 나와 무나카타는 일체 협력하지 않았다. 모리가 부탁하면 도와주었을지 몰라도 아무 말도 하지 않아서 그냥 내버려두었다.

그렇다고 해도 그저 부루퉁해 있으면 어린애와 다를 바 없으니, 나도 나름대로 살아남기 위한 노력을 했다. 빗물을 마실 물로 사용할 수 있도록 여과장치를 만든 것이다.

장치라고 해봤자 페트병 밑동을 잘라서 마른 풀과 모래와 숯과 자갈을 채워넣고, 잘라낸 부분으로 위에서 빗물을 부으면 주둥이로 물이 흘러나오는 원시적인 물건이었다. 확실한 지식에 기초해서 만든 것은 아니다. 수도꼭지에 붙이는 정수캡 안에 크고 작은 입자가 채워져 있던 것을 떠올리고서, 요컨대 불순물을 흡착시키는 뭔가를 넣으면 되겠다 싶어서 주위에 있던 것을 대강 집어넣어본 것뿐이다. 숯은 봉화를 피울 때에 생긴 모닥불의 숯을 부숴서 사용했다.

여과가 잘 되었는지 어떤지 시약으로 확인한 것은 아니기 때문에 곧바로 인체실험을 해보았다. 여과장치로 거른 빗물을 빈 페트병에 담아서 무나카타에게 건네자, 그는 생수라고 믿고 꿀꺽꿀꺽 마셨다. 맛의 차이를 알아차린 눈치는 없었다. 하루가 경과해도 쌩쌩했다. 연료가 거의 바닥나 있었기 때문에 끓이지는 않았지만 아무 문제도 없는 듯했다. 여과장치는 그렇게 완성되었다.

그리고 여과장치의 완성과 동시에 모리가 모습을 감추었다. 그는 작별인사도 하지 않았다.

어느 날 아침에 깨어보니 나가토모가 오두막의 부서진 창문에 윗몸을 기울이고 멍하니 바깥을 바라보고 있었다.

"잘 잤어요?"

내가 인사하자, 그녀는 돌아보지 않고 팔을 뒤로 내밀며 종이를 건넸다. 노트를 찢어 쓴 쪽지에는 '반드시 데리러 오겠습니다. 모리'라고만 적혀 있었다.

"출발했나요?"

놀라서 물었다.

"그런 것 같아요. 날이 밝을 즈음에 눈을 떠보니 모리 씨의 침낭이 텅 비어 있어서, 혹시나 하고 동굴에 가보니까 이 쪽지가 있었어요. 뗏목도 사라졌고, 식량도 며칠 분 없어졌어요."

"말도 안 하고 가다니, 매정하네."

"뗏목을 만드는 도중에 모리 씨가 가만히 말하더라고요. 얼굴을 마주하고 작별을 고하면 결의가 무뎌질지도 모른다고."

얼굴을 마주하고 인사를 해서 결의가 무뎌지게 만들었어야 했는지도 모른다.

모리 도시히코는 두 번 다시 우리 앞에 모습을 드러내지 않았다.

배신한 것일까, 바다의 물거품이 되어 사라진 것일까. 이유는 확실하지 않았지만, 사흘이 지나도 일주일이 지나도 우리를 데리러 오는 배는 없었다.

"누가 도둑년이냐?"

무나카타가 그렇게 호통친 것은 모리가 모습을 감춘 지 열흘 뒤 저녁이었다. 나와 나가토모가 멍하니 바라보고 있자니, 무나카타는 영양조정식품이 채워진 상자를 들어올리며 말했다.

"먹었지?"

그렇게 나가토모를 다그쳤다.

"저녁은 아직인데요."

"점심 말이야."

"무슨 말인지 모르겠어요."

"모르는 체하지 마. 약속을 깨고 점심을 먹었지?"

약속이란, 하루에 세 끼였던 것을 아침저녁 두 끼로 줄이자는 결정이었다. 식료품이 바닥나는 것을 늦추기 위한 방책이다.

"무슨 말씀이죠?"

"그럼 너냐? 네 상자나 빼돌리다니 간도 크군."

이번에는 나를 다그치기 시작했다.

"안 먹었어요."

"너 말이야, 거짓말을 해봤자 나는 다 알고 있어. 아침식사가 끝난 시점에서 이 안에는 열아홉 상자가 있었어. 그런데 지금 세어보니 열다섯 상자밖에 없어. 드링크도 네 개 줄었어."

"세고 있었어요?"

"두 끼로 결정했는데도 어쩐지 줄어드는 속도가 빨라진 것 같더라고. 그래서 숫자를 체크해보니, 아니나 다를까, 너희가 먹고 있었던 거지."

"트집 그만 잡아요. 나는 안 훔쳤어요."

"저도 아침만 먹었어요. 그래서 벌써 배가 고프다고요."

나가토모도 다시금 결백을 주장했다.

"아무리 말발로 넘어가려 해도 소용없어. 숫자는 정직하니까. 어제는 두 상자, 오늘은 네 상자. 내일은 여섯 상자냐? 아니면 배수로 여덟 상자? 정말 추잡한 여자로군."

"어제도 없어졌나요?"

"그래. 어제만 그랬다면 너그럽게 봐주려고 했지만, 이틀 연속이면 가만 놔둘 수 없지. 앞으로 계속 몰래 빼먹으면 문제가 되니까. 자, 그래서 도둑년은 어느 쪽이지? 아니면 공범이냐?"

"아니라고 하잖아요. 실은 당신이 훔쳐 먹은 거 아니에요?"

화가 나서 그렇게 받아쳤다.

"뭐라고?"

"훔쳐 먹은 것이 들키기 전에 남 탓으로 돌리려고 연극을 하는 거 아니냐고요."

"뚫린 입이라고 함부로 말하지 마!"

무나카타가 주먹을 불끈 쥐었다. 나는 움츠러들지 않고 마주 노려보았다. 무나카타는 혀를 찼다.

"그런 소리나 하면 선처해줄 수 없어."

"선처는 뭐예요. 정치가 같은 소리나 하고."

"이 자리에서 정직하게 자백하면 페널티는 없애주지. 자, 범인은 어느 쪽이야?"

"페널티는 또 뭐예요."

"뻔한 거 아냐? 훔쳐간 수만큼 식사를 제한다. 열 개를 훔쳐갔으면 열 번을 빼야지."

"마음대로 정하지 말아요."

"나는 리더야."

무나카타는 가슴을 폈다.

"그건 옛날 얘기잖아요."

"남자는 나밖에 없잖아."

"그러면 리더답게 우리를 이끌어달라고요."

"그래. 숫자 체크를 철저히 하고, 이후에는 내가 식료품을 배급하겠어."

"그런 창고 관리는 말단직원이 할 일이잖아요."

"뭐라고?"

"리더란 말이죠, 더욱 강렬한 발상과 통솔력과 결단력을 겸비하고 궁지에 빠진 군대를 승리로 이끄는 사람을 말해요. 자, 리더, 나를 이 섬에서 데리고 나가줘요. 안전하고 확실하게. 어서!"

"시끄러, 시끄러워!"

무나카타가 귀를 막았다.

"두 사람 다 진정하세요. 이야기를 정리하죠."

나가토모가 울 듯한 얼굴로 호소했다.

"무나카타 씨, 식료품 수가 맞지 않는다는 건 진짜인가요?"

"그래. 어제는 두 상자와 캔 두 개. 오늘은 네 상자와 캔 네 개가 없어졌어. 그전에는 세어보지 않았지만 분위기로 봐서 양쪽 다 스무 개 정도는 없어졌어."

"그러면 무나카타 씨, 정직하게 대답해주세요."

"뭘?"

"무나카타 씨의 자작극은 아니죠?"

"너까지 무슨 소릴 하는 거냐?"

"아니죠? 지금 정직하게 고백하면 용서해드릴게요."

"내가 만약 몰래 훔쳐 먹었다면 번거롭게 연기 같은 건 하지도 않았어. 그냥 모르는 체했겠지. 그런 너야말로 진실을 말해줘. 지금이라도 말하면 용서해주겠어."

"저는 결백해요. 오타케 씨는?"

"결백하다 못해 새하얗지. 신에게 맹세코 훔치지 않았어."

"어이, 우리가 맹세할 신은 이제 없잖아."

무나카타가 얼굴을 찡그렸다. "그러네요" 하고 나도 고개를 푹 숙이고 유일하게 그와 의견의 일치를 보았다.

"그러면, 세 사람 다 거짓말이 아니라면 이 사태를 대체 어떻게 설명해야 좋을까요?"

"거짓말 아니라 착각 아니에요? 실은 식료품이 없어진 게 아니라 잘못 센 거죠."

내가 말하자, 무나카타가 또 버럭 화를 냈다.

"너 정말!"

"아무도 거짓말을 하지 않았다, 잘못 세지도 않았다…… 그리고 아직 한 가지 해석이 더 남아 있어요."

나가토모는 일단 잠시 말을 끊더니 터무니없는 소리를 했다.

"이 세 사람 외의 누군가가 식량을 훔친 거예요."

"이봐. 요전번에 섬을 샅샅이 탐색해서, 이 섬에는 우리 이외에 아무도 없다고 결론이 났잖아."

곧바로 무나카타가 반론했다.

"네. 확실히 그때는 없었어요. 그렇지만 그때와 지금은 상황이 달라졌어요."

"무슨 소리야?"

"그때의 '우리'와 지금의 '우리'는 다르다는 얘기예요."

"뭐?"

"그때의 '우리'는 무나카타 씨, 오타케 씨, 저 나가토모, 그리고 모리 씨까지 네 사람이었죠. 그렇지만 지금의 '우리'는 무나카타 씨, 오타케 씨, 나가토모. 이렇게 세 사람이에요. 그때 찾아봐도 보이지 않은 '우리' 이외의 사람이, 지금이라면 존재할 가능성이 있어요."

"모리 씨? 모리 씨가 섬에 있다는 거야?!"

나는 깜짝 놀랐다.

"네. 만약 이곳에 있는 세 사람 외의 누군가가 식량을 훔쳐갔다고 한다면 그 누군가는 모리 씨 외엔 생각할 수 없어요. 4 빼기 3은 1이죠. 뗏목을 타고 나가지 않고, 섬에 남아 있는 거예요."

"그럼, 그 쪽지는?"

"나갔다고 생각하게 만들기 위한 트릭이죠."

"그렇군, 막상 가려니 겁이 났던 거구만."

무나카타가 손을 마주 쳤다.

"네. 먼 바다를 뗏목으로 항해하는 건 아주 위험해요. 배에 발견되기 전에 뗏목이 뒤집혀버릴지도 몰라요. 오히려 목숨을 잃게 될 확률이 높지 않을까요? 그렇지만 모리 씨는 뗏목을 타고 나가서 배를 데리고 오겠다고 큰소리를 쳐버렸기 때문에 그만두겠다고 물러설 수가 없었고, 그렇다고 뗏목에 타고 나가는 건 망설여져서 고육지책으로 뗏목만 바다에 흘려보내고 출발한 척한 거예요."

"뗏목을 타고 나간 척하는 거니까 실제로 나가는 모습을 보일 수는 없고, 헤어지는 것이 괴로워서 쪽지만 써두고 갔다는 시나리오를 만들어 모습을 감추었다. 그리고 섬 어딘가에 숨어 지내며 식량을 훔쳐 먹으며 살고 있다는 건가?"

"어디까지나 상상이에요. 하지만, 이곳에 있는 세 사람은 누구도 거짓말을 하지 않았고 아무도 훔쳐 먹지 않았다고 하면, 제4의 인물, 즉 모리 씨가 등장하지 않고서는 설명이 되지 않아요."

나가토모는 후우 하고 한숨을 쉬었다.

"하지만…… 믿기지가 않아요……"

나도 한숨을 쉬면서 고개를 저었다.

"어이, 모리 아저씨! 얼른 나와! 모리!"

부서진 창문으로 몸을 내밀고 무나카타가 외쳤다. 대답은 없었다. 바깥은 완전히 날이 저물어서 누가 있는지 없는지 상황을 알 수 없다.

"찾는 건 내일 하죠."

회중전등의 전지도 슬슬 위태로웠다.

"그래. 게다가 일부러 찾을 것도 없어. 낮에 이곳을 비워두면 식량을 찾으러 올 거야. 정말로 모리가 섬에 숨어 살고 있다면."

다음날 우리는 점심에 오두막을 나와서 근처 바위 그늘에 나뉘어 대기하고, 세 방향에서 집을 감시했다.

모리 도시히코는 나타나지 않았다. 그다음 날도 마찬가지로 감시했지만 모리는 모습을 드러내지 않았고, 식량의 수도 줄지 않았다.

그러나 사흘째 저녁, 이변이 발생했다. 나흘째 아침에 일어나보니 오두막 안의 상태가 명백히 이상했다. 북동쪽 구석에 쌓여 있던 종이 상자가 하나도 남김없이 사라진 것이다. 영양조정식품과 경장영양제 박스가.

사라진 것은 식료품만이 아니었다.

무나카타의 침낭이 텅 비어 있었다.

무나카타가 리더 티를 내보려 하는 거라고, 처음에는 그렇게 생각했다.

식료품의 보관장소를 독단으로 옮겨서 좀도둑 피해를 막으려는 것이다. 새로운 보관장소는 나가토모나 나에게는 알려주지 않는다. 왜냐하면 모리가 섬에 숨어 살고 있다는 것은 망상이고, 실은 나가토모나 오타케가 식량을 훔치고 있다고 생각하기 때문이다.

그러나 이동작업치고는 시간이 너무 오래 걸렸다. 해가 중천에 떠도 무나카타는 돌아오지 않았다.

사라진 식량과 무나카타의 행방불명을 어떻게 받아들여야 할까. 비밀리에 제작된 제2의 뗏목에 식량을 실을 수 있을 만큼 가득 싣고 저 먼 바다로 노를 저어 나간 것일까. 아니면 상자째로 들고 가려던 모리를 발견하고 쫓아가서 격투를 벌인 것일까.

나가토모와 나는 무나카타를 찾아 나섰다.

그리고 시체가 된 무나카타를 발견했다.

옛 마을 외곽에 부서진 작은 사당이 있다. 높이는 일 미터 정도의 돌로 만들어진 작은 사당인데, 지붕이 반쯤 무너졌고 안에 있는 지장보살상도 머리와 왼팔이 없었다.

무나카타는 그 사당 뒤에 쓰러져 있었다. 황무지에 깔린 종이상자 위에 큰 대자로 누워 있었다. 식량이 들어 있던 상자였다. 내용물은 보이지 않았다.

무나카타의 절명은 문외한이 보아도 명백했다. 이나무라와 마찬가지로 목덜미의 양쪽 가장자리에 쩍 갈라진 자상이 나 있었다. 뼈가 보였다. 상처에서 흘러나온 피는 쇄골에 담겨 눌어붙듯이 말라있었다. 티셔츠 가슴팍과 그 아래 피부도 검붉게 물들었고 바지의 허벅지 부분에도 다량의 피가 튀어 있었다.

쇼크를 받은 나머지 그 뒤로 하루 종일 아무 일도 하지 않았다. 시체를 그대로 내버려둔 채 집으로 돌아와서 방구석에서 새우처럼 몸을 웅크렸다. 아무것도 보지 않았다 생각하고 싶었다.

꼬박 하루가 지나자 간신히 현실을 받아들일 수 있게 되어, 그 자리에 삽으로 흙을 파서 시체를 매장하기로 했다.

구멍 파기는 그날 안에 끝나지 않았다. 나가토모와 교대로 작업했지만 밤중에 휴식하고 다음날 낮까지 걸려서야 간신히 마칠 수 있었다. 남자 일손이 없으면 이렇게나 힘들구나 싶어 울고 싶어졌다.

물리적인 힘의 문제만이 아니다. 생각해보면 리더 실격이라고 단정했던 무나카타조차 이나무라의 시체를 발견하자마자 바로 척척 매장 작업을 실행했던 것이다.

간신히 무나카타의 매장을 끝마치고 폐자재로 만든 묘표를 향해 고개를 숙였다. 특별히 뭔가를 해주지 않아도 존재하는 것만으로 마음을 지지해주는 인간이 있다는 것을 나는 처음으로 뼈저리게 깨달았다.

나가토모가 갑자기 절규했다.

"모리 씨! 있으면 나와주세요!"

몸의 각도를 조금 비틀고 그녀는 다시 한번 소리쳤다.

"모리 씨! 식량은 그대로 전부 드릴게요! 그러니까 나와주세요!"

나도 절규했다.

"숨바꼭질은 이제 그만 해요! 대화를 해요! 섬을 탈출할 방법을 같이 생각해봐요!"

우리는 번갈아가며 섬의 360도를 향해서 소리쳤다.

그러나 모리는 모습을 드러내지 않았다. 앞으로 여자 둘이서 어떻게 이 상황을 헤쳐나가야 할까. 여자의 힘만으로 섬에서 탈출할 수 있을까?

아니, 그 전에 우리도 죽게 될까?

무나카타는 어째서 살해당한 것일까. 범인의 목적은 식량을 빼앗는 것이었을까? 식량이 전부 사라진 것으로 미루어보면 그렇다. 그렇다면 목적을 이루었으니 이제 다음 살인은 발생하지 않는다. 식량은 한 사람당 두 달 치가 남아 있다(모리가 떠난 것으로 인해 한 사람당 돌아가는 분량은 다시 늘었다). 그것을 독점하면 반년은 버틸 수 있다는 계산이 나온다. 게다가 우리를 죽여본들 쌀 한 톨 나오지 않는다.

그러나 무나카타는 정말로 식량 때문에 죽은 것일까?

먼저 누가 무나카타를 죽였는지부터 생각해볼 필요가 있다. 모리가 범인이라면 목적은 식량의 강탈인 게 틀림없다. 그러나 이 섬에 모리 도시히코가 존재하지 않는다면?

진리의 길 복음교회—나는 이 단체의 그림자를 느끼지 않을 수 없었다.

세키구치 히데키가 찾아왔다고 생각할 수는 없을까? 우리의 생사를 확인하러 온 것이다. 그랬는데 아직 세 사람이 생존해 있는데다 식량도 의외로 많이 남아 있어서, 식량을 회수해서 죽을 때를 앞당기려고 했다. 그것을 무나카타가 알아차리고 뒤를 쫓아왔다가 사당 주위에서 살해당했다.

나는 지금 세상의 움직임을 파악하지 못한다. 오** 역 폭파사건은 어떻게 조사되고 있으며, 진리의 길 복음교회는 어떤 태도를 보이고 있을까. 어쩌면 교회를 향한 의심이 짙어져서 교회로서는 하루라도 빨리 희생물을 헌상해야 한다는 압박을 받고 있는지도 모른다. 우리의 죽음을 느긋하게 기다릴 수 없어서, 식량을 없애버리고 단숨에 처치해버리자고 꾀했을지도 모른다.

나와 나가토모는 앞으로 얼마나 살 수 있을까?

이 문제에 대해서는 나가토모와 의논해야 할지도 모른다. 하지만 나는 이야기를 꺼낼 수 없었고, 그녀도 무나카타의 죽음에 대해 이야기하려 하지 않았다.

냉정하게 생각해보면 누가 범인인가 혹은 무나카타를 누가 죽였는가를 논의하는 것은 시간 때우기 이상의 의미가 없다. 누가 범인이든, 어떤 이유로 무나카타를(거슬러올라가서 이나무라도) 죽였든, 그 녀석이 이 섬 안에 숨어 있거나 혹은 이 섬에 출입이 자유로운 상태임에는 변함이 없고, 이 섬에서 나갈 방법이 없는 우리 두 사람은 보이지 않는 살인귀의 손안에서 놀아나고 있다. 범인이나 동기를 찾아본들 섬에서 탈출할 수는 없는 것이다.

그 뒤로 이틀 동안은 그저 절망과 공포에 시달리며 오두막에서 딱딱하게 굳어 있었다.

사흘째는 이틀 동안 아무 일도 발생하지 않은 덕에 공포가 조금 풀렸다. 공포가 옅어지자 배고픔도 느껴졌다. 그리고 섬에 가지고 왔던 식량이 전부 없어졌다는 것을 떠올리자 새로운 절망이 엄습했다. 그러나 이 절망은 공복을 잊게 해주지는 않았다.

식량이 없다면 조달하는 수밖에 없다. 물뱀의 창고에서 조개를 주워오자. 그렇게 생각하고 나가토모에 말을 걸어보았다.

"저는 괜찮아요."

그녀는 침낭 안에서 작게 중얼거렸다.

"괜찮다니, 먹지 않으면 죽어버린다고요. 우리 벌써 사흘 동안 물밖에 안 먹었어요."

"이젠 됐어요. 죽을래요."

"무슨 소릴 하는 거예요! 안 돼요, 살아야죠."

그러나 나가토모는 침낭에서 나오려 하지 않았다.

나는 그녀를 설득하는 걸 포기하고 혼자서 물고기를 잡으러 갔다. 리더를 찾는 게 아니라 자신이 리더가 될 때가 왔다.

언젠가 모리가 말했던 것처럼 물뱀의 창고에서는 개펄 같은 곳에서처럼 쉽게 조개가 잡히지 않았다. 물속이나 바위 밑을 한 시간 정도 끈질기게 뒤지고 다녀야 간신히 양동이 바닥을 가릴 정도의 조개를 모을 수 있었다. 얼마 안 남은 휘발유를 사용해서 버너로 굽고, 필요 없다고 말하는 나가토모에게 억지로 먹였다. 나도 사흘 동안의 공복을 메우려고 마구 뱃속에 집어넣었다.

다음 날 이후도 나는 조개채집을 나섰다. 나가토모는 움직이려고 하지 않았지만 나는 상관하지 않고 물뱀의 창고로 발을 옮겼고, 성과물을 그녀에게도 공평하게 나누어주었다. 이렇게 근근이 연명할 뿐 어떤 미래가 있을지 알 수 없었지만, 일단 살아남으면 오늘과 다른 내일이 찾아올지도 모른다. 조개채집에서 돌아오면 봉화를 피웠다. 사형 걱정보다도 우선은 탈출이 중요했다. 이 섬에 머물러 있으면 살인귀에게 처형당한다.

그러나 나는 확실히 궁지에 몰려갔다.

앞으로 얼마나 얕은 여울에 발을 담그고 게나 조개를 잡을 수 있을까. 날이 갈수록 물이 차가워진다. 그러고 보니 벌써 11월이다. 지구온난화에다 남쪽 바다라는 이점이 있어도, 티셔츠 한 장으로 생활하는 것은 점차 힘들어지고 있었다.

휘발유가 바닥나서 더이상 버너를 사용할 수 없게 되었다. 그 뒤로는 모닥불 속에 조개나 게를 집어넣어서 구웠지만, 실은 라이터의 가스도 위태로웠다.

그리고 제일 큰 걱정은 매일 어패류를 잡고 있다는 점이었다. 원래도 많지 않던 것들을 매일 채집해오고 있다. 새 생명이 쉽게 생겨날 리도 없고, 간만의 차에 의해 새로운 조개나 게가 밀려오는 것도 크게 기대할 수 없다. 나의 행동반경은 점차 넓어졌고, 그것은 종말의 날이 점차 가까워지고 있다는 뜻이기도 했다.

모리 도시히코와 재회한 것은 그런 와중이었다.

나는 조개를 찾아서 동굴의 끄트머리 근처까지 발을 옮겼다. 끄트머리란 섬에서 사는 인간의 눈으로 본 상대적인 표현이다. 일반적인 표현을 쓰자면 바다와 인접한 동굴의 제일 바깥쪽, 즉 출입구 부분이 된다. 그곳까지 발을 옮기지 않으면 사냥감을 발견할 수 없는 지경이었다. 그것도 물이 빠질 때를 기다려서 평소에는 깊이 수몰되어 있는 부분을 뒤져야 했다.

추위를 꾹 참으며 허벅지까지 물에 담그고 간신히 조개 한두 개를 찾아서 건져냈을 때였다. 바위 위에서 발을 구르며 추위를 떨쳐내고 있는데 붉고 긴 물체가 시야 가장자리를 스쳤다. 몸을 움직이던 것을 멈추고 그쪽을 가만히 살펴보니 맞은편 바위에 긴 끈이 엉켜 있는 듯 보였다.

본토에서 흘러들어온 쓰레기일까 생각했지만, 차분히 생각해보니 내 기억 속에도 붉은 끈이 존재했다. 기억 속에서 붉은 끈은 매우 중요한 장면에 등장했었다. 나는 그 물체의 정체를 확인하지 않고서는 직성이 풀리지 않았다.

맞은편 해안과의 거리는 삼십 미터 정도였지만, 그 사이에는 바닷물이 차 있다. 썰물 때도 건너갈 수 없는 수로다. 이 차가운 물에 온몸을 적시고 싶지는 않았고, 애초에 나는 수영도 못 하므로 헤엄쳐서 건너편까지 갈 수는 없다.

나는 일단 동굴의 안쪽까지 돌아왔다. 물이 없는 부분을 건너서 맞은편 해안으로 이동하고, 그쪽 해안을 따라 동굴 입구를 향해 걸었다. 그렇게까지 해서 끄트머리에 도달하니 정말로 붉은 끈이 가늘고 긴 바위에 달라붙어 있었다. 걸린 것이 아니라 인위적으로 묶여 있었다. 끈은 바위 그늘 쪽에 길게 늘어져 있고, 다른 한쪽 끝에는 나무로 된 거대한 발 같은 것이 엮여 있었다. 조수에 쓸려 내려가지 않도록 바위에 묶어놓은 것이다. 발을 구성한 판자들을 연결하고 있는 것도 그 붉은 끈이었는데, 이것은 우리가 가지고 온 포장용 로프였다.

뗏목이었다. 모리 도시히코가 만든 뗏목이 분명하다. 모리는 이런 곳에 뗏목을 감춰두고 섬을 나간 척한 것이다. 모리는 지금도 섬 안에 있다. 무나카타를 습격해서 식량을 빼앗은 사람은 모리였던 것이다.

나는 숨을 삼키고, 그리고 퍼뜩 놀라 주위를 둘러보았다. 인기척은 느껴지지 않았다.

모리의 존재에 겁먹은 것이 아니다. 말도 안 되는 생각이 떠올랐던 것이다.

뗏목을 가로챌까?

이 뗏목을 가로채는 것에 폭력은 필요 없다. 거래도 필요 없다. 필요한 것은 용기뿐이다. 큰 바다로 나갈 용기, 세상과 마주할 용기, 판결에 귀를 기울일 용기. 용기만 있다면 섬을 탈출할 수 있는 것이다.

흥분되고, 눈 깊숙한 곳이 뜨거워졌다. 가슴이 아플 정도로 크게 뛰었다. 그러나 나는 곧바로 결단을 내릴 용기가 없었기에 뗏목은 그대로 놔두고 물뱀의 창고를 뒤로했다.

오두막으로 돌아온 뒤에 불을 피워서 조개를 굽고, 오늘은 수확이

적어서 미안하다며 나가토모에게 나누어주었다. 뗏목 이야기는 일체 하지 않았다. 그 뗏목은 일인용이다. 그렇다, 뗏목을 빼앗으려면 나가토모 히토미를 버려두고 갈 용기도 필요했다.

다음 날 나는 물뱀의 창고로 발을 옮겼다. 늘 하는 일과인 조개채집을 위해서다. 뗏목을 가로챌 결단은 아직 서지 않았다. 나는 수영을 못한다. 뒤집어지면 그 순간 물고기 밥이다.

평평한 바위에 멍하니 앉아 있으려니, 작은 게들이 발밑을 지나갔다. 이 게는 크기가 작고 조개에 비교하면 상당히 맛이 없어서 별로 좋지 않은 사냥감이었지만 그런 배부른 소리는 할 수 없었다.

게를 잡아 양동이에 던져넣고 고개를 들자, 조금 앞에도 주홍색 등껍질이 보였다. 나는 그쪽으로 다가가서 두번째 사냥감을 집어들었다. 그곳에서 고개를 들자, 또 조금 앞에 한 마리의 게가 보였다. 그쪽으로 다가가서 게를 잡고 고개를 들고—그러기를 몇 번인가 반복하는 동안 저 멀리 앞쪽에 게들이 무리지어 있음을 깨달았다.

동굴 벽 앞이다. 지금은 벽이지만 예전에는 커다란 구멍이 뚫려 있던 곳이다. 구멍은 이나무라의 시체를 집어넣고 돌로 막았다. 매장한 뒤에는 왠지 음침한 기분이 들어서 이쪽으로 발을 옮기는 것을 피했었다.

그 묘 앞에 게들이 모여 있다. 마치 시체를 먹으러 모인 것처럼 우글우글 무리지어 있다.

그대로 발길을 돌릴 생각이었는데, 나는 왠지 모르게 그쪽으로 빨려들듯 다가갔다. 발소리를 느꼈는지 게들이 사사삭 사방으로 흩어졌다.

잿빛을 띤 갈색 암벽, 발밑에는 크고 작은 모난 돌들. 게들이 좋아할 만한 것은 아무것도 보이지 않았다.

그러나 자세히 살펴보니 벽 사이에 비슷한 색의 이물질이 끼어 있는 것이 보였다. 끈처럼 생긴 물체가 식물의 잔뿌리같이 미약하게 삐져나와 있었다. 신발 끈 같다. 갈색 신발 끈의 끄트머리 십 센티 정도가, 구멍을 막은 돌 사이로 엿보였다.

이나무라가 신고 있던 신발 끈은 아니다. 그의 스니커는 벨크로로 여닫는 것이다. 갈색 신발 끈. 모리가 신고 있던 트래킹 슈즈의 끈이 갈색이었던 기억이 났다.

그걸 깨달았을 때 나는 비명을 지르고 있었다. 머릿속이 새하얘졌다. 그렇지만 몸이 저절로 움직였다. 구멍을 막고 있던 돌을 파냈다.

구멍 안에는 반쯤 백골이 된 이나무라의 시체가 있었다.

그것과 끌어안는 듯한 모습으로 모리 도시히코가 부패되어 있었다.

교황 죽다

19일 오후, 종교법인 진리의 길 복음교회 대표 고지야 가즈키요(40)가 도쿄의 모 호텔 주차장에서 일본도를 든 우익단체 남자에게 습격당해 부상을 입고 구급차로 병원으로 후송되었으나, 출혈과다로 이내 사망했다.

고지야 대표를 습격한 사람은 우익단체 **사의 구성원 모토하시 이치조(25)로, 그 자리에서 현행범으로 체포되었다. 모토하시 용의자는 "정의를 위해서"라고 진술하고 있으며, 진리의 길 복음교회가 관련되어 있다는 소문이 돌고 있는 오** 역 폭파사건에 분개해서 범행을 저지른 것으로 여겨진다.

또한 고지야 대표의 죽음은 오** 역 폭파사건의 수사에 적지 않은 영향을 끼칠 것으로 보인다.

여기까지 쓰는 데 얼마나 시간이 걸렸을까. 제 삼자가 읽고 이해할 수 있는 문장을 쓰고 있는 걸까.

배가 고프다. 벌써 닷새 동안, 아니 일주일간 물밖에 입에 대지 못했다.

드디어 물뱀의 창고의 자원이 고갈되었다. 입안에 천천히 퍼져나가는 조개의 맛이 그립다. 게도 이제 보이지 않는다. 아릿한 맛이 난다든가, 등껍질이 이빨 사이에 낀다든가 하는 불평은 더이상 하지 않을 테니까, 다시 한번 모습을 보여줬으면 좋겠다.

엄밀히 말하자면 아직 생물은 서식하고 있다. 물이 찬 곳에는 말미잘이 달라붙어 있다. 바위 이쪽저쪽에 갯강구가 뛰어다닌다. 지상의 풀숲에서는 메뚜기나 도마뱀이 보이기도 했다. 그러나 그것을 어떻게 먹어야 할까? 굶주리면 뭐든지 먹을 수 있다는 말은 새빨간 거짓말이다. 라이터의 가스가 다 떨어져서 이젠 불도 피울 수 없다. 피운 불을 꺼지지 않게 유지했더라면 좋았을 테지만, 미처 거기까지 생각이 미치지 못했다. 날것으로 말미잘을? 갯강구를? 메뚜기를? 도마뱀을? 적어도 도시에서 태어나고 자란 나에게는 불가능한 일이다.

간신히 알았다. 나는 사육닭이다. 이 세상에서 태어나서 처음으로 입에 댄 것이 가루분유고, 이후의 내 몸을 만들어온 것도 공장에서 만든 가공식품이다. 그렇다, 나는 사육닭이다. 나가토모도 분명히 그럴 것이다. 이나무라가 말한 '배합사료'야말로 우리에게 가장 적절한 식료품이었던 것이다. 그러나 '배합사료'는 이미 없고, 살아 있는 먹이를 먹을 줄도 모른다.

배고픔은 한계에 달했다. 앞으로 어떡해야 좋을지 아무런 생각도 할 수 없었고, 이따금 문득 의식이 흐릿해졌다가 정신이 들면 태양의 위치가 완전히 바뀌어 있기도 했다. 구 일본군의 훈련받은 병사조차 과

달카날에서 픽픽 쓰러져 굶어죽었다. 관리된 환경에서 키워진 사육닭이 살아남을 수 있을 리가 없다.

그러나 극한적인 기아 속에서, 이따금 이상하게 머리가 맑아지는 순간이 있었다.

모리가 뗏목으로 탈출한 척하고 섬 안에 잠복해 있다가 식료품을 빼앗기 위해서 무나카타를 죽였다는 것이 이제까지 가장 유력한 가설이었다. 그러나 실은 모리도 이미 죽어 있었다. 부패한 시체의 왼쪽 가슴 부분이 특히 심하게 뭉개져 있었으므로, 아무래도 심장을 꿰뚫린 것으로 추측된다. 모리도 살해당한 것이다.

그렇게 되면 또 한 사람의 유력한 범인 후보로 세키구치 히데키가 떠오르지 않나? 모리를 죽이고, 무나카타도 죽인 뒤에 식량을 빼앗고, 나와 나가토모의 목숨을 노리고 있다. 거슬러올라가면 이나무라를 죽인 것도 세키구치인 걸까?

하지만 세키구치를 범인으로 삼기에는 커다란 장애물이 있다. 공복의 거친 파도가 멈춘 그 순간, 나는 한 가지 사실을 깨달았다.

세키구치는 모리를 죽일 수는 있어도, 모리를 매장할 수는 없다.

즉 이런 것이다. 모리의 시체가 있었던 곳은 이나무라를 매장한 동굴이다. 그렇지만 세키구치는 이나무라가 그곳에 매장되었다는 것을 모른다. 매장하는 걸 몰래 지켜봤을 수도 없다. 왜냐하면 이나무라를 매장할 때, 물뱀의 창고에는 배가 없었기 때문이다.

이나무라의 매장 장소를 모르는 세키구치가 어떻게 모리를 같은 장소에 묻을 수 있을까. 무나카타를 지상에 묻었을 때와 달리 이나무라를 묻은 곳에는 묘표를 세우지 않았다. 매장작업을 보지 않는 한 그곳에 시체가 있다는 걸 알 수 있을 리가 없다. 대충 파봤더니 우연히 이나무라의 시체가 나와서, 그럼 같이 묻어줄까 하고 생각했던 걸까? 그것도 불가능한 이야기다. 이나무라의 시체는 동굴 벽에 뚫려 있던 구멍에 넣었었다. 지면에 묻었다면 땅을 파다가 우연히 발견할 수도 있겠지만, 벽을 파보려는 생각은 보통 하지 않을 것이다.

따라서 모리를 묻은 것은 세키구치가 아니다. 이것을 뒤집어보면 모리를 죽인 것은 세키구치가 아니라는 말이 되지 않을까? 모리를 죽인 인물과 매장한 인물이 다르다는 것일까? 이나무라와 같은 장소에 모리를 매장한 배경에는, 모리의 시체를 영구히 감추고 싶다는 바람이 담겨 있었던 것이 아닐까? 이미 시체가 매장되어 있는 장소에 새로운 시체가 감추어질 리 없다는 선입관을 이용해서. 그리고 그렇게까지 시체를 감추고 싶어한 것은, 죽일 수 있는 사람이 자기밖에 없기 때문이 아닐까? 모리를 죽인 것과 매장한 것은 동일인물인 것이다.

나는 세키구치는 범인이 아니라고 확신했다.

동시에 더욱 중요한 사실을 깨달았다.

모리를 죽인 인물과 매장한 인물이 동일하다면, 모리를 매장한 인물을 지적함으로써 살인범을 거의 밝혀낼 수 있다.

이나무라를 매장할 때 함께한 자만이 모리의 시체를 그곳에 묻을 수 있다.

이나무라를 매장할 때 함께한 사람은 네 명이다.

그중 한 사람은 이나무라 본인이다.

무나카타는 그뒤에 죽었다.

남은 것은 나와 나가토모고, 나는 나 자신이 범인이 아니라는 것을 알고 있다.

범인은 나가토모 히토미 외에는 존재하지 않는다.

벤츠 강도, 선박 강도까지?

도쿄 및 3개 현에서 고급승용차를 훔쳐 해외로 반출한 혐의로 17일에 체포된 중국인 그룹 중, 왕첸메이, 리원빈, 두 용의자가 작년 7월에 규슈에서 크루저를 강탈해서 일본인 남성을 살해했다고 진술한 것이 30일 밝혀졌다.

두 용의자에 따르면 두 사람은 작년 7월, 중국 푸젠성에서 어선을 타고 집단 밀입국을 시도했으나 동지나 해를 항해하던 중 때마침 지나가던 태풍에 의해 선박이 전복되어 무인도에 표착했다. 어선에는 승조원을 포함한 20여 명이 탑승했지만, 섬에 표착한 사람은 두 용의자뿐이었다고 한다.

표착한지 이틀 뒤인 7월 21일, 일본인 그룹이 섬에 찾아왔다. 그러나 밀입국자인 두 사람은 일본인 그룹에게 도움을 요청할 수 없어서 크루저를 빼앗아 섬에서 탈출하기로 계획했다. 그러나 두 사람 모두 배를 조정할 수 없었으므로, 다음 날인 22일 저녁 일본인 그룹 중 한 남성이 단신으로 크루저의 선실에 들어온 것을 노려서 습격, 폭력으로 협박해서 배를 몰아 규슈로 향하게 했다. 그리고 항구에 도착하자 일본인 남성을 살해한 후 바닷속에 유기했다고 한다.

두 용의자의 진술로 미루어보아 일본인 남성이 유기된 곳은 가고시마 현 남부의 ＊＊항이라는 견해가 강하며, 이미 가고시마 현 경찰의 잠수 팀이 조사활동을 시작하고 있다. 또 두 용의자가 표착했던 섬은 1958년에 무인도화된 가바네지마로 판단되며, 섬에 건너간 배와 함께 소식이 두절된 일본인 남성에 대한 수색요청이 들어오지 않은 것을 보아 일본인 그룹의 잔존 멤버가 섬에 남겨졌을 공산이 크다고 보여진다. 가고시마 현 경찰은 제10관구 해상보안본부와 해상자위대의 협력을 얻어서 오늘내일 안에 가바네지마의 수색에 나설 것으로 보인다.

"제가 세 사람을 죽였다고, 그렇게 말씀하시는 거군요. 남자 셋을 저 혼자서."

나가토모 히토미는 그렇게만 말하고 입을 다물었다. 살해 사실에 대해서 긍정이나 부정을 표하지는 않았다.

"여자니까 남자를 죽일 수 있는 거야. 섹스 중에."

기습하듯 바로 핵심을 찔렀지만 나가토모의 표정은 변하지 않았다. 텅 빈 배를 자극하지 않으려고 나는 작은 목소리로 계속 말했다.

"순서대로 설명할게. 우선은 이나무라를 어떻게 죽였는가. 당신이 이나무라를 죽인 것은 시체가 발견되기 전날 오전중이었어. 동굴에 있던 이나무라에게 다가가서 유혹하고, 행위가 한창일 때 죽였지. 이나무라가 알몸으로 죽은 것은 그 때문이야. 물고기를 잡는 도중에 습격당한 것이 아니야. 행위 중에 남자는 무방비 상태가 돼. 이나무라의 몸 위에 올라타는 것도, 나이프를 빼앗는 것도, 그것으로 목덜미를 찌르는 것도 당신 생각대로지. 힘 같은 건 필요하지 않아."

이나무라의 애무가 한창이던 중에 내가 떠밀자 그는 아주 간단히 균형을 잃었었다.

"하지만 한 가지 착오가 있었어. 그때 당신은 머리카락을 허리까지 기르고 있었어. 그런 상태에서 이나무라의 위에 올라타고 허리를 흔들면서 그의 목에 칼을 꽂아넣으면 머리카락이 몸 앞쪽으로 흘러내리게 되지. 그 상태에서 나이프를 빼면 어떻게 될까? 이나무라의 상처에서 뿜어져나온 피가 당신의 긴 머리카락을 더럽히게 돼. 그래서 당신은 애지중지하던 머리카락을 싹둑 잘라낼 수밖에 없었던 거야. 손질이 귀찮았던 게 아니라, 피를 뒤집어썼다는 사실을 알리지 않기 위해서 말이야."

나가토모의 입가가 살며시 풀어진 기분이 들었다.

"다음은 모리 씨야. 모리 씨도 동굴에서 죽인 거지? 밤중에 몰래 유혹해내서, 역시 행위 중에 말이야. 쪽지는 그 전에 쓰게 했을까? 모리 씨가 뗏목을 만드는 도중에, 얼굴을 마주하고 이별을 고하면 결의가 흐트러질지도 모른다고 중얼거린 것은 아마도 사실이겠지. 그렇다면 쪽지를 남기고 출발하는 게 어떠냐고 제안해서 그렇게 쓰게 만들었어. 쪽지를 쓴 것도 살해 후에 시체를 숨긴 것도, 모리 씨가 섬을 떠난 것처럼 보이게 만들기 위해서지. 시체를 방치해두면 또 누가 죽였는가, 동기는 무엇인가 하는 귀찮은 이야기가 나와버리니까, 섬에서 나갔다고 생각하게 만들어서 그런 일이 일어나지 않도록 막은 거야."

나가토모는 아직 긍정도 부정도 표하지 않았다.

"무나카타 씨를 죽인 것도 성행위 중이었어. 무나카타 씨의 위에 올라타서 허리를 흔들면서 찬스를 엿보고, 그의 목을 나이프로 찔렀어. 그가 벗어던진 바지를 방패 삼아 피를 막은 거 아냐? 상처는 목에 나 있는데 바지가 피로 몹시 더러워져 있었거든. 살해한 뒤에 일부러 옷을 입힌 것은 알몸 상태로 놔두면 섹스를 연상하게 만들 수 있기 때문이지. 이나무라의 경우에는 알몸으로 굴러다니더라도 낚시하다 습격당했다는 해석이 가능했지만, 무나카타 씨가 죽은 현장은 지상이었거든."

나가토모는 나와 똑바로 마주 보고 있었지만, 그녀의 눈은 나를 꿰뚫고 좀더 먼 곳을 보는 듯 느껴졌다. 이윽고 그녀는 천천히 입을 열었다.

"오타케 씨의 설명은 이해했어요. 저라도 죽일 수 있다는 점은 확실히 알았어요. 하지만 '죽일 수 있다'와 '죽였다'는 전혀 다른 차원의 이야기예요."

“아니, 사실로서의 ‘죽였다’야. 이나무라의 시체가 발견된 뒤에 당신은 “바닷속에서 끌어올린 이나무라 씨의 시체를 봐도 저는 눈물도 안 나왔어요”라고 말했어. 하지만 무나카타 씨에 의하면 시체는 얕은 여울에 있었어. 얕은 여울도 바다이긴 하지만, 그래도 보통 ‘바닷속’이라는 표현은 사용하지 않을 거야. 그러면 어째서 당신은 ‘바닷속’이라고 했을까? 당신의 기억 속에 그곳은 얕은 여울이 아닌 깊은 물속이었기 때문이야. 그래, 당신은 만조 때 이나무라를 죽이고 시체를 옆에 있는 깊은 물속에 버렸던 거야.”

“그건 너무 깊이 생각하신 거예요.”

“머리를 자른 이유도 너무 깊이 생각한 걸까?”

“피로 더러워진 머리카락을 가져오시기 전에는 증거가 없어요.”

“그러면 결정적인 증거를 보여줄게.”

나는 검지를 펴서 나가토모를 가리켰다. 나가토모는 멍하니 자신의 가슴에서 배, 팔에서 다리로 시선을 옮겼다.

“증거는 지금 그곳에 존재하는 당신 자신, 당신의 온몸이야.”

손가락을 다시 한번 내찔렀다.

“난 겁이 나서 내 얼굴을 거울에 비춰보지 못하겠어. 눈은 움푹 들어가고 볼은 쑥 패고 입술과 잇몸은 갈라졌어. 팔다리는 나무토막 같고 가슴도 아주 납작해졌지. 피골이 상접해서 그야말로 해골이 따로 없어. 겉모습만이 아니라 체력도 바닥나서 당장에라도 정신을 잃을 것 같아.”

거기까지 말하자 정말로 빈혈을 일으킬 것 같았다.

“—그런데 나가토모 씨, 당신은 왜 그렇게 혈색이 좋은 거야? 몸집을 봐도, 물론 섬에 상륙하기 전에 비해 살은 빠졌지만 충분히 평범한 수준이야. 나는 대체 며칠 동안 음식을 못 먹었을까. 닷새? 일주일? 그때까지는 내가 사냥한 조개나 게를 먹고 굶주림을 버텼지. 나도 당신도. 그것을 잡지 못하게 된 뒤로 나는 물밖에 입에 대지 못했어. 당신도 마찬가지라고 생각했어. 하지만 사실은 아니었어. 당신과 나의 차이는 뭐지? 당신은 조금도 야위지 않았어. 그건 즉, 나가토모 씨, 당신은 제대로 영양을 섭취하고 있기 때문이야. 대체 뭘 먹고 있는 거야? 아니, 말하지 않아도 좋아. 알고 있어. 캔에 든 영양제와 고형영양조정식품이지. 당신이 남자 셋을 죽인 것은 그 식량을 확보하기 위해서, 자신이 살아남기 위해서 먹는 입을 줄인 거야."

시체의 섬, 기적의 생환. 다섯 명의 사망자는 테러리스트인가?

가고시마 현 경찰, 해상자위대, 제10관구 해상보안본부의 합동조사대는 3일 동지나 해의 가바네지마에서 남성 1명을 구출했다. 심하게 쇠약한 상태이나 생명에는 커다란 지장이 없는 것으로 보이며, 자위대의 헬리콥터로 가고시마 현 내의 병원으로 이송되었다. 한편 남성 3인과 여성 2인의 유체도 수용했다.

섬 안에 남은 물품으로 보아 유체로 발견된 다섯 명은 진리의 길 복음교회의 신도라는 견해가 유력하다. 또 작년 7월의 오＊＊ 역 폭파사건에 관여되었음을 엿볼 수 있는 수기도 발견되어 동 사건의 조사본부는 곧바로 확인 작업에 착수했다. 다만 동 교회의 고지야 가즈키요 대표가 작년 8월 우익단체 구성원에게 피살되었으며 폭파사건과의 관계가 가장 의심되던 세키구치 히데키 청년부장은 이번 달 1일에 가고시마 ＊＊항의 바닷속에서 유체로 발견되었기 때문에, 사실상 확인은 난항을 겪으리라는 견해도 강하다.

"다섯 명의 멤버가 100의 식량을 나눠 가지면 한 명당 돌아오는 건 20. 그런데 여기서 한 사람을 죽이고 넷이 나눠 가지면 한 명의 몫은 25로 늘지. 또 한 사람 죽이면 셋이 나눠 가지게 되니까 한 사람 몫은 33. 하는 김에 또 한 사람 죽이면 50. 다시 또 한 사람 죽여서 혼자가 되면 100 전부를 독점할 수 있어. 당신의 노림수는 그거지. 식량의 전체 양은 늘릴 수 없으니 입을 줄여서 개인의 몫을 증가시키고, 그렇게 누구보다도 오래 살아남으려고 했어. 오래 살아남으면 섬의 근처로 배가 지나가는 행운이 찾아들지도 모르니까. 섬에 계속 머무르는 것은, 다소 소극적이기는 해도 훌륭한 생존전략이야."

모든 것이 다 밝혀졌다고 생각한 걸까, 나가토모의 눈동자는 흐릿한 미소를 띠고 있다. 나는 목소리를 계속 짜냈다.

"당신의 반론이 들리는 것 같아. 그럼 처음부터 나 이외의 인간을 전부 죽이면 되지 않나요, 그러면 처음부터 100의 식량을 확보할 수 있는데. 아니지, 그건 잘못된 생각이야. 오래 살아남기 위해서는 동료가 있는 편이 좋아. 한 사람보다 두 사람, 두 사람보다 세 사람인 편이 지혜를 짜내기 쉽고 힘도 낼 수 있지. 그런데 동료가 많으면 필연적으로 식량의 소모량도 늘어나버려. 그러니까 식량의 잔여분을 계산하면서 한 사람씩 입을 줄여나갔어.

각각의 살인에는 단순한 입 줄이기 말고 다른 의미도 있었어. 예를 들어서 이나무라의 경우. 어느 것을 고를까요 하면서 하나씩 순서대로 꼽아보다가 이나무라에서 멈춰서 그를 처음으로 죽였다—이건 아니야. 처음에 이나무라를 죽인 것에는 분명한 이유가 있어. 이나무라는 섬에 온 당초부터 맛없다며 식량을 험하게 다뤘어. 섬에 버려져 식량은 이제 이것뿐인데, 추가지원이 사라진 뒤에도 아무렇지도 않게 식량을 버렸어. 그런 사람을 남겨두었다간 얼마나 많은 식료품이 낭비될지 걱정했겠지. 그래서 후환을 없애려고 제일 먼저 이나무라를 죽였어.

두번째 타깃을 모리 씨로 삼은 것은 그 사람이 섬을 나가려고 했기 때문이야. 모리 씨가 다른 이들 앞에서 뗏목을 타고 나가겠다고 선언했을 때, 당신은 그 사람이 배를 데리고 돌아와줄 거라는 말을 믿겠다, 그런 약속은 믿을 수 없다고 생각하는 사람은 믿지 않아도 된다고 말했어. 나는 그 의연한 태도에 감동했지. 그렇지만 실상은 달랐어. 당신은 절대 그런 약속을 믿을 수 없다고 생각했던 거야. 뗏목을 타고 나간 뒤에 다시는 돌아오지 않을 거라고 말이지. 물고기 밥으로 사라졌으면 사라졌지, 운 좋게 배에 구출되더라도 굳이 돌아오지는 않을 거라고. 그래서 당신은 돌아오지 않을 사람에게 며칠 분이나 되는 식량을 넘기는 것을 낭비라고 생각했어. 뗏목에 사용된 목재도 마찬가지야. 그럴 바에야 땔감으로 쓰는 편이 낫다고 말이야. 그래서 당신은 모리 씨를 죽이기로 했어. 자원의 낭비를 막고, 그러면서 입도 줄였지. 일석이조네.

모리 씨를 죽인 뒤에 당신은 틈을 봐서 식량을 조금씩 빼돌렸어. 아니, 아마도 훨씬 전부터 빼돌리고 있었을 거야. 모아두기 위해서. 하지만 예전에는 식량의 양이 많았으니까 조금씩 훔쳐도 눈치 채지 못했어. 그러던 것이 절대적인 수가 줄어들어서 무나카타 씨에게 들켜버렸지. 그러자 무나카타 씨는 남은 식량을 관리하겠다고 선언했어. 그렇게 되면 식량을 모아둘 수 없게 되지. 그래서 당신은 무나카타 씨를 죽였어. 그리고 모리 씨의 이름을 들먹이고 그 사람이 섬에 남아 있다는 가설을 늘어놓으며 무나카타 씨를 죽인 죄를 모리 씨에게 덮어씌우려고 했어. 남은 식량도 전부 가로챘지. 이전부터 저장했던 것과 합치면 대체 얼마나 되는 양을 확보했을지? 몇 개월은 편하게 살아남을 수 있을걸? 어디에 숨긴 걸까? 나는 오두막의 마룻바닥으로 추측하는데, 어때?"

말을 멈추고, 위장을 꾹 눌렀다. 송곳에 찔려서 구멍이 뚫려버린 듯한 감각이 느껴진다.

"유감이지만, 오타케 씨의 상상은 틀렸어요."

나가토모가 천천히 고개를 저었다.

"이 마당에 아닌 체하지 마. 이젠 당신하고 나 두 사람밖에 없잖아. 정직해지라고."

나는 신음하듯이 말했다.

"얼버무리는 게 아니에요. 오타케 씨의 상상은 어떤 부분에서는 정확하지만, 중요한 부분에서 틀렸어요."

"그렇게 변죽 울리는 말투를 두고 얼버무린다고 하는 거야."

"지금 오타케 씨는 '두 사람밖에 없다'라고 하셨는데, 지금 이 섬에 있는 사람은 당신과 저, 두 사람만 있는 게 아니에요. 또 한 사람 있어요."

"세키구치?"

그 이름을 입에 담는 것도 주위를 둘러본 것도 반사적인 행동이었다.

"아뇨. 하지만 전혀 아니라고 할 수도 없겠네요."

시체의 섬, 기적의 생환

가고시마 고* 대학 병원 집중치료팀의 다노무라 요시카즈 교수에 따르면, 지난 3일에 동지나 해의 가바네지마에서 구출된 남아의 회복은 순조로우며 전염병의 의심도 없으므로 이번 주 중에라도 집중치료실에서 나와 신생아실로 이송될 것이라 내다보았다. 또한 남아는 동 병원에 이송된 단계에서는 호흡이 일시정지 상태였던 것이 밝혀졌다. 수색대가 발견하는 것이 한 시간만 늦었더라도 목숨을 잃었을 것이라고 한다.

그리고 남아를 출산한 여성의 시체는 현재 해부중이지만, 출산시의 출혈과다, 혹은 산욕열로 사망했다는 견해가 강하다.

"아기가 있어요."

나가토모의 말투가 너무나도 자연스러웠기 때문일까, 아니면 배가 고파서 머리가 제대로 돌아가지 않았기 때문일까. 나는 아, 그렇구나, 하고 순순히 고개를 끄덕였다.

"벌써 몇 개월째예요. 섬에 왔던 그날에 뱄을 테니."

"임신했다고?"

고백의 중요성을 간신히 깨닫고 나는 깜짝 놀라며 물었다.

"네. 잘 크고 있어요."

그렇게 말하고 나가토모는 배에 손을 댔다. 아직 넉 달째라서 뱃속에 아기가 있는 것처럼 보이지는 않는다.

"세키구치의 아이야?"

"네. 그렇게 깨달은 건 이나무라 씨의 고백을 들은 뒤에 처음으로 다함께 식사를 했을 때예요. 기억 안 나세요? 제가 조개를 한입 먹고 맛이 이상하다며 토해냈잖아요?"

"입덧인가……"

"네. 생리는 이미 멎어 있었지만 그건 스트레스로 인한 생리불순이라고 생각했었어요. 생활환경이 급격히 변했고, 이나무라 씨의 고백에 충격도 받았을 테니까."

"그렇군. 하긴 나도 상태가 이상하니까."

"하지만 저의 미각에 변화가 있는 걸 깨닫고서 이건 임신이라고 생각하게 되었죠. 며칠 동안 상태를 보았는데, 역시 가슴속의 메스꺼운 느낌 같은 입덧의 증상이 이어져서 저는 임신이라고 확신했어요."

"어째서……"

"잠자코 있었냐고 말씀하시고 싶은 거죠? 임신은 저 혼자만의 문제이기 때문이에요."

"하지만 한마디 해두었더라면……"

"저에게 이득이 될 만한 일이 일어났을까요? 저는 그렇게 생각하지 않아요. 평범한 생활 속에서 임신했다면 여러분은 저를 여러 가지로 배려하고 도와주셨겠지만, 우리는 생존하기 위한 하루하루를 보내고 있었어요. 임신했다고 밝히면 분명히 방해물 취급을 받을 거라고 생각했어요. 아이 몫까지 더 먹지 않는 거 아닌가 하고 흘겨보거나, 뭐라고 트집을 잡거나. 그런 괴롭힘은 당하고 싶지 않아서 묵묵히 있었어요. 이보다 더 괴로워지면 견디지 못하고 자살해버릴지도 모른다고 생각했어요. 그렇지만 저는 자살해서는 안 돼요. 제가 죽으면 뱃속의 아이도 죽어버려요. 그건 안 돼요. 저는 무슨 일이 있어도 살아남아야만 해요."

나가토모는 눈을 크게 뜨고 있었다.

"살아남기 위해서는 식량이 필요하니까, 그래서……"

"그 점에 관해서는 말씀하신 대로예요. 모두가 살아남으면 그것보다 더 좋은 것은 없겠지만, 아무리 생각해도 그건 어려워 보였어요. 감미로운 이상을 좇은 결과로 인해 모두 힘이 다해 죽어버린다면, 이상이라는 잘못된 희망 따윈 처음부터 갖지 않는 편이 좋아요. 누구 한 사람이라도 좋으니까 살아남는 길을 찾는 것이 인간이라는 종으로서 올바른 선택이 아닐까요? 그 한 사람으로 저는 저 자신을 골랐어요. 제 경우, 정확히는 두 사람이지만요. 이기적인 걸까요? 하지만 오타케 씨, 한번 생각해보세요. 타이타닉호가 빙산과 충돌하고 구명보트의 빈자리가 한 사람 분밖에 남지 않았을 경우, 당신은 자신은 죽어도 상관없다며 살아남을 권리를 타인에게 넘기겠어요? 저는 다른 사람을 떠밀어서라도 올라타겠어요. 그것이 인간이라고 생각해요."

나가토모는 정색하고 있었다. 냉혹한 말의 뒤편에는 켕기는 마음이 감춰져 있을 것이다. 나는 조금 마음을 놓았다.

"처음에 이나무라 씨를 죽인 이유와 살해 방법과 머리를 자른 이유는 전부 오타케 씨가 말씀하신 대로예요. 무나카타 씨 얘기도 맞았어요. 하지만 모리 씨를 죽인 이유는 전혀 달라요. 오타케 씨는 그 사람이 돌아올 확률이 아주 낮다고 판단하고 식량이나 자재의 낭비를 막기 위해서 죽였다고 하셨는데, 저는 모리 씨가 섬으로 돌아와줄 가능성이 어느 정도 있다고 판단했어요. 그래서 돌아오지 못하게 만드려고 출발도 못 하게 한 거예요."

"뭐?"

어째서 배가 돌아오면 안 되는 거지?

"일반 배를 데리고 돌아온다는 것은 즉, 경찰이나 해상자위대 본부도 같이 데리고 온다는 것을 뜻해요. 본토에 도착하면 경찰 조사가 기다리고 있죠."

"그건 다 아는 사실이잖아. 그러니까 입항 전에 배를 가로채서 구명보트로 탈출하자고 말했어."

"네. 그렇지만 그건 커다란 도박이죠. 배를 탈취할 수 있을지, 구명보트를 훔칠 수 있을지, 실제로 해보기 전에는 알 수 없어요. 배의 종류와 승조원의 숫자나 질에 따라 전혀 상대가 안 될지도 몰라요. 그런 승산을 알 수 없는 도박에 나서기보다는 확실한 승리가 예상되는 레이스에 출전하는 편이 당연히 나을 거라고 생각했어요."

"확실히 승리가 예상되는 레이스?"

"이 섬에서 가만히 기다리면 멀지 않은 장래에 한 척의 배가 찾아올 거예요. 그 배에 타고 섬을 나가면 본토에 도착했을 때 경찰의 조사를 피할 수 있어요."

"반드시 온다고? 배가? 봉화를 피워서 부른다는 거야?"

"아니에요. 봉화를 피워서 부르는 배도 관계기관에 통보하겠죠."

나는 고개를 갸웃거렸다. 나가토모가 말했다.

"해신4호예요."

"뭐?"

"세키구치 히데키가 저희의 생사를 확인하기 위해서 찾아올 거예요. 거짓 범행계획서나 도망일기를 두고 가야 하니까요."

"뭐야, 그래서, 세키구치를 죽이고 배를 빼앗겠다고?"

세 번의 예와 마찬가지로 섹스를 하다가 살해하는 건 가능하겠지만, 세키구치는 뱃속에 있는 아이의 아버지다.

"아니에요. 배를 빼앗는다 해도 저는 배를 몰 줄 몰라요. 자동차 운전도 못하거든요. 물뱀의 창고를 나서기도 전에 배를 망가뜨릴 거예요."

"그러면 당신, 세키구치에게 생명을 구걸하겠다는 거야? 그거야말로 감미로운 이상이야."

"오타케 씨가 생명을 구걸해봤자 살해당하는 결말이 나오겠죠. 그렇지만 저는 살아날 수 있어요."

"뭐?"

"섬에 상륙할 때의 저였다면 안 되겠죠. 현재의 저이기에 목숨을 건질 수 있어요. 왜냐하면 현재의 저는 그 사람의 자식을 배고 있으니까."

"어?"

"자신의 자식을 뱄다는 걸 알면 그 사람은 저를 죽이지는 않을 거예요. 고지야 가즈키요에게 가서 희생물 리스트에서 나가토모 히토미만은 빼게 만들겠지요.

이나무라 씨에게 교회의 더러운 수법을 듣고 아연실색했어요. 가르침을 믿을 마음이 사라진 건 물론이고, 고지야나 세키구치의 얼굴이나 목소리를 떠올리기만 해도 분해서 지금도 눈물이 나올 지경이에요. 그렇지만 아이와 함께 살아남기 위해서라면 교회든 세키구치든 얼마든지 이용해주겠다고, 저는 그렇게 결심했어요. 제 경우에 한해 말하자면, 이 섬에서 세키구치가 나타나는 것을 여기서 기다리는 것이 가장 안전하고 확실한 생존법이에요."

등뒤에서 규칙적인 호흡 소리가 들려온다. 아무 고민 없는 듯한 정말 안락한 숨소리다.

나는 나가토모에게 등을 돌리고 침낭에 웅크린 채 보름달의 달빛을 빌려 이 문장을 쓰고 있다. 무나카타의 침낭을 겹쳐 덮고 있어서 춥지는 않다.

이 섬의 밤하늘은 여전히 마치 만든 것처럼 아름답다. 그렇지만 그 아름다움이 나를 고통스럽게 한다. 더러운 밤하늘이 그립다. 별 같은 건 하나도 필요 없으니까, 달이 흐려질 정도로 더러워져도 상관없으니까 도쿄의 하늘을 보고 싶다.

그러나 그것은 이루어질 수 없는 꿈이다.

나는 죽는다. '아마도'가 아니라 '반드시' 죽는다. 내버려두면 며칠 안에 굶어죽는다. 아니, 그 전에 나가토모가 편하게 해줄 것이다. 진상을 알아버린 인간을 살려두지 않을 것이다. 오늘밤에 죽이지 않았던 것은 삼십이 년간의 인생을 주마등처럼 돌아볼 시간을 준 것일 게다.

정말로 잔혹하다. 돌아보니 삶에 대한 집착이 생겨버린다.

나는 울었다. 울면 체력을 소모한다는 것을 알았지만 마음이 제어

되지 않았다.

등뒤에서 규칙적인 숨소리가 들려온다. 아마도 나가토모는 나의 울음소리를 들었을 것이다. 그런데도 자는 체를 하며 타인의 괴로움을 즐기고 있다. 정말로 잔혹한 여자다.

우는 도중에 가슴이 메스꺼워지고 구역질이 났다. 나가토모에 대한 분노 때문이 아니다. 공복으로 위장이 수축한 것도 아니다. 이제까지 느껴본 적 없는 기묘한 불쾌함이었다.

입덧?

그렇게 생각한 순간, 나는 악마에게 홀렸다.

등뒤에서 흐릿한 숨소리가 들린다. 나가토모 히토미는 자고 있다. 자는 체하고 있다 해도 무방비한 것은 마찬가지다.

지금 여기서 그녀를 죽이면 그녀가 숨긴 식량은 그대로 내 손안에 들어온다. 나와 뱃속의 아이, 두 사람의 것이다. 그리고 나는 살아남아 세키구치 히데키가 찾아오는 것을 기다린다.

나는 목숨을 구걸해봤자 소용없다고 나가토모는 말했다. 그 말이 맞다. 내가 세키구치에게 당신의 아이를 뱄다고 말해봤자 상대해주지 않을 것이다. 그와 관계를 가진 사람은 나가토모 히토미지 오타케 미하루가 아니다. 이 아이의 아버지는 이나무라 유지로다.

그러나 세키구치가 오타케 미하루를 나가토모 히토미로 착각하게 만들 수 있다면.

나가토모도 나도, 옷이 너덜너덜하고 피부도 엉망이라서 겉모습의 차이는 이제 알아보기 힘들다.

나가토모는 허리까지 오던 머리를 싹둑 잘라버렸기 때문에 현재 그녀의 인상은 세키구치의 기억에 있는 나가토모 히토미와는 전혀 다르다. 한편 나의 머리카락은 아직 허리까지 오므로 세키구치의 기억 속에 있는 나가토모 히토미에 가깝다.

나가토모의 말투는 아주 나긋나긋하다. 신경 쓰면 흉내 내기 쉽다. 우리의 목소리는 비슷하다.

그러나 그렇게 쉽게 걸려들까? 세키구치는 꼬박꼬박 영양 있는 식사를 하고 있으니 주의력도 좋을 것이다.

그러나—아무것도 하지 않아도 죽게 된다. 어차피 죽을 거라면, 죽기 아니면 까무러치기로 도전해볼 가치가 있다. 세키구치를 영원히 입 다물게 만들 필요는 없다. 항구에 도착한 뒤에 바로 자취를 감추면 되므로, 그때까지 반나절만 그의 눈을 속이면 된다. 최소한, 산 채로 배에 태워주기만 하면 된다. 그렇게 생각하면 뗏목을 타고 바다로 나가는 것보다 간단하고 승산 있는 도전 같았다.

등뒤에서 흐릿한 숨소리가 들려온다. 나는 침을 삼켰다. 그녀의 숨소리가 지워질 정도로 커다란 소리가 귓가에 메아리쳤다.

심장이 쿵쾅쿵쾅 소리를 내며 귓속이 아플 정도로 메아리친다. 박동이 한 번, 또 한 번 반복됨에 따라 나가토모 히토미를 죽이고 싶다는 마음이 커져간다.

나는 조금 뒤에 마지막 힘을 쥐어짜낼 수 있을까? 정말로 그녀를 죽일 수 있을까?

기적의 아이, 새로운 인생으로

동지나 해의 가바네지마에서 구출된 남아는 16일 출산한 여성의 부모에게 인계되어 가고시마 고* 대학 병원을 퇴원했다. 이후에는 두 사람의 자식으로 키워질 것이며, 이미 법적인 수속을 완료했다고 한다. 또한 남아의 이름은 친모의 이름에서 한 글자를 따서 하루히토로 지어졌다.

관館이라는 이름의 낙원에서

관주의 인사

"사촌동생 료지 군은 유치원에 다닐 무렵 야구배트와 공을 가지고 노는 것을 익혔고, 초등학교 3학년 때에는 소년야구팀에 들어갔으며, 초등학교 졸업문집에는 장래희망이 프로야구 선수라고 적었습니다. 중학교에서는 당연히 야구부였고, 고등학교때는 다른 지역에 있는 야구 강호로 전학까지 갔고, 고시엔 출장은 아깝게 놓쳤지만 야구를 위해 대학에 진학하고 사회인 팀에서 러브콜도 받았습니다. 일 년차에 술과 여자를 알아버린 탓에 결국 료지는 프로의 세계에 들어가지 못하고 배트를 놓았지만, 인생의 한 시기에는 요미우리 자이언츠의 유니폼을 입은 자신의 모습을 진지하게 머릿속에 그리고 있었습니다. 단순한 꿈이 아니라 장래의 목표로 말입니다. 이것은 료지에게 국한된 이야기가 아닙니다. 야구소년이면 누구나 정도의 차이는 있겠지만 나가시마

시게오와 자신을 겹쳐보았던 적이 있을 것입니다.

이웃집 나카자와 씨의 아들 다이시 군은 중학교 2학년 때 음악에 눈뜬 뒤, 다음 해 학교 축제에서 기타를 들고 무대에 섰고, 고등학교 삼년 동안 경음악부에서 살다시피 했다고 합니다. 졸업한 뒤에는 편의점에서 아르바이트를 하면서 역 앞에서 연주를 하는 나날을 보내다가, 작년에 인디즈에서 CD를 내고, 언젠가 메이저 데뷔를 하겠다며 길거리에서 수행을 계속하고 있다더군요. 음악으로 먹고사는 것이 다이시의 꿈이고, 그것은 음악을 하는 모든 이들의 꿈이기도 합니다. 아마도 99퍼센트의 사람들은 꿈이 깨지고, 어른이 된 뒤에 젊음의 치기에 낯을 붉히겠습니다만, 꿈을 좇는 시점에서 꿈은 결코 몽상이 아니라 현실에서 가능한 목표였을 것입니다.

그러면, 탐정소설 애호가인 저는 어떠한 꿈을 좇으면 될까요?

동서고금의 작품을 닥치는 대로 읽거나, 별 다섯 개로 순위를 매기거나, 트릭을 데이터베이스화하거나 할까요? 쇼하쿠칸 서점판 『도구라 마구라』 초판본이나 『본진 살인사건』 첫회 원고가 게재된 〈호세키寶石〉 창간호를 책장에 고이 모셔두면 될까요? 아니면 런던 채링크로스 로드의 고서점에서 딕슨 카의 미발표 원고를 발굴해서 이 나라에서 번역 출판되도록 힘을 쏟을까요? 아니면 에도가와 란포 상을 꿈꾸며, 공부나 생업을 하는 틈틈이 원고지를 마주하는 것이 올바른 방법일까요?

분명 그런 꿈도 있겠지요. 그러나 저는, 란포 식으로 말씀드리자면 '구원하기 어려운 엽기의 사도' 였습니다.

제가 탐정소설을 좋아한 이유는 아마추어 탐정의 화려한 활약에 가슴이 두근거렸기 때문이고, 정교하고 치밀한 밀실 트릭에 숨을 삼켰기 때문이고, 전대미문의 살해동기에 전율했기 때문이기도 했으나, 그런 것들 이상으로 '관館'이라는 것이 존재했기 때문입니다.

『프레이그 코트의 살인』을 읽은 가을날 오후, 『흑사관 살인사건』을 읽은 눈 오는 밤. 책장을 덮고 턱을 괴고서 먼 곳을 바라보며 관 안에서 있는 저의 모습을 상상하면 저절로 긴 한숨이 나왔습니다. 그리고 언젠가 꼭 관에 살겠다고 가슴속에 맹세했습니다. 투바이포 건축공법으로 지은 마이 홈이 아닙니다. 관입니다, 마이 관. 시계탑이 있는, 서양식 갑옷이 장식된, 벽난로 위에 은색 촛대가 늘어서 있는, 강령회가 열릴 것 같은, 갑작스럽게 불어닥친 폭풍에 바깥세상과 단절될 것 같은, 목 없는 시체가 발견될 것 같은, 관 말입니다.

20세기, 저에게 관은 꿈이었습니다. 21세기, 저에게 관은 현실입니다. 저는 드디어 이렇게 관의 주인으로 군림하게 되었습니다. 다시 한번 말씀드리지요. 어서 오십시오, 저의 성, 산세이三星 관에."

후유키 도이치로는 입술을 다물고, 왼쪽 오른쪽을 번갈아보고 다시 중앙으로 고개를 돌린 뒤에 천천히 고개를 숙였다.

아낌없는 박수가 그를 감쌌다.

초대장

추운 날씨에도 여러분이 건강하시기를 빕니다.

연초부터 작업에 들어갔던 사저의 건설이 일단락을 맞았습니다. 그리하여 완성에 앞서 10월 9일과 10일 양일간 각별히 탐정소설을 사랑하시는 여러분들께 사저 안을 보여드리고, 또한 오랜 인연에 감사의 뜻을 담아 기념으로 작은 파티를 열고 싶습니다.

바쁘신 중에 죄송합니다만 부디 저의 작은 뜻을 헤아리시어 꼭 왕림해주시기를 진심으로 부탁드립니다.

후유키 도이치로

관으로 가는 길

개찰구를 나와서 역 앞에 선 오다기리 다케시는, 파르르 몸을 떨며 어깨를 움츠리고는 블루종 지퍼를 목까지 쭉 올렸다. 기타간토 지방에서도 북쪽에 위치한 S시다. 도쿄에 비해 바람이 차갑다.

오다기리는 차를 찾았다. 역 앞 교차로에는 손님을 기다리는 택시가 늘어서 있었다. 그 밖에도 자가용 차량들이 드문드문 정차해 있다. 내가 타야 할 차는 어느 것일까 하고 오다기리는 담배를 입에 물고 시선을 움직였다. 그러자 등뒤에서 그의 이름을 부르는 목소리가 들렸다.

중년 남자 두 사람이 이쪽을 향해 걸어왔다. 한 사람은 회색 정장에 가멘트백, 다른 한 사람은 남색 상하의에 보스턴백을 멘 것이 꼭 출장 중인 샐러리맨 같은 복장이었다.

"잘 지냈나?"

오다기리는 두 사람을 향해서 가볍게 손을 들었다. 마음은 반가움으로 가득 찼지만 그런 무뚝뚝한 말밖에 나오지 않았다.

"상당히 가볍게 차려입었구만."

회색 정장의 남자, 이와이 마코토가 오다기리를 손가락으로 가리켰다. 옆에 있는 히라쓰카 다카카즈도 웃었다. 오다기리는 블루종에 면 바지를 입은 간편한 복장에 가방은 데이팩이었다.

"실례려나? 파티라고 하지만 가까운 사람들끼리 모이는 거잖아."

그렇게 오다기리가 머리를 긁적이자니 또다시 그를 부르는 소리가 들렸다. 출하 직전의 돼지처럼 피둥피둥 살찐 남자가 작은 슈트케이스를 끌고 몸을 좌우로 흔들며 달려오고 있었다. 미즈키 히로시다.

"뭐야, 다들 방금 전에 도착한 신칸센을 탔었어? 그렇다면 후유키도 좀더 신경 써서 가까운 자리로 붙여주면 좋았을 것을."

이와이는 툴툴거리며 담배를 빼어 물고는 미즈키를 곁눈으로 보면서 입을 열었다.

"그건 그렇고, 자네는 대체 뭘 시작할 셈인가?"

마로 된 재킷에 하얀 구두, 밀짚모자에 등나무 스틱. 미즈키는 그런 별난 차림새였다. 계절에 동떨어진 옷차림도 이만한 것이 없다. 아니, 계절에 어울린다고 해도 미즈키에게는 전혀 어울리지 않는다.

"후유키가, 과, 관이라고 하기에, 탐정소설다운 옷차림을, 하는 편이, 좋을 것 같아서."

미즈키는 숨을 헐떡이면서 흘러내린 안경을 고쳐 썼다.

"아무리 그래도 차림새가 그게 뭐야."

"『Y의 비극』에 나오는 드루리 레인이야."

"이 친구가 벌써 노망이 났나."

드루리 레인은 엘러리 퀸의 소설에 나오는 명탐정이다. 나이는 예순이고 장신에 근육질, 얼굴에는 주름 하나 없고 머리는 텁수룩한, 미즈키 히로시와는 전혀 닮지 않은 캐릭터다.

"자네가 코스튬플레이를 한다면 헨리 메리베일이 딱이지. 이니셜도 똑같잖아?"

히라쓰카가 그렇게 한마디 하자, 네 사람을 얼굴을 마주하고 껄껄 웃었다. 헨리 메리베일, 통칭 H. M 경은 카터 딕슨의 소설에 나오는 대머리에 살찐 체형의 탐정이다.

웃음이 잦아드는 것을 기다린 양 클랙슨 소리가 울렸다. 택시의 대열 뒤쪽에 검은색 리무진이 정차해 있었다. 오가던 사람들은 발길을 멈추고, 택시 운전수들은 저마다 창문 밖으로 몸을 내밀어 기이한 차량을 바라보았다.

운전석 문이 열리고 검은 옷의 남자가 나왔다. 멋진 은발을 뒤로 넘기고 코밑에는 수염, 허리에는 카마밴드를 둘렀다. 남자는 말했다.

"N대학 탐정소설 연구회의 OB 여러분이시죠?"

시선은 오다기리 일행을 향하고 있었다.

"후유키의……?"

멍한 표정으로 히라쓰카가 되물었다.

"그렇습니다. 어서 이쪽으로 오시지요."

남자는 운전석의 뒤쪽 문을 열었다. 그리고 더 뒤쪽 문도 열었다. 차의 측면에는 문이 세 개나 달려 있었다.

네 사람은 어안이 벙벙해하면서 리무진에 올라탔다. 차는 소리도 흔들림도 없이 출발했다.

"후유키 녀석, 대체 어떤 건물을 지은 거지?"

이와이가 속삭였다.

"자세한 얘기는 듣지 못했어."

오다기리는 고개를 좌우로 흔들었다. 히라쓰카와 미즈키도 모른다고 했다. 이 차는 진짜 리무진이라서 운전석과 뒷좌석이 완전히 나뉘어 있기 때문에 운전수에게 이것저것 물어볼 수도 없었다.

후유키 도이치로는 오다기리 다케시의 대학동창이다.

대학 2학년 봄이었다. 캠퍼스 안 호수 근처에서 꾸벅꾸벅 졸고 있는데, 베개 대신 베고 있던 『승정 살인사건』의 문고본을 갑자기 누가 쑥 뽑아갔다.

"파이로 번스의 장광설이 자장가처럼 들렸나보지?"

그쪽을 보자 등허리까지 머리를 기른 호리호리한 남자가 서 있었다. 그것이 후유키 도이치로였다.

두 사람은 그 뒤로 서로의 탐정소설 편력을 이야기하고, 마음에 든 작품의 감상을 교환하고, 진보초 헌책방에서 발견한 희귀본을 서로 자랑했다. 두 사람의 교류는 어느새 다른 학생들, 이와이 마코토, 히라쓰카 다카카즈, 미즈키 히로시 등을 끌어들여서, 이윽고 N대학 탐정소설 연구회란 모임이 발족되었다. 이름은 연구회지만 트릭의 분류나 창작은 하지 않고, 한 달에 두 권씩 과제도서를 정해서 읽고 서로 감상을 이야기하고 그다음에는 술집에 가서 잡담을 나누는 친목 그룹이었다.

졸업한 뒤에도 모임의 활동은 계속되어서 일 년에 두 번씩 모여 최근의 도서 상황을 보고했지만, 몇 년 뒤에는 모임이 서서히 뜸해지고 멤버들은 연하장만 주고받는 관계가 되었다. 오다기리는 매년 연하장에 '오랜만에 한잔 하고 싶네'라고 적었지만 한 번도 만나려고 시도한 적은 없었다. 일이 바빠지고 가족도 생기고 탐정소설에 대한 흥미를 잃어가는 사이 오다기리는 쉰 살이 되었다.

모임이 소멸된 뒤 딱 한 번 멤버가 얼굴을 마주한 적이 있다. 후유키의 부인이 입원했을 때였다. 오다기리는 이와이, 히라쓰카, 미즈키와 함께 문병을 갔다.

이십 년 만의 재회였다. 다음에는 누구 장례식 자리에서나 만나지 않을까 하고 농담을 주고받았는데, 사 년 만에 예상치도 못한 재회의 자리가 주어졌다.

후유키 도이치로에게서 편지가 온 것이다. 연하장이 아니라 서양식 봉투였다. 연지색 봉납으로 정중하게 봉해져 있고, 내용물은 아주 딱딱한 필치의 초대장이었다.

새집을 지었다는 안내장 같았다. 그러나 '각별히 탐정소설을 사랑'한다는 것이 새로운 집을 구경시켜주는 것과 무슨 관계가 있을까? 오다기리가 의아하게 여기고 있는데 초대장이 도착한 며칠 뒤에 후유키로부터 직접 전화가 걸려왔다.

두 사람은 잠시 상대를 그리워하며 근황을 물었고, 이내 후유키가 이번 파티에 올 거지? 하고 이야기를 꺼내서 오다기리는 물었다.

"9일과 10일 이틀간인데, 둘 중 아무 날에 가도 괜찮은 거야?"

"9일에 와서 하루 묵고 가. 주말이니까 괜찮겠지? 이와이와 히라쓰카와 미즈키도 묵고 간다고 했어."

"이 친구 좀 보게. 남자 네다섯 명이 묵을 수 있을 정도로 큰 저택이라도 지었나?"

오다기리는 웃었다.

"침실은 스무 개 있어."

"엥?"

"손님용 침실 스무 개. 뭣하면 가족을 데리고 와도 좋아."

"빌딩이라도 세웠어?"

"관."

"과, 관?"

"그래. 관이야. 관에 왔으면 자고 가야 할 게 아닌가. 묵게 된 날 밤에 사건이 일어나기 마련이잖아."

"뭐?"

"나머지는 오고 난 뒤의 즐거움으로 남겨두기로 하세. 어쨌든 스케줄을 비워두길 바라네."

그리고 얼마 뒤에 오다기리는 후유키로부터 우편물을 받았다. 안에는 신칸센의 열차표와 함께 S역으로 차를 보내겠다는 메모가 들어 있었다.

그리고 오다기리는 지금 링컨 리무진의 좌석에 몸을 묻고 있다.

어차피 도착하면 알 수 있겠지 싶어, 네 사람은 이것저것 따져보기를 포기하고 서로의 근황을 물었다.

히라쓰카 다카카즈는 대형 가전제품 회사에서 부장직을 맡고 있으며 가족으로는 부인과 고등학생 아들이 하나 있다.

이와이 마코토는 무역회사를 몇 군데 옮겨다닌 뒤에 컨설턴트 회사를 세웠다. 작년에 십이지장궤양을 앓고 난 뒤로는 술을 줄였다.

미즈키 히로시는 가업인 잡화점을 물려받아서 편의점으로 업종을 변경했다. 가족은 부인과 딸 셋으로, 현재 최대의 고민은 가게를 누구에게 물려주는가 하는 것이다.

오다기리 다케시는 결혼과 이혼을 두 번 겪었고, 현재는 맨션에서 살며 구직중이다.

학생시절과 비교하면 주름이나 기미가 눈에 띄고 머리숱이 줄거나 배가 나오는 등 모두 상당히 노쇠했지만, 눈가나 입가에서 보이는 분위기나 목소리의 느낌에는 옛날의 흔적이 짙게 남아 있다.

네 사람이 웃거나 화내거나 한탄하거나 하는 동안 차는 시가지를 벗어나서 전원지대를 지나 산길을 오르기 시작했다. 마지막에는 리무진도 흔들릴 정도의 비포장도로로 접어들었다.

이윽고 차가 멈춰 섰다. 검은 옷의 운전수가 재빠른 몸놀림으로 차에서 내리더니, 하얀 장갑을 낀 손으로 뒤쪽 문 두 개를 열었다. 오다기리는 차에서 내려 눈앞의 광경을 보고서 숨을 삼켰다.

가을 하늘은 이미 저물었다. 자줏빛으로 물든 하늘을 배경으로 키 큰 상록수들이 병풍처럼 좌우로 퍼져 있다. 그 갈라진 한가운데로 새하얀 기둥이 늘어서 있는 것이 보였다. 둥글고, 굵고, 세로 선이 들어간, 그리스 신전을 연상시키는 기둥이다. 네 개의 기둥 위에는 역시 그리스 신전 같은 완만한 삼각형 지붕이 얹혀 있었다. 지붕의 측면에는 꽃과 풀, 구름이나 천사도 새겨져 있었다.

신전 스타일의 지붕 뒤쪽 좀더 높은 위치에도 삼각형 지붕이 보였다. 이쪽 지붕은 각도가 날카롭고 측면에 로마 숫자와 길고 짧은 바늘이 붙어 있었다. 시계탑이다.

"진짜로 관이네, 이거."

미즈키가 젊은이처럼 감탄했다.

"이쪽으로 오시지요."

운전수가 신전 쪽으로 걸어갔다. 네 사람은 어안이 벙벙한 표정으로 뒤를 따랐다.

기둥 앞에 짧은 계단이 있고, 대리석으로 보이는 그것을 다섯 단 오르자 안쪽에 양쪽으로 열리는 문이 보였다. 광택 없는 다갈색 나무로 만들어진, 아주 묵직해 보이는 문이었다. 바깥 테두리를 따라서 빛바랜 금색 압정이 일정한 간격으로 박혀 있고, 가운데 부근에 손잡이 격인 고리가 달려 있었다. 오른쪽 문 윗부분에는 사자 얼굴을 본뜬 도어노커가 설치되어 있었다.

운전수는 문의 바로 앞까지 걸어가더니 양손으로 각각 금색 고리를 잡고 강하게 앞으로 잡아당겼다. 낮게 삐걱이는 소리를 내면서 두 개의 문이 천천히 이쪽으로 열렸다.

누가 먼저랄 것도 없이, 오오, 하고 감탄사를 내뱉었다.

산세이 관을 도는 여행

안내받은 곳은 현관 옆의 작은 방이었다. 작은 방이라지만 오다기리가 살고 있는 방 두 개짜리 맨션보다 훨씬 넓었다. 난로, 황동으로 된 흉상, 중국풍 병풍, 금실과 은실을 아낌없이 사용한 소파가 다섯 개 놓여 있고, 높은 천장에는 거대한 촛대 같은 샹들리에가 두 개 걸려 있었다. 오다기리는 편의점에 갈 때 같은 차림으로 와버린 자신이 부끄러워졌다.

네 사람이 방 중앙에 멍하니 서서 두리번거리고 있자, 낭랑한 바리톤 음성과 함께 주인공이 등장했다.

"어서 오십시오. 저의 성, 산세이 관에."

후유키 도이치로는 턱시도를 차려입었다. 이브닝드레스를 입은 부인도 옆에 같이 있었다.

오다기리는 조금 당황했다. 후유키의 부인이 휠체어에 앉아 있었기 때문이다. 몇 해 전 큰 병으로 다리가 안 좋아졌다고 듣기는 했지만, 휠체어가 필요할 정도였다는 것은 지금 보고서야 알았다.

후유키는 난로 앞까지 걸어가서, 게스트 쪽을 돌아보며 깊이 고개를 숙이고는 어흠 헛기침을 하더니 입을 열었다.

"오늘 바쁘신 와중에도 먼 길을 와주셔서 정말로 감사드립니다."

"서로 모르는 사람도 아닌데, 딱딱하게 인사하지 말자고."

히라쓰카가 웃었다.

"아니, 이런 모임은 형식이 중요하거든."

후유키는 익살스런 눈치로 윙크를 해 보이곤 곧바로 딱딱한 말투로 돌아가서 말을 이었다.

"여러분, 여러분의 꿈은 무엇입니까? 연말 보너스를 전액 지급받는 것입니까? 자식이 지망한 학교에 합격하는 것입니까? 아니면 손자의 얼굴을 보는 것입니까?

그런 현실적인 바람도, 확실히 꿈이라고 할 수 있겠지요. 그러나 그런 종류의 꿈은 오랫동안 가슴속에 품고 있던 꿈은 아닐 겁니다. 설마 당신이 초등학생이었을 때 자기 딸이 웨딩드레스를 입은 모습을 꿈꾸었을 리는 없을 테니까요.

모두 그 옛날 어렸을 적에 유치원 졸업앨범과 초등학교 작문에다 자신의 꿈을 적었을 겁니다. 나중에 어른이 되면 무엇을 하고 싶은가, 어떤 일을 하고 싶은가. 그때 여러분은 뭐라고 적었습니까?

사촌동생 료지 군은 유치원에 다닐 무렵 야구배트와 공을 가지고 노는 것을 익혔고, 초등학교 3학년 때에는 소년야구팀에 들어갔으며—"

마치 정치가의 연설처럼, 후유키는 온몸을 사용하며 말을 이었다. 다른 이들이 옛 흔적을 찾아보기 힘들 정도로 살쪄버린 가운데 그 혼자 학생시절과 다름없는 호리호리한 체형을 유지하고 있었다. 턱시도도 Y자 형태 그대로다.

아니, 또 한 사람, 마른 체형을 유지한 사람이 있다. 후유키의 부인이다. 검은색 이브닝드레스 아래로 엿보이는 팔이나 가슴팍은 유리 공예품처럼 가느다랗고 얇았다. 후유키 사토미, 옛 이름 시게타 사토미도 N대학 탐정소설 연구회의 일원이었다.

졸업 후 몇 년 만에 모임이 소멸해버린 이유는 후유키 도이치로와 시게타 사토미의 결혼이었다. 모임의 홍일점이었던 사토미에게는 손을 대지 않는 것이 남자 멤버들의 불문율이었는데, 두 사람은 몰래 교제했고, 졸업 후 사 년째 모임 자리에서 큰 소리로 결혼을 선언했다. 그것으로 동료들의 인연이 끊어졌다. 누군가가 그럼 슬슬 해산할까 하고 이야기를 꺼낸 것이 아니라 자연스럽게 더이상 모이지 않게 되었다. 후유키도 분위기를 파악했는지 피로연에도 연구회 사람들을 부르지 않았다.

두 사람이 결혼한다는 얘기를 들었을 때 오다기리는 아주 분노해서 인간불신에 빠지기도 했지만, 그 뒤로 벌써 이십 년 넘게 흘렀다. 씁쓸한 기억도 지금은 그저 달콤하고 그리운 추억일 뿐이다.

그렇게 오다기리가 청춘시절을 회상하는 중에 후유키의 열변이 끝났다. 청중은 자리에서 일어서서 아낌없이 박수를 보냈다. 사토미 부인도 눈부신 표정으로 남편을 바라보고 있다.

"그러면, 이제부터 관의 내부를 안내하겠습니다. 짐은 이곳에 두고 가셔도 됩니다."

후유키는 입구까지 걸어가서 문 옆의 벽에 달린 버튼을 눌렀다. 그러자 얼마 안 있어 낯익은 초로의 남자가 다시 모습을 드러냈다. 리무진 운전수다.

"집사 요시카와입니다. 무슨 일이든 용무가 있으시면 불러주십시오."

남자는 양쪽 팔을 몸통에 딱 붙이고, 기계장치 인형처럼 허리를 45도

각도로 기울였다.

"지, 집사……?"

오다기리와 히라쓰카가 얼굴을 마주 보는 사이 또 한 사람이 모습을 드러냈다. 낙낙한 검은 롱원피스를 입은 소녀였다. 살랑거리는 흑발에는 검은 레이스가 달린 머리띠를 하고, 가슴팍을 검붉은 리본으로 장식하고, 허리에는 프릴이 달린 작은 에이프런을 맸다.

"메이드 기사라기일세."

후유키가 소개하자, 소녀가 에이프런 앞에서 손을 모으고 인사했다.

"짐은 여러분들 방까지 옮겨드리겠습니다."

입을 쩍 벌린 손님을 곁눈으로 보며 집사와 메이드가 실내로 들어왔다. 각 사람의 가방을 양손에 들고, 여전히 멍하니 그 자리에 못박혀 있는 네 사람에게 등을 보이며 방을 나갔다.

"자, 우리도 나가죠."

후유키가 휠체어를 밀면서 방을 나섰다. 네 손님은 꿈속을 떠다니는 듯한 발걸음으로 뒤를 좇았다.

방 바깥은 현관홀이다. 2층까지 뻥 뚫려 있고, 천장 전체는 성모 마리아 수태고지를 모티프로 한 프레스코 벽화로 메워져 있었다. 그림은 2층 벽까지 이르러서 마치 시스티나 대성당을 보는 듯했다. 1층 벽에는 문장을 표시한 깃발이 장식되어 있다. 바닥에는 황동이나 석고로 만든 우람한 청년의 상, 은그릇에 장식된 꽃, 그리고 서양식 갑옷이 늘어서 있다. 이 홀만 해도 네 가족이 넉넉히 생활할 수 있을 크기다.

"그럼 저는 차를 준비하러……"

사토미 부인은 현관홀 안쪽으로 휠체어를 몰았다. 오다기리는 그 등에다 대고 뭐라 말을 걸려고 했으나 말이 잘 나오지 않았다. 몸의 상태를 물어보고 위로해야겠다 싶었지만 평소에 장애자를 접해본 적이 없어서 적절한 말이 떠오르지 않았다. 우물쭈물하는 중에 부인의 등은 작아져갔고, 후유키가 계단을 오르기 시작했다.

"2층부터 가죠."

계단은 홀의 중앙에서 시작되어 두 개의 층계참을 거쳐 2층에 다다른다. 발밑은 심홍색 융단, 다갈색 난간은 호두나무 아니면 마호가니 같다.

"저기 말이야, 후유키, 몇 가지 질문이 있는데."

이마의 땀을 닦으면서 미즈키가 물었다. 뭐죠? 하고 후유키가 발을 멈추고 돌아보았다.

"여기는 자네 집 맞나?"

"네."

"정말로 자네 집이야?"

"다른 사람 집에 멋대로 들어온 것처럼 보입니까?"

"아니, 그렇다는 건 아닌데, 너무 비현실적이라서."

"아까 인사할 때 말씀드렸듯이, 이런 관을 가지는 것이 옛날부터 꿈이었습니다."

"꿈이었다는 것은 알겠는데……"

아닌 게 아니라 학생시절의 후유키는 술에 취하면 곧잘 '관에서 살겠어!'라며 땅땅거리곤 했다.

"슈퍼 카를 동경하며 자란 소년이 어른이 된 뒤에 람보르기니 카운타크의 오너가 된 것과 비슷한 겁니다."

"차하고 집은 스케일이 다르잖아."

"마찬가지입니다. 꿈을 향한 마음은 전혀 다르지 않습니다. 동경해서 카운타크의 오너가 된 사람이 그랬던 것처럼, 저도 관의 주인이 되기 위해 이십 년 삼십 년을 밤낮으로 일했습니다. 여행도 외식도 참아가면서요"

"아무리 그렇다지만 별장에 이렇게까지 돈을 들이다니."

히라쓰카가 한숨을 쉬었다.

"별장이 아닙니다."

"여기서 사는 거야?"

"그렇습니다."

"사이타마에 있던 집은?"

"본가는 처분했습니다. 부모님도 돌아가셨고."

"일은? 여기서 도쿄까지 다니는 거야?"

"일은 퇴직했습니다."

"은거하겠다고? 나이 쉰에?"

이와이가 눈을 휘둥그레 떴다.

"조금씩 저축해서 돈을 모아놓은데다가, 마침 목돈이 들어와서 큰맘 먹었죠."

"자식은? 자네에겐 아직 중학생인가 고등학생쯤 되는 애가 있잖아. 전학시킬 거야? 아니면 자취하라고 할 건가? 그건 부모의 고집이……"

"아들은 재작년에 사고로 죽었다네."

후유키는 괴로운 듯 고개를 숙였다. 처음 듣는 불행한 소식에 오다기리는 깜짝 놀랐다. 연하장에도 적혀 있지 않았다.

"그건 참 유감스럽군. 정말 애석한 일이야. 교통사고였나?"

이와이가 목소리의 톤을 낮추었다.

"그런 얘기는 이만 하지. 오늘은 즐거운 모임이야."

후유키는 고개를 들고 약하게 웃었다.

2층에서 집사와 메이드가 내려왔다.

"여러분의 짐은 옷장 안에 넣어두었습니다."

지나칠 때 그렇게 말하고 빠릿빠릿한 발걸음으로 계단을 내려가더니 홀 안쪽으로 사라졌다.

"저기, 그래서, 그게 말인데, 방금 전의 두 사람도 이곳에서 먹고 자면서 일하는 거야?"

분위기를 수습하듯이 히라쓰카가 질문했다.

"저 사람들은 오늘과 내일만 고용한 사람들입니다."

"엥?"

"차차 이야기하죠."

후유키는 의미심장한 미소를 지으며 계단을 올랐다.

2층 복도의 좌우에는 방이 죽 늘어서 있었다. 모두 손님용 침실이고 총 열 개. 반원형으로 굽은 천장은 부드러운 황색과 녹색으로 채색한 회반죽으로 마무리했고 벽에는 귀부인의 초상화나 전원풍경을 그린 유채화가 걸려 있었다.

객실 배정은 계단 쪽에서 볼 때 복도 왼쪽 옆에 있는 방으로, 제일 앞쪽부터 이와이, 히라쓰카, 미즈키, 오다기리 순이었다.

복도의 막다른 방은 서재였다. 천장에까지 이른 책꽂이에는 국내외의 탐정소설은 기본이고 천이나 가죽으로 장정된 어마어마한 양서들이 빈틈없이 꽂혀 있어서 일동의 감탄에 찬 한숨을 자아냈다.

서재를 나오자 이어서 1층을 안내했다. 아까의 응접실 외에 가족 침실이 세 개 있고, 당구장, 식당, 욕실 등이 있었다. 그중에서도 가족 침실은 압권이었는데, 어느 방의 천장에는 황도 12궁이 그려져 있고, 그 옆방은 중국풍의 벽지가 도배되어 있는 등, 각각의 방마다 공들여서 장식해놓았다. 침대에도 캐노피가 달려서 손님용 침실이 싸구려로 느껴질 정도였다.

식당과 당구장 사이에는 지하로 내려가는 나선계단이 있었다. 지하는 주방, 와인창고, 세탁실, 그리고 아까의 집사와 메이드가 대기하는 고용인실이 갖춰져 있었다. 주방에는 따뜻하고 농후한 공기가 가득하고, 풍만한 몸집의 요리사가 바쁘게 일하고 있었다.

1층으로 돌아오자 오다기리는 문득 의문을 제기했다.

"이상한 구조네."

"호오. 이상하다니?"

후유키가 즐겁다는 표정으로 대답했다.

"현관의 위치 말이야. 이런 서양식 관은 대개 건물 중앙부분에 현관을 만들지 않나? 건물을 평면도로 놓고 볼 때, 편의상 길이가 긴 쪽을 가로, 짧은 쪽을 세로로 놓는다 치면 보통 가로변의 한가운데쯤에 현관이 있게 마련이잖아? 한가운데가 현관이고, 그 양쪽에 방이 배치되지."

"그래, 맞아, 나도 어쩐지 이상하단 생각이 들었어."

미즈키가 짝 하고 손뼉을 쳤다.

"이 집은 건물의 가장자리에 현관이 있어. 세로 부분에 입구가 있는 거야. 그러니까 현관으로 들어와서도 안쪽으로 계속 방이 죽 이어지지. 디자인적으로 아름답지 않고, 사용하기에도 불편해 보여."

"중요한 걸 깨달으셨군요."

후유키는 턱을 쓰다듬으면서 고개를 끄덕였다.

"구조가 평범하지 않으니까 뭔가가 일어나는 법이죠."

"뭐가?"

"기묘한 살인사건은 기묘한 구조의 관에서 일어난다…… 정설 아닙니까?"

후유키는 소리 없는 웃음을 남기며 1층 안쪽으로 나아갔다.

복도의 제일 안쪽에는 양쪽으로 열리는 문이 있고 그 너머에는 커다란 중앙응접실이 있었다. 지금까지 안내받았던 어느 방보다도 크고 어느 방보다도 이상한 모양, 즉 원형이었다.

바닥은 바둑판무늬, 돔 형태의 천장과 주위 벽은 아라베스크로 장식되어 있다. 무늬가 그려져 있을 뿐 아니라 회반죽으로 세밀한 장식이 되어 있었다. 의외로 가구나 미술품 종류는 거의 보이지 않았다. 물건을 놓지 않은 것은 이곳에서 무도회 등을 치르기 때문일지도 모른다고 오다기리는 생각했다. 그 덕분에 방이 더욱 넓게 느껴졌다.

중앙에 있는 거대한 둥근 테이블이 유일하다고 할 수 있는 가구였다. 둘러싸고 있는 의자를 직접 세어보니 스무 개나 되었다.

"차를 내왔습니다."

테이블에는 사토미 부인이 있었다.

"원래는 스콘이나 샌드위치를 준비해서 애프터눈 티타임을 가지고 싶었지만, 저녁시간이 가까우니 오늘은 차만 내기로 했습니다. 자, 식기 전에 드세요."

후유키는 네 손님을 실내로 밀어넣고, 자신도 안으로 들어간 뒤에 문을 닫았다.

산세이 관의 삼형제

"빅토리아 시대 중기이니 19세기 중엽이 좀 지난 때겠군요. 런던 남동부 애시포드에 스콧 피시본이라는 귀족이 살고 있었습니다."

둥근 테이블에서 후유키가 이야기를 시작했다.

"병으로 몸져눕게 되자, 남은 명이 길지 않으리란 것을 깨달은 스콧은 침대 머리맡으로 세 아들을 불렀습니다. '아들들아, 이 애비가 죽은 뒤에는 셋이 힘을 합쳐서 영지를 다스려라. 너희는 아직 어리니 누가 뒤를 잇더라도 이 땅은 황폐해지고 말 것이다. 그러나 아직 미숙한 세 사람이라도 힘을 합치면, 혼자서는 1도 채우지 못하는 힘이 1이 되고, 2도, 3도, 때로는 10도 될 수 있다.' 모리 모토나리가 떠오르는 말입니다만, 사람이 하는 생각이란 만국공통 아니겠습니까.

스콧이 세상을 뜬 뒤 삼형제는 아버지의 유언대로 일치단결해서 영지를 다스리기로 했고, 삼위일체의 상징으로 새로운 관을 세웠습니다. 삼형제와 각자의 가족이 같이 살 수 있는 큰 관이었죠. 그리고 삼형제는 그 관을 스리 스타 하우스라고 명명했습니다. 스리 스타, 요컨대 세 개의 별이죠. 그렇습니다. 이 산세이 관은 지금 이 극동의 산속에 남몰래 자리하고 있습니다만, 원래는 빅토리아 시대 영국의 어느 언덕 위에서 2000에이커의 영지를 내려다보고 있었습니다."

"이 건물, 영국에서 이축한 거야?"

미즈키가 안경 아래로 눈을 휘둥그레 떴다.

"그렇게 생각해줘."

후유키가 원래 모습으로 돌아와서 머리를 긁었다.

"이 관은 일본 간토 북쪽에 신축한 것이지만, 그래서는 품격이 떨어지니 예전에는 영국 귀족의 자택이었다는 가상의 역사를 생각한 거군?"

오다기리는 눈치 채고서 끼어들었다.

"뭐야, 놀이였어? 깜빡 진짜인 줄 알았잖아."

히라쓰카가 힘이 빠진 듯이 등을 축 늘어뜨렸다.

"시시하구먼."

이와이가 내뱉었다. 후유키는 다시 한번 머리를 긁고 나서 입을 열었다.

"여러분, 차는 다 드셨습니까? 그러면 관의 나머지 부분을 안내해드리도록 하죠."

후유키가 자리에서 일어서서 성큼성큼 쌍바라지 문 쪽으로 걸어갔다.

"피시본 삼형제 이름은 장남이 윌리엄, 둘째가 에드워드, 막내가 매시였습니다. 이곳을 보세요."

오른쪽 문의 중앙부에 가로세로 이십 센티미터 정도의 도기판이 붙어 있다. 도기판에는 포도덩굴이 얽힌 듯한 도형이 남색으로 그려져 있었다. 가까이 다가가서 보니, 그것은 'W'를 본뜬 장식문자였다.

"윌리엄의 머리글자입니다. 이제까지 본, 즉 아까 안내한 1층, 2층, 지하는 전부 장남 윌리엄이 살던 관이었습니다."

후유키는 문을 등지고 오른편으로 걸어갔다. 그쪽에도 양쪽으로 열리는 문이 있다. 후유키는 빠른 걸음으로 거기까지 걸어가더니 오른쪽 문 한가운데를 밀었다.

"여기서부터는 차남 에드워드의 관이죠."

장식문자로 'E'라고 새겨진 도기판이 붙어 있었다.

후유키는 더 오른편으로 나아갔다. 그쪽에도 양쪽으로 열리는 문이 있다. 후유키는 그 앞에 서더니 말했다.

"여기서부터는 셋째 매시의 관."

오른쪽에 붙어 있는 'M' 문자를 손으로 두드려서 가리킨 뒤, 그 문을 밀고 중앙응접실에서 복도로 나갔다. 사토미 부인을 남기고 네 손님들도 그를 뒤따랐다.

1층 방을 돌고 지하로 내려갔다. 처음에 안내받은 윌리엄 관과 마찬가지로, 1층에 세 개의 가족용 침실, 당구장, 식당, 욕실, 지하에 주방, 와인창고, 세탁실, 고용인실로 구성되어 있다. 현관홀이 뻥 뚫려 있고 심홍색 융단이 깔린 계단이 2층으로 이어지는 것도 마찬가지다. 응접실도 있다.

"메르세데스 벤츠의 마크를 뭐라고 부르는지 아십니까?"

계단을 오르면서 후유키가 말했다.

"스리 스타."

히라쓰카가 대답했다.

"그렇습니다. 원 중앙에 있는 방사상의 세 줄의 선. 그것은 별의 반짝임을 나타내죠."

"뭐야, 수리검이 아니었어?"

미즈키의 발언은 웃기려는 의도였을까? 그러나 오다기리도 그것은 자동차의 핸들을 도안화한 것이라고 생각하고 있었다.

"4도 5도 6도 아닌 3이라는 숫자를 택한 건, 육해공 세 영역을 정복하는 대기업이 되겠다는 이념을 담았기 때문이겠죠. 하지만 지금은 형태만 주목해주십시오.

이 관을 하늘 위에서 내려다보면 딱 벤츠 마크입니다. 중앙응접실을 중심으로 세 개의 동이 같은 각도로 방사상으로 뻗어 있죠. 맨 처음에 안내한 윌리엄 관과 이 매시 관은 120도를 이루고, 매시 관과 에드워드 관도 120도, 에드워드 관과 윌리엄 관도 120도. 이렇게 완전한 균형을 이루며 배치되어 있습니다. 스리 스타 하우스라고 이름 붙인 이유는 여기에 있습니다.

삼형제의 아버지인 스콧은 세 사람이 힘을 합치라고 자식들에게 유언을 남겼습니다. 자식들은 힘을 합치려면 세 사람이 가까이 살 필요가 있다고 생각했습니다. 그렇지만 한 저택에 같이 살면 답답하기도 하고 오히려 사이가 나빠질지도 모릅니다. 그래서 생각한 것이 이 스리 스타 하우스라는 3세대 주택이었습니다. 각각의 동에 현관과 주방과 식당과 욕실을 독립해서 세웁니다. 고용인도 따로따로 고용합니다. 기본적으로는 독립된 관입니다. 그리고 독립된 가운데서도 조화를 찾는 정신이, 세 개의 동을 잇는 원형 응접실입니다. 보통은 각자의 생활을 보내고, 때때로 이 공용공간에서 이야기를 하고, 가족들끼리 모여 식사 모임을 여는 거죠. 또 건물을 균등한 방사구조로 지은 것은 세 사람 중에 아무도 돌출되지 않고 그 누구도 경시하지 않는다는, 균등한 역학관계의 상징이기도 했습니다."

"그런 이야기를 지어내면 재미있나?"

흥이 깨졌다는 투로 이와이가 내뱉었다. 후유키의 눈썹이 움찔 움직였다.

"그래, 방사구조 3세대 주택이라. 그래서 건물의 가장자리가 현관으로 설계되었군."

둘 사이를 중재하듯이 오다기리가 말을 받으며 끼어들었다.

"그러면, 전체적으로는 이런 식인가?"

미즈키가 수첩을 펴더니 쓱쓱 펜을 움직였다.

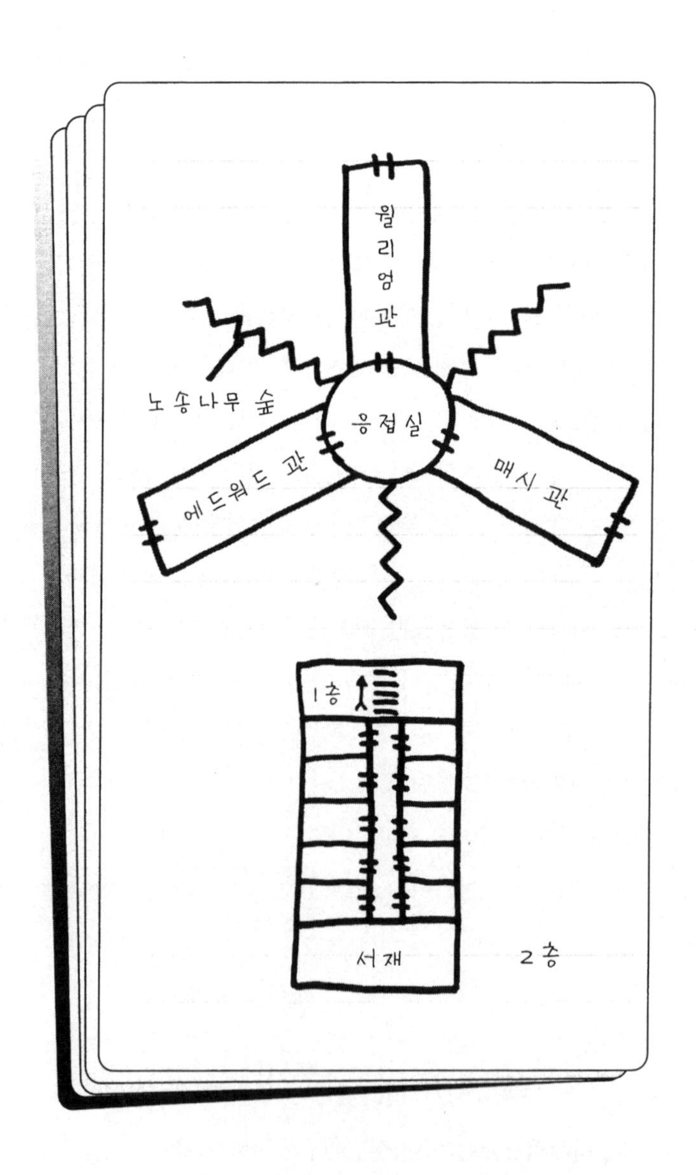
윌리엄 관
노송나무 숲
응접실
에드워드 관
매시 관
1층
서재
2층

"여기하고, 여기, 그리고 여기에는 노송나무가 심겨 있습니다."

후유키는 펜을 꺼내서, 선을 더했다. 윌리엄 관과 에드워드 관, 에드워드 관과 매시 관, 매시 관과 윌리엄 관 사이에는 수풀이 우거져 있다.

"노송나무도 영국에서 옮겨 심은 건가?"

이와이가 빈정거리듯 입꼬리를 끌어올렸다.

"일단 관 안을 전부 보여줘봐."

오다기리가 또다시 수습했다.

이 동의 2층의 구조도 윌리엄 관과 마찬가지였다. 복도의 좌우에 손님용 침실이 다섯 개씩 있고, 막다른 곳이 서재.

"그러면 마지막으로 에드워드 관으로 가죠."

후유키는 계단을 내려가서 중앙응접실을 경유해 E문으로 들어갔다.

1층, 지하, 2층. 이곳도 앞의 두 곳과 마찬가지 구조였다. 달라진 것도 없지만 호화로움도 변하지 않았다. 맨 처음의 윌리엄 관만으로도 현대 일본의 표준을 한참 넘었는데, 같은 것이 아직 두 개나 더 있는 셈이다. 그에 더해 가운데에 원형의 중앙응접실까지 있다.

2층에서 현관홀로 내려왔을 즈음에 오다기리의 마음을 히라쓰카가 대변했다.

"저기 말이야, 후유키. 했던 질문을 또 하게 되는데."

"뭐 말입니까?"

"실례하는 것 같아서 미안한데, 여기는 정말로 자네 소유물이 맞나?"

"그렇습니다."

"하지만 후유키, 자네는 일개 샐러리맨이었어. 아무리 피땀 흘려 노력하고 피를 토하며 일했다 해도, 그리고 사토미 씨가 아무리 재산 관리를 잘했다고 해도, 이 정도의 저택을 신축하는 건 불가능하다고 생각해."

히라쓰카는 동의를 구하는 표정으로 초대객들을 바라보았다.

"여러분들이 상상하는 만큼 많은 돈은 들지 않았습니다."

후유키는 얼굴 앞에서 손을 저었다. 히라쓰카는 그런 대답을 들어도 납득이 가지 않는다는 눈치였다. 후유키는 말했다.

"겸손은 아닙니다. 약간의 트릭이 있지요. 내용을 밝히면 김이 새버리니까 밝히고 싶지 않았습니다만…… 뭐, 괜찮겠죠. 한 가지 힌트를 드리겠습니다. 솔직히 말하면, 건설자금은 부족했습니다. 이상입니다."

"뭐야, 그 얘긴? 돈이 부족해서 사채라도 끌어 썼다는 거야?"

미즈키가 끼어들었다.

"다시 한번 말씀드리겠습니다. 건설자금은 부족했습니다. 트릭이 밝혀지기 때문에 이 이상은 말씀드릴 수 없습니다."

"트릭이 밝혀져?"

"말씀드리는 것이 늦었습니다만, 오늘의 연회는 단순한 식사 모임이 아닙니다. 관에 어울리는 여흥을 준비해두었습니다. 오늘 저녁, 이 관에서 하나의 참극이 발생합니다."

"뭐?!"

네 명의 초대객들은 일제히 눈을 크게 떴다.

"물론 진짜 참극은 아닙니다. 추리극, 탐정극 같은 연극이 열리게 되어 있습니다."

"미스터리 투어 같은 건가? 여행지에서 추리문제를 제시하고 투어 참가자들이 대답하는 거."

오다기리가 말했다.

"그렇게 생각해주시면 감사하겠습니다."

"또 놀이야?"

이와이가 얼굴을 찡그렸다. 후유키는 이번에는 신경 쓰지 않는 태도로 입을 열었다.

"아까 말씀드린 것은 그 추리극을 풀기 위한 힌트입니다. 그리고 관 안을 빈틈없이 안내해드리는 것도 추리극을 위해서입니다. 평범한 방만 보여주고 장식된 미술품이나 건축기법에 대한 설명은 전혀 없었으니 필시 지루하셨겠지요. 그러나 무슨 일에든 수속은 필요한 법입니다. 특히 탐정소설에서는요. 사건이 일어날 경우, 그 전에 모든 것을 보아두지 않으면 불공평하지 않습니까?"

그리고 함박웃음을 지으며 손뼉을 쳤다.

"자, 슬슬 만찬 시간입니다. 참극이 먼저 일어나면 식욕이 없어질지도 모르니까요."

방황하는 갑옷 기사

"영국의 문호 서머셋 몸은 '영국에서 충실한 식사를 먹으려면 아침식사를 세 번 먹으면 된다'라는 말을 남겼습니다. 아침식사 빼고는 먹을 만한 음식이 없다, 영국 음식은 그 정도로 맛없다는 얘기죠. 그렇지만 그건 너무나도 자학적입니다. 실력 있는 사람이 만들면 이 정도니까요."

후유키는 호스래디시가 묻은 로스트비프를 입으로 가져갔다.

"도요무라는 프랑스요리에도 조예가 깊거든요. 그 사람의 그레이비 소스는 몇 번 먹어도 감탄이 나온답니다."

사토미 부인이 냅킨 끝으로 입가를 닦았다. 도요무라는 이 관의 요리사로, 아까 직접 이동배식대를 밀고 와서 은쟁반 위에서 로스트비프를 잘라 나누어주었다.

만찬회는 중앙응접실에서 이루어졌다. 어두운 조명이 마치 빅토리아 시대에 온 것 같은 분위기를 빚어냈다.

테이블을 장식한 것은 전통적인 영국요리였다. 관의 전통(실은 후유키가 지어낸 이야기지만)을 생각해서 그렇게 차린 것일 터이다. 셰리주를 시작으로 녹아버릴 듯 부드러운 랭커셔 치즈, 돼지 지방과 피로 만든 블랙 푸딩, 소의 신장으로 만든 키드니 파이, 도버솔이라고도 불리는 혀가자미 므니에르, 요크셔푸딩을 곁들인 로스트비프. 특이한 음식도 적지 않지만, 후유키 부부의 말마따나 맛은 나무랄 데가 없었다.

검은 옷의 집사가 디저트 접시를 내려놓았다. 영화 속에서 튀어나온 듯한 메이드가 커피 잔을 가지고 들어왔다.

"영국요리에 커피는 안 어울리잖아. 초밥집에서 우롱차로 입가심을 하는 건 난 싫다고."

컵을 입으로 옮기면서 히라쓰카가 웃었다.

"영국인이 홍차만 마신다는 건 큰 오해입니다."

후유키는 미소 지으며 말한 뒤, 그건 그렇고, 하고 운을 떼면서 냅킨을 내려놓았다.

"이 산세이 관에는 전해져 내려오는 이야기가 하나 있습니다. 갑옷을 입은 망령이 나타난다는 이야기죠."

"망령?"

미즈키가 풉 하고 커피를 내뿜었다.

"아, 갑옷을 입었다지만 전국시대의 사무라이가 아니라 서양 갑옷을 입은 기사입니다."

"그래서? 기사의 망령이?"

"관 안을 방황하고 있다고 합니다. 친구에게 배신당한 울분이 응어리져서 성불하지 못하는 것이지요."

"영국의 유령이니, 성불하진 않겠지."

오다기리는 살짝 딴죽을 걸었다.

"관의 어디에 나오는데? 언제 나오는데? 사람을 습격하나?"

미즈키가 몸을 앞으로 내밀었다.

"멍청하긴. 뭘 그렇게 진지하게 물어봐. 그것도 이 친구가 지어낸 얘기잖아."

이와이가 이맛살을 찌푸렸다. 물론 창작이죠, 하고 후유키는 태연한 표정으로 운을 뗐다.

"얼마 안 있어 벌어질 참극과 관계있는 전설이기도 합니다. 그러니까 부디 여러분들이 들어주셨으면 해서요."

"참극과 관계가 있어? 검을 휘두르면서 사람을 습격한다는 건가?"

미즈키가 더욱 몸을 앞으로 내밀었다.

"일 년의 세월을 거쳐 완성된 스리 스타 하우스에서 피시본 삼형제는 새로운 생활을 시작했습니다. 세 사람은 돌아가신 아버지의 말에 따라 힘을 합해 영지를 다스렸습니다. 큰 트러블도 없고 영민들에게 신뢰를 얻으며 별탈 없이 오 년의 세월이 흘렀습니다. 그런 어느 날의 일입니다."

후유키는 거기서 말을 멈추고 성냥불을 켜더니 해포석으로 만든 담배파이프에 불을 붙였다. 보라색 연기를 맛있게 피우고서, 천천히 방황하는 기사에 대해서 이야기하기 시작했다.

어느 봄날의 일이다.

스리 스타 하우스에 한 사람의 방문자가 찾아왔다. 고든 피시본, 삼형제에게는 작은아버지뻘 되는 사람이다.

이 고든 숙부는 일족 중에서도 괴짜로 통했다. 주어진 영지를 내팽개치고, 바람 따라 구름 따라 마음 내키는 대로 말을 타고 영국 전역을 방랑하는 것이다. 여행에 질리면 가까운 친척집을 방문하고, 새로 여행을 떠나고 싶어질 때까지 빈둥대며 시간을 보낸다. 스리 스타 하우스에도 아무 전조 없이 찾아왔다. 신분이 높은데도 시종도 없이 혼자 달랑 온 것이다.

고든은 괴짜일 뿐만 아니라 천덕꾸러기로도 통했다. 그는 250 파운드나 되는 거한으로, 다른 사람의 서너 배는 먹어치우고 하루에 와인을 반 다스나 비워버렸다. 아니, 그냥 먹고 마시는 것뿐이라면 그나마 낫다. 문제는 술에 취하면 자신이 젊었을 적에는 어땠다는 둥 설교와 함께 무용담을 늘어놓는 것이다.

그해 봄 스리 스타 하우스에 머무를 때에도 그랬다. 고든이 먹고 마시고 술주정을 부리는 통에 삼형제는 골머리를 앓았다. 사나흘은 참을 수 있었지만 일주일이 지나고 열흘이 되자 짜증이 한계에 달했다. 작은아버지를 상대하느라 자기 일에도 지장이 생기기 시작했다. 항상 스트레스가 쌓인 상태라서 사소한 일로도 형제끼리 다툼을 벌였다.

그렇지만 손윗사람이므로 돌아가달라고 딱 부러지게 말할 수도 없다. 여행하기에 좋은 계절이군요, 하고 넌지시 이야기해보아도 전혀 눈치 채는 것 같지 않았다. 고든의 식객생활은 계속되었다. 밤새도록 술을 마시고 해가 중천에 뜰 때까지 잠을 잤다.

그렇게 고든이 머무르던 어느 날 괴이한 일이 일어났다.

삐걱삐걱하는 불쾌한 소리에 고든은 눈을 떴다. 침대에서 몸을 일으키자 창밖은 이미 훤했다.

다시 삐걱삐걱 소리가 났다. 금속이 맞부딪히는 듯한 소리였다. 고든은 졸린 눈을 비비면서 소리가 나는 쪽으로 고개를 움직였다.

문 앞에 갑옷이 있었다. 뭐야, 갑옷이잖아. 그런데 어째서 현관홀에 장식되어 있던 갑옷이 이곳에 있는 걸까. 그렇게 멍하니 생각했을 때였다.

삐걱삐걱하는 소리가 났다. 그리고 그 소리에 따라, 갑옷의 오른손이 움직이는 것 아닌가! 게다가 그 손에는 장검이 쥐여 있었다. 삐걱삐걱, 삐걱삐걱 소리가 나고, 조금씩, 조금씩, 검이 올라갔다.

소리가 멈췄다. 투구 옆까지 들려올라간 검이 정지했다. 그러다 다음 순간, 붕 하고 공기가 찢겼다. 고든은 으악! 하고 소리를 지르며 침대에서 뛰쳐나왔다. 아직 꿈을 꾸고 있는 걸까?

삐걱삐걱, 삐걱삐걱, 갑옷은 어색한 발걸음으로 방 안쪽으로 걸어왔다. 그러다 뚝 멈춰 서더니 오른손을 얼굴 옆으로 들어올린다. 붕 하고 검을 휘두른다. 갑옷은 삐걱삐걱 소리를 내며 걸어오고, 멈춰 서고, 오른손을 들어올리기를 반복했다.

고든은 침대 옆에 엉덩방아를 찧고 말았다. 다른 사람을 부르려고 했지만, 목의 점막이 말라붙어서 목소리가 나오지 않았다. 그러는 동안에 갑옷기사는 바로 앞까지 다가왔다.

고든은 겨우 몸을 움직였다. 엉금엉금 기어서 기사에게서 도망쳤다. 상대의 움직임이 느린 덕분에 다행히 무사히 복도로 도망쳐나올 수 있었다. 벽에 손을 짚고 일어서서 누구 좀 와달라고 도움을 청했다. 목소리가 제대로 나오지 않았다. 엉키는 다리로 비틀비틀 복도를 걷고 난간에 기대며 계단을 내려왔다. 누구 없느냐, 누구 없느냐! 하고 외쳐봤지만 아무도 나오지 않았다.

중앙응접실까지 나와서야 고든은 간신히 사람을 발견했다. 윌리엄과 에드워드였다. 중앙의 원형 테이블에서 체스를 두고 있었다.

"여어, 숙부님, 안녕하세요. 숙취는 없으신가요?"

윌리엄이 활기차게 물었다.

"이리 좀 와봐. 이상한 게 날뛰고 있어. 얼른 좀 와봐!"

고든은 신음하듯이 외쳤다. 형제는 갸우뚱하며 얼굴을 마주 보았다.

"갑옷을 입은 기사야. 검을 휘두르며 달려들었어."

형제는 나란히 풋 하고 웃음을 터뜨렸다.

"정말이라고! 방에 갑옷기사가 들어왔어. 나에게 검을 휘둘렀다고!"

"알겠습니다, 알겠어요. 일단 진정하세요."

윌리엄이 의자를 권했다. 고든은 테이블 위의 물컵을 집어들고 벌컥벌컥 마시고 나서, 잠에서 깬 뒤에 벌어진 괴이한 일을 설명했다.

"숙부님, 사실을 알아냈습니다. 어젯밤에 드신 술이 아직 채 안 깬 겁니다."

다 듣고 나서 에드워드가 웃었다.

"멍청한 놈! 나는 제정신이야."

"어째서 숙부님이 기사에게 습격당해야 합니까? 게다가 갑옷을 입은 기사라니, 대체 언젯적 이야기인가요. 그 녀석은 대체 뭘 하려고 숙부님의 방에 나타났을까요? 도둑? 도둑이 왜 그런 복장을 하죠? 변장일까요? 갑옷 같은 걸 입어봤자 도망칠 때 방해만 될 텐데."

"시끄러워! 묻고 싶은 사람은 나야. 영문을 모르니까 질겁하는 거잖아!"

"여기서 말싸움해봤자 아무 소용 없습니다. 두 눈으로 봐야 확실하죠."

윌리엄이 장남답게 차분한 말투로 끼어들었다.

"좋았어. 무기를 준비해."

고든이 일어섰다.

"필요 없습니다. 아무것도 없다니까요."

에드워드가 손을 저으며 테이블을 떠났다.

"무슨 일 있나요? 소란스럽던데."

M문이 열리고, 막내 매시가 얼굴을 보였다.

"아서 왕의 명령을 받고 랜슬롯이 나타난 모양이야."

"엥?"

"너는 여기서 빈자리를 지켜. 만에 하나, 나와 형이 죽으면 피시본 일가를 부탁한다."

에드워드는 웃으면서 중앙응접실을 나갔다. 윌리엄이 뒤를 잇고, 고든도 조금 떨어져서 뒤를 따랐다.

고든이 머무르는 곳은 윌리엄 관의 2층, 계단에서 보면 복도 왼쪽 열에서 두번째 방이었다.

"조심해. 조용히 열어."

고든이 속삭이는 목소리로 주의를 줬지만, 에드워드는 전혀 들리지 않는다는 듯이 힘차게 문을 열었다. 그러고는 '나는 에드워드 피시본이다!' 하듯이 실내로 뛰어들었다.

으악! 하는 비명 소리가 울려퍼졌다.

"에드워드?!"

윌리엄이 화들짝 놀라며 뛰어들었다. 왜 그래, 괜찮아? 하는 소리가 들렸다. 문짝에 달라붙어서 고든이 조심조심 방 안을 들여다보았다.

흐트러진 침대 위에서 에드워드가 큰 대자로 누워 있었다. 그것을 윌리엄이 걱정스러운 듯 흔들고 있다. 갑옷기사의 모습은 보이지 않았다.

"무슨 일이냐, 에드워드. 그놈은 어디 있냐?"

고든은 멀리 떨어진 채로 말을 걸었다. 그러자 에드워드가 벌떡 일어났다.

"장난이에요, 장난."

"바보 같은 녀석!"

"장난치지 마. 숙부님은 진지하시다고."

윌리엄이 동생의 머리를 쥐어박았다. 고든은 다시 한번 실내를 엿보았다. 갑옷기사는 흔적도 없었다.

"도망친 건가."

고든은 이를 갈았다.

"꿈의 세계로요?"

에드워드가 히죽거리면서 침대에서 나왔다. 고든은 에드워드의 어깨를 꽉 붙잡고 명령했다.

"다른 방도 찾아봐!"

윌리엄과 에드워드는 남은 방들을 살폈다. 이상 없다고 그들이 보고하자, 고든도 방들을 들여다보았다. 어느 방에도 기사의 모습은 없었다. 서재도 텅 비어 있었다. 그래도 고든은 납득할 수 없었다. 확실히 본 기억이 있다.

"아래다. 아래층을 찾아!"

조카들의 등을 밀며 자신도 뒤를 따라 계단을 내려갔다.

현관홀에는 갑옷이 몇 개씩 서 있었다. 에드워드가 전혀 무서워하는 기색 없이 갑옷 하나에 다가가서 투구를 벗겼다. 얼굴은 보이지 않았다. 두번째도, 세번째도, 네번째도, 그냥 갑옷이었다.

응접실, 침실, 식당도 살펴보았지만 갑옷기사의 모습은 없었다. 지하에도 없었다. 고용인을 붙잡고 물어보았지만 그런 것은 보지 못했다고 이구동성으로 대답했다.

"밖으로 도망쳤나?"

고든은 신음했다. 그러나 에드워드가 곧바로 부정했다. 현관문에는 빗장이 걸려 있기 때문이다. 건물의 안쪽에서만 걸 수 있는 빗장이다. 게다가 요즘 들어 이 영지 내에 강도단이 출몰한지라 튼튼한 자물쇠도 채워두었다.

"그러면 창문으로 도망친 걸 거야."

그러나 이것도 곧바로 부정당했다. 관의 건물에 있는 창문은 1, 2층 모두 여닫지 못하는 붙박이창이다. 방에 따라서는 천장 가까이에 환기용 구멍이 나 있기도 하지만 어른 주먹도 채 들어가지 않는 크기다.

그래도 고든은 납득하지 않았다. 검을 휘두르는 갑옷기사를 똑똑히 보았던 것이다. 꿈도 아니고, 술 때문에 헛것을 본 것도 아니다. 밖으로 도망치는 것이 불가능하다면 반드시 건물 안 어딘가에 있을 것이다.

"다른 건물로 도망친 거야. 에드워드 관이나 매시 관으로."

"그건 아니죠. 저나 매시의 관으로 가려면 중앙응접실을 거쳐야 해요. 그렇지만 중앙응접실에는 저희가 있었어요. 갑옷 입은 기사는 안

지나갔어요. 아무리 체스에 열중하고 있었다고 해도, 그런 것이 보이면 당연히 알아차렸겠죠."

"아니야. 내가 너희를 데리고 윌리엄 관으로 돌아간 뒤야. 그놈은 그때 이미 내 방에서 나와 있었어. 이를테면 2층 첫번째 방에 몸을 숨기고 있었던 거야. 그리고 우리가 내 방에 들어간 틈을 노려서 숨어 있던 방을 빠져나와 계단을 내려오고 중앙응접실을 지나 에드워드 관이나 매시 관으로 도망친 거야."

"아니라니까요. 그때 중앙응접실에는 매시가 있었어요."

"아……"

"그런 가능성도 있을 것 같아서 매시를 대기시켜두었던 겁니다."

에드워드는 자랑스럽게 말하며 중앙응접실로 들어갔다.

"저기, 대체 무슨 소동이야?"

테이블에 앉아서 기다리고 있던 매시가 불안한 듯 물었다. 윌리엄이 간추려서 설명했다. 그것을 듣는 동안 매시의 표정이 점차 굳어졌다.

"그 이야기가 사실이었나……"

"그 이야기?"

"우리집에 하인으로 일하는 모랑 영감에게 들은 이야기인데요. 이 부근에서 아직 전쟁이 끊이지 않던 시절에 카일과 로버트라는 두 젊은이가 살았대요."

소꿉친구 카일과 로버트는 술래잡기나 말의 고삐를 다루는 것이나 검이나 활의 실력을 연마하는 것까지 항상 서로를 의식하고 경쟁했다. 이윽고 두 사람은 나란히 훌륭한 기사가 되었다.

기사로서의 실력은 검술과 승마와 전술의 이해도 전부 카일 쪽이 우세했다. 전쟁에서 거둔 공적도 두 배는 차이가 났다. 그렇지만 카일은 단 한 가지 로버트에게 당해낼 수 없는 것이 있었다. 그 한 가지 때문에 자신은 인간으로서 로버트에게 뒤진다고 고민할 정도였다.

기사단장의 막내딸인 마가렛이란 소녀가 있었다. 평소에는 바지를 입고 머리를 묶고 사내아이들 틈에 끼어서 야산을 뛰어다니는 천방지축 아가씨지만, 머리를 풀고 드레스를 입으면 보는 이들이 숨을 삼키게 만들 정도로 아름다운 숙녀로 변모했다.

카일은 그녀를 연모하고 있었다. 그러나 6피트의 거한과도 정면으로 맞서는 카일도 여자에 관해서는 완전히 쑥맥이었다. 마가렛 앞에 서면 설령 그녀가 흙투성이라 해도 그녀의 눈을 보고 이야기할 수 없었고, 계절에 어울리는 꽃을 건넬 수도 없었다.

그 마가렛이 로버트와 약혼했다.

카일은 의기소침해졌다. 배신당한 기분이었다. 벽에 이마를 찧으며 사랑하는 사람의 이름을 되뇌었다. 그러면서도 로버트 앞에서는 웃는 얼굴로 축복의 말을 건넸다. 그런 자신이 싫어서 술에 빠져 살게 되었다.

하루하루 결혼 날짜가 다가오던 어느 날, 카일은 로버트와 둘이서 척후 임무에 나섰다. 길을 가는 내내 로버트는 얼굴이 한껏 풀어져서 조금 수다스럽게 새로운 생활에 대한 달콤한 꿈을 이야기했다. 카일은 웃는 얼굴로 맞장구를 치고, 마음속으로는 증오의 불꽃을 불태웠다.

언덕 두 개를 넘어 고개 정상에 다다랐을 즈음이었다. 간밤에 내린 비로 노면이 물러졌기 때문인지 로버트의 말이 균형을 잃고 비명 같은 소리와 함께 두 다리를 크게 들어올렸다.

그때 카일은 악마에게 홀렸다.

카일은 로버트 뒤쪽 비스듬히에 서 있었다. 옆에 들고 있는 창을 뻗으면 로버트의 말 뒷다리에 닿을 것 같았다.

카일은 창을 강하게 내찔렀다. 로버트가 탄 말의 오른쪽 뒷다리가 기이한 각도로 부러졌다.

말은 왼쪽 뒷다리 하나로 체중을 지탱했다. 물론 몇 초도 견디지 못하고 옆으로 넘어졌다. 넘어진 쪽에는 절벽이 있었다. 말은 네 다리로 공중을 달리면서 65피트 아래로 떨어졌다. 로버트를 태운 채로.

카일은 뜻을 이루었다. 슬픔에 젖은 마가렛 마음의 빈틈을 파고들어서 그녀를 자기 손안에 넣은 것이다.

"로버트는 죽었습니다. 그러나 약혼자와 결혼하지 못한 원통함, 친구에게 배신당한 충격이 응어리져서 그의 영혼은 천국의 문을 두드리지 못하고 망령이 되어 지상에 머무르게 되었습니다. 지금까지 방황하고 있는 것이죠."

매시는 서서히 목소리를 낮추고 일동을 바라본 뒤에 입을 다물었다. 한순간 커다란 응접실이 적막해졌다.

"바보 같은 소리 하지 마! 세상에 망령 따위가 어디 있어."

윌리엄이 큰 소리로 나무랐다.

"아무튼 에드워드 관과 매시 관을 조사해보자."

고든이 낮은 목소리로 중얼거렸다. 왠지 모르게 얼굴이 창백한 듯 보였다.

"하지만 이곳은 매시가 막고 있었습니다. 만약에 저나 매시의 관에 갑옷기사 녀석이 있다면 그것이야말로 진짜 망령이란 얘기죠. 매시 옆을 투명하게 통과했다는 거니까요."

"그런 건 상관없으니까, 얼른 조사해!"

삼형제의 선도로 나머지 두 개 관을 수색했다. 그러나 갑옷기사는 보이지 않았다. 각각의 관에 있는 고용인들도 아무도 보지 못했다고 단언했다. 현관의 문단속도 완벽했다.

"꿈이라고요, 꿈. 오늘부터는 술을 조금 줄이시는 편이 좋겠어요."

에드워드가 나무라는 소리를 듣고 고든은 불쾌함이 극에 달했지만, 꿈이라고 해석할 수밖에 없겠다고 한 걸음 물러섰다. 납득은 가지 않았으나 로버트인지 뭔지 하는 것의 망령이라고 생각하는 것보다는 받아들이기 쉬웠다.

그런데 그다음 날.

삐걱삐걱하는 불쾌한 소리에 고든은 눈을 떴다. 침대에서 몸을 일으켜보니 창밖은 이미 훤했다.

졸린 눈을 비비면서 고든은 무슨 소린가 하고 고개를 갸웃했다. 비슷한 감각을 느낀 적이 있다. 그것도 아주 최근에.

퍼뜩 정신을 차리고 고든은 돌아보았다. 문을 등지고 갑옷기사가 서 있었다. 검을 치켜들고 휘두르며 침대를 향해서 걸어왔다.

고든은 전날과 마찬가지로 엉금엉금 기어서 방을 나오고, 넘어질듯이 계단을 내려와서, 중앙응접실로 뛰어들었다. 그리고 조카들에게 방을 조사하라고 닦달했지만 전날과 마찬가지로 기사는 그림자도 보이지 않았다.

그다음 날도, 또 그다음 날도, 고든은 갑옷기사의 등장으로 잠에서 깼고, 도움을 요청하고 돌아와보면 홀연히 사라져 있는 괴이한 상황을 맞았다.

그리고 닷새째 되는 날이었다.

또다시 갑옷기사가 나타났고 고든은 방을 탈출했다. 다만 전날까지와는 달리 현관홀에서 윌리엄과 마주쳤다. 고든은 윌리엄의 팔을 끌고 2층으로 데려가서 자신의 방 앞에 세웠다.

윌리엄은 문을 살짝 열고 틈을 엿보았다. 고든도 나란히 응시했다. 갑옷을 입은 기사가 있었다. 검을 휘두르면서, 천천히 이쪽을 향해 다가왔다.

"봐, 맞지? 그러니까 꿈이 아니라고……"

윌리엄이 입술에 집게손가락을 대고 살짝 문을 닫았다.

"저놈은 검을 들고 있습니다. 이대로 뛰어들면 위험합니다."

"그것 봐, 그러니까 내가 무기를 준비하라고 했……"

고든은 윌리엄에게 이끌려서 옆방으로 갔다.

"우선 저놈을 가두죠."

둘이서 옆방의 침대를 끌어내서 고든의 방 앞에 놓았다. 침대 위에 테이블과 의자도 쌓았다.

윌리엄이 계단으로 향했다. 고든도 뒤를 따랐다. 두 사람은 계단을 허둥지둥 내려가서 중앙응접실로 뛰어들었다. 중앙의 테이블에서 매시가 신문을 읽고 있었다.

"무기! 무기를 꺼내! 숙부님은 여기서 기다리고 계세요."

윌리엄은 고든을 의자에 앉혀놓고, 어이없어하는 매시의 팔을 잡아끌고 응접실을 나갔다.

고든이 물을 마시고 진정하고 있자니 검과 방패, 도끼와 창을 든 두 사람이 돌아왔다. 윌리엄을 선두로 세 사람은 용감하게 중앙응접실에서 출격했다.

2층의 복도에는 아까 만든 바리케이트가 있다. 문에 딱 붙어 있고 움직인 눈치는 없다. 세 사람은 소리를 내지 않도록 주의하며 침대 위에서 테이블과 의자를 내리고, 침대를 문 앞에서 치웠다.

윌리엄과 매시는 눈짓으로 신호를 했다. 하나, 둘, 셋 하고 호흡을 맞추고, 매시가 문을 열고, 윌리엄이 함성을 지르며 실내로 뛰어들었다.

그러나 그곳에 갑옷기사의 모습은 없었다. 입구가 봉쇄되어 있었는데도 홀연히 사라져버렸다. 창문이 깨진 것도 아니었다.

하지만 기사의 흔적은 남아 있었다. 침대 중앙에 둔탁한 광택을 내는 장검이 박혀 있었던 것이다.

"로버트의 망령이야. 공기가 되어서 나갔어. 망령이야, 망령……"

매시가 신음하듯이 반복했다. 이번에는 윌리엄도 부정하지 않았다. 장검 자루에 손을 대고 부들부들 떨었다.

그날, 고든은 말에 뛰어올라 스리 스타 하우스를 뒤로했다.

또하나의 전설이 이야기되다

"갑옷기사의 정체는 삼형제 중 한 명이야."

후유키가 이야기를 마치자, 미즈키가 기다렸다는 듯이 말했다.

"골칫거리 숙부를 내쫓기 위해서 겁을 준 거지. 물론 카일과 로버트 이야기도 날조한 거고. 마지막 에피소드에서 윌리엄과 매시는 나오지만 에드워드가 나오지 않아. 에드워드가 갑옷을 입고 날뛰고 있었던 거야."

"그러면 맨 처음 에피소드에서는 매시가 연기했던 거군. 매시는 뒤늦게 중앙응접실에 나타났어. 고든이 방에서 도망쳐나온 뒤 갑옷을 벗어던지고 새침한 얼굴로 응접실에 찾아왔겠지."

히라쓰카가 턱에 손을 대고 주억거렸다.

"하지만 매시는 자신이 사는 곳에서 중앙응접실로 나왔어. 매시 관에서. 한편 갑옷기사가 나온 건 윌리엄 관이야."

오다기리가 의문을 제시했다. 윌리엄 관에서 갑옷을 벗어버린 매시가 매시 관에서 중앙응접실로 오려면 관의 바깥쪽을 돌아서 와야 한다. 윌리엄 관 현관을 통해 밖으로 나와서 매시 관 현관으로 안으로 들어온다. 그런데 양쪽 관의 현관문에는 둘 다 빗장과 자물쇠가 걸려 있었다. 매시가 미리 여벌열쇠를 준비해두었다면 윌리엄 관 현관에서 밖으로 나갈 수 있지만, 매시 관 현관에서 안으로 들어갈 수는 없다. 자물쇠는 풀 수 있다 해도, 빗장이 걸려 있기 때문이다. 빗장은 바깥에서는 결코 풀 수 없다.

"간단한 이야기잖아. 매시 관의 현관 빗장은 원래부터 풀려 있었던 거야. 매시가 안에 들어간 뒤에 직접 빗장과 자물쇠를 건 거지."

미즈키가 곧바로 대답했다.

"아니, 그건 말이 안 돼. 매시 관 현관은 그렇다 쳐도 윌리엄 관은? 매시가 밖으로 나간 뒤에는 빗장이 풀린 상태가 돼. 그걸 밖에서 어떻게 하려고? 불가능해."

"자네에겐 한낮의 달이 안 보이는 게로군. 그 모습이 중천에 당당히 드러나 있는데도, 한낮에 달이 뜰 리가 없다고 생각하는 게야."

미즈키는 과장스런 동작으로 검지를 들었다.

"윌리엄 관의 빗장을 건 것은 하인이야."

"상당히 어설픈 이야기 아냐? 매시가 나간 뒤에 하인이 우연히 현관을 지나가다니."

"응, 자네는 아직 우스꽝스러운 논리적 함정에 빠져 있어. 우연이 아니야. 하인도 한 패거리라고."

"뭐라고?"

"하인들에게도 고든은 골칫거리였을 테니 기꺼이 협력했던 거야."

"응, 그렇지. 고용인들이 협력했다고 생각하지 않는다면 설명이 되지 않는 점이 또 있어."

히라쓰카가 말했다.

"침실에 갇힌 기사는 어떻게 사라진 거지? 입구는 바리케이트로 봉쇄되어 있었고, 창문은 붙박이창이야. 이 밀실에서 탈출하려면 반드시 제삼자의 힘이 필요해. 그러나 윌리엄과 매시는 고든과 행동을 함께하고 있었으니 협력할 수 없어. 그렇게 되면 답은 이것밖에 없지. 윌리엄과 고든이 무기를 가지러 간 사이에 고용인들이 봉쇄된 바리케이트를 치워서 갑옷기사로 분장한 에드워드를 방에서 빼내고, 그 뒤에 바리케이트를 원래대로 돌려놓았다."

그렇게 자신의 말에 고개를 끄덕이고, 안 그래? 하고 후유키의 얼굴을 살폈다.

"고용인들은 관계가 없습니다."

후유키는 늠름한 목소리로 말했다.

"허어? 트릭이 간파당해서 분하다고 거짓말을……"

"고용인들은 누구 하나 관계하지 않았습니다. 반 다인도 엄격하게 규제했습니다. 고용인이 범인이어서는 안 된다고."

"그건 탐정소설의 작법이고, 현실에서는 고용인과 중국인도 죄를 범한다고*."

미즈키가 말했다. 후유키가 하얀 이를 드러냈다.

"이것도 탐정소설입니다. 제가 창작한."

---

* 로널드 녹스의 추리소설작법 10계중 하나인 '중국인을 중요한 인물로 등장시키지 않는 것이 좋다'라는 조항. 당시 영국인들은 중국인이 신비한 능력을 갖고 있거나 머리는 좋지만 도덕심이 떨어진다는 편견을 갖고 있었다고 한다.

"아니 뭐, 그야 그렇지…… 하지만 고용인을 범인으로 삼지 않는 건 한 세대나 두 세대 이전의 탐정소설에서 쓰이던 룰이야."

"고전적인 관에서 벌어진 고전적 사건입니다. 고전적인 룰에 따라 이야기를 만들었습니다."

"그럼 고용인이 얽혀 있지 않다고 치고, 정답은 뭔데?"

미즈키가 화난 듯이 물었다.

"비밀 문이라도 있었겠지."

히라쓰카도 부루퉁해진 기색이었다.

"그런 우아하지 못한 트릭은 사용하지 않았습니다."

"어이, 어떻게 된 거라고 생각해?"

미즈키가 이와이에게 말을 건넸다. 그러나 이와이는 그딴 건 알게 뭐냐는 듯 엉뚱한 쪽으로 시선을 던지며 담배를 빼물었다.

"진상 설명은 나중에 하겠습니다. 지금은 과거 이 관에 그런 사건이 있었다는 것만 머릿속에 넣어주세요."

후유키는 손바닥 안에서 파이프를 굴리며 말을 이었다.

"그건 그렇고, 이 관에는 또하나 이상한 이야기가 전해지고 있습니다. 이것도 오늘밤의 사건과 어떠한 관련이 있으므로, 여러분들께서 들어주셨으면 합니다. 아까의 유령 이야기에 비교하면 극히 짧은 에피소드입니다.

그 전에 피시본 가문의 뒷이야기를 간단히 말해두지요. 매시는 서른이 되기 전에 세상을 떠났습니다. 부인과 세 아이를 데리고 런던의 극장에 갔다가, 극장 뒤의 골목에서 가족들과 함께 칼로 잔인하게 살해당한 것입니다. 범인은 아편중독 미치광이였는데, 당시 런던을 뒤흔들던 살인마 잭 사건에 뒤지지 않을 정도로 흉악한 범죄였습니다.

윌리엄과 에드워드는 슬픔에 잠긴 나머지 멍하니 하루하루를 보냈습니다. 아무리 시간이 지나도 슬픔이 가시지 않아서 특단의 조치로 매시의 추억이 어린 물건들을 모조리 처분하기로 했습니다. 매시라는 동생은 처음부터 존재하지 않았다고 생각하려 했습니다. 그러나 아무리 노력해도 추억을 지우는 것은 불가능했습니다.

그리고 매시가 없어짐으로 인해 세 개의 화살은 두 개가 되어버렸습니다. 셋이서 유지하던 튼튼함이 사라지고 균형도 무너져서 피시본 가문의 몰락은 시간문제가 되었습니다. 실제로 그러고 얼마 안 있어 윌리엄과 에드워드는 영주의 자리에서 내쫓기게 되었습니다. 스리 스타 하우스도 다른 이의 손에 넘어가고, 두 사람은 어딘지도 모르는 곳으로 멀리 달아났습니다.

잡담은 이만하고, 시대는 1945년 여름으로 건너뜁니다."

그해 5월, 나치 독일의 무조건 항복에 따라 오 년 팔 개월여에 걸친 유럽 전선이 종결되고 영국의 대지에도 평화가 돌아왔다. 더이상 메서슈미트 편대나 V2로켓을 두려워하지 않아도 되는 것이다.

8월의 어느 날, 스리 스타 하우스에 귀여운 방문자가 왔다. 데이비드 스미스라는 열 살 난 소년이었다.

데이비드가 스리 스타 하우스를 찾은 것은 이 관에 얽힌 소문을 확인하기 위해서였다. 소문이란, 스리 스타 하우스에 갑옷을 입은 기사의 망령이 나온다는 이야기였다. 예전에 스리 스타 하우스에서 괴이한 일을 겪었던 고든 피시본의 입에서 퍼진 소문일 것이다.

데이비드는 겨우 초등학교 5학년이었지만 나이에 어울리지 않게 아주 영리했다. 유령을 보러 왔다고 정직하게 말하면 문전박대당할 것이라고 생각해서, 길을 잃은 체를 하고 관의 문을 두드렸다. 그것도 날이 어두워진 뒤에 도착해서 돌아가려야 돌아갈 수 없음을 어필했던 것이다.

계산은 그대로 들어맞아서 데이비드는 스리 스타 하우스에서 하룻밤 묵을 수 있게 되었다. 배정된 방은 윌리엄 관 2층의 한 방이었다. 그러나 기대와 달리 그날 밤 데이비드 앞에 기사의 망령은 나타나지 않았다. 다음 날 아침에 눈을 떠봐도 방에 갑옷기사의 모습은 없었다.

아침을 먹은 뒤에 데이비드는 슬슬 돌아가라는 재촉을 받았지만, 그는 여기서도 지혜를 발휘해서 배가 아프다는 핑계를 대고 체재를 연장했다. 그리고 쉬는 체를 하면서 침실을 빠져나와 윌리엄 관의 다른 방을 조사해보았다. 그곳에서도 갑옷기사를 발견하지 못하자, 다음에는 중앙응접실을 경유해서 에드워드 관도 탐색했다. 그러나 에드워드 관에서도 갑옷기사와 마주칠 수는 없었다.

데이비드는 낙담하며 중앙응접실로 돌아가서 마지막으로 남은 M문에 다가갔다. 문이 점차 가까워짐에 따라 그의 낙담은 기대로 바뀌었다. 양쪽으로 열리는 문의 손잡이에는 쇠사슬이 몇 겹으로 감겨 있고, 상자 모양의 커다란 자물통이 달려 있었다.

이 안에 망령이 있다고 데이비드는 직감했다. 문 너머에 갇혀서, 엄중하게 봉인되어 있는 것이다. 하지만 자물쇠가 채워져 있으면 문을 열 수 없다.

데이비드가 허망하게 쇠사슬을 만지작거리고 있자, 윌리엄 관으로 통하는 W문이 열리고 한 노인이 나타났다. 스리 스타 하우스의 현 주인인 존 파커였다.

"아픈 배는 이제 다 나았나보구나?"

파커 노인은 늘어진 뺨을 흔들며 웃었다. 똑똑한 데이비드는 이 자리를 얼렁뚱땅 넘어가는 것은 좋은 생각이 아니라고 판단하고, 방문한 목적을 솔직하게 밝히고는 거짓말을 해서 미안하다고 거듭 말했다.

"망령 같은 건 없는데 말이야. 정말 쓸데없는 뜬소문이 도는군."

그런 말에 데이비드는 납득할 수 없었다. 뛰쳐나와서 날뛰지 않도록 이 문 안에 가둬둔 것이 아니냐고 따졌다. 그러자 노인은 이런 이런, 하고 고개를 가로젓더니 잠시 기다려보라는 말을 남기고 중앙응접실을 나갔다.

파커 노인은 열쇠꾸러미를 들고 돌아왔다. 쇠사슬에 채워진 자물쇠를 열고, 손잡이에 감겨 있던 쇠사슬을 풀었다.

"자, 갑옷기사가 나오는지 고블린이 나오는지, 그 눈으로 똑똑히 확인하려무나."

데이비드는 고개를 끄덕이고, 침을 삼키면서 문을 열며 봉인되어 있던 세상에 발을 들였다. 그리고 그는 보았다.

"어엇?!"

경악스런 광경에 데이비드는 그저 멍하니 서 있을 수밖에 없었다.

죽는 것은 너다

"데이비드를 놀라게 만든 것은 무엇이었을까요. 검을 휘두르는 갑옷기사였을까요, 피로 물든 천장이었을까요, 아니면 다른 무언가? 아니, 이 자리에서 대답하지 않으셔도 괜찮습니다. 지금은 그저 과거에 어떠한 사건이 있었는가 하는 것만 기억해주시면 됩니다. 긴 서론을 들어주셔서 정말로 감사합니다."

후유키는 변사 같은 말투로 이야기를 일단락 짓고서 다시 입을 열었다.

"그러면 드디어 기다리시던 본론, 살인극의 시작입니다. 번거로우시겠습니다만 우선 이쪽 가까이로 모여주세요."

사토미 부인을 제외한 네 사람이 천천히 자리에서 일어나서 후유키 곁으로 다가갔다.

후유키는 트럼프 카드를 꺼내더니 그중 몇 장을 골라 테이블 위에 늘어놓았다. 클로버 10, J, Q, K, A 다섯 장이다. 후유키는 그 다섯 장을 뒤집더니, 양손으로 가리면서 열심히 뒤섞은 뒤, 자, 하며 일동에게 내밀었다. 한 장씩 뽑아가라는 것 같았다. 오다기리는 제일 왼쪽의 한 장에 손을 뻗었다. 이어서 미즈키, 히라쓰카, 이와이가 카드를 골랐고, 마지막 남은 한 장을 후유키가 가져갔다.

"카드를 보여주세요."

오다기리의 카드는 K였다. 미즈키는 10, 히라쓰카는 J, 이와이는 A, 후유키는 Q였다.

후유키는 턱시도 안주머니에서 봉투를 꺼냈다. 모두 다섯 통인데, 각각 겉에 10, J, Q, K, A라고 표기되어 있다. 오다기리에게 K 봉투가 건네지고, 나머지 봉투도 카드에 맞게 나눠졌다.

"안에 있는 종이를 읽어주세요. 단 소리를 내서는 안 됩니다. 다른 사람에게 보여서도 안 됩니다."

"잠깐. 대체 뭐 하려는 건지 설명이나 해봐."

이와이가 짜증나는 듯 말했다.

"배역을 정하는 겁니다."

"배역?"

"살인극의 배역 말입니다."

"이봐, 설마 살인극이라는 게 우리가 연기하는 거였어?"

이와이가 눈을 크게 떴다. 후유키는 빙그레 미소지었다.

"다른 사람의 연기를 보는 것보다 직접 무대에 서는 게 더 두근거리지 않습니까? 봉투 안에는 각 배역의 시나리오가 들어 있습니다. 그 시나리오에 따라서 참극이 발생하고, 그 뒤에 추리대결을 펼치는 것입니다."

"정말 실없는 친구일세. 이 나이 먹고서 애들 학예회 같은 짓을 어떻게 하란 말인가."

"대학교 시절에 범인 맞추기 퀴즈를 했잖습니까. 이건 그것을 실제로 연기해보는 것과 마찬가지입니다."

"그럼 학생들이나 불러다가 시키라고."

"당시로 돌아가서 생각해보세요. 만약 그 시절에 자금이 있었다면 이런 리얼 범인추리 퀴즈를 하지 않았겠습니까? 지금 그 꿈이 실현되는 겁니다."

"그러니까, 우리는 이제 학생이 아니잖나. 다 큰 어른이라고. 그냥 어른도 아니고, 할아버지 취급을 받아도 불평할 수 없는 나이란 말일세. 탐정놀이 같은 애들 장난을 어떻게 하란 얘긴가? 손자랑 놀아주는 것도 아니잖아."

"당치도 않은 말씀. 이건 진짜 관을 무대로 한 추리극입니다. 어린 아이에게 이런 놀이는 도저히 불가능합니다. 재력이 있는 어른이기에 실현 가능한 사치입니다."

"핑계를 듣는 것도 이제 질렸네. 규모가 어떻든 놀이는 놀이야. 나는 사양하겠어."

이와이는 봉투를 테이블 위에 내팽개쳤다. 그러자 후유키는 곧바로 일어서서 눈을 크게 뜨고 말했다.

"다 큰 어른의 놀이는 시조를 읊는 것입니까? 바둑입니까? 골프입니까? 낚시입니까? 어른이 된 뒤에 저택의 방 하나를 철도 모형 디오라마로 메우는 부자도 있는데, 그것도 애들 같은 행위라고 비난하시겠습니까? 연어낚시와 가재낚시를 하며 사냥감을 기다릴 때의 마음에 차이가 있습니까? 당신은 놀이다, 놀이다, 하고 폄하하지만, 애초에 이 세상은 놀이로 성립되어 있습니다. 원가 이십 엔의 종잇조각에 만 엔의 가치를 부여하는 화폐제도, 이것이 놀이가 아니면 뭐겠습니까?"

후유키는 이와이를 가만히 노려보며 기침이 나올 정도로 빠른 말투로 마구 말을 쏟아냈다.

"이와이 씨, 부탁드립니다. 부디 이 사람의 제안에 참여해주세요."

사토미 부인이 끼어들었다.

"이렇게 관에서 추리극을 벌이는 것이 이 사람의 꿈이었답니다. 두 번 다시 이런 일로 부르지 않을 테니, 부디 부탁드립니다."

그녀가 젖은 눈으로 호소하면 천하의 이와이도 꺾일 수밖에 없다. 혀를 차며 봉투를 집어들고, 봉인을 찍찍 뜯었다.

"안에 들어 있는 종이 맨 윗부분에 '범인'이라고 적힌 것이 한 장 있습니다. 그것을 뽑은 분이 범인입니다. 혹시라도 손을 들면 안 됩니다. 앞으로 결코 남에게 들키지 않도록 시나리오를 수행해주세요."

후유키는 이미 평온함을 되찾았다. 오다기리도 봉투를 뜯었다. 안에 있는 종이를 조금 벌려서 맨 윗부분을 보았다.

"'피해자'라고 적혀 있는 종이도 하나 있습니다. 그걸 뽑은 분은 보고해주세요."

히라쓰카가 손을 들었다.

"축하드립니다. 피해자가 제일 편한 역할입니다."

"아, 그런가?"

"'범인'이나 '피해자'라고 적혀 있지 않은 세 분이 사건의 추리를 진행합니다. 다만 시나리오를 읽은 저는 진상을 알고 있으므로 추리하는 척만 하겠지만. 그리고 범인도 표면상으로는 결백을 가장하고 추리에 참가합니다. 범인 역할인 분은 자신의 범행이 드러나지 않도록 다른 사람을 잘못된 길로 유도해주시면 감사하겠습니다. 피해자 역할인 분은 범인의 얼굴을 보게 되므로, 그것을 밝히지 않도록 주의해주세요."

"사토미 씨는 참가 안 하는 건가?"

미즈키가 물었다.

"죄송합니다. 참가합니다만, 아내는 다리가 불편하므로 움직이지 않아도 되는 역할을 담당하기로 미리 정했습니다. 양해해주시기 바랍니다."

후유키는 새로운 봉투를 한 통 꺼내더니 옆에 있는 사토미 부인에게 건넸다.

"그 밖에 질문 없으십니까? 없다면 추리극의 막을 열겠습니다. 이름하여 '산세이 관 살인사건'."

그리고 참극이 일어나다

산세이 관의 중앙응접실.

후유키 도이치로, 사토미 부인, 이와이 마코토, 히라쓰카 다카카즈,

미즈키 히로시, 오다기리 다케시 여섯 사람은 스카치를 마시면서 중앙의 큰 테이블에서 카드 게임을 하고 있었다. 외국의 탐정소설처럼 콘트랙트 브리지를 하며 분위기를 내고 싶었지만, 유감스럽게도 여섯 사람 다 그걸 즐기지 않아서 세븐 브리지로 어물쩍 넘겼다.

오후 10시, 히라쓰카가 하품을 하면서 자리에서 일어섰다.

"아침 일찍부터 움직였으니 슬슬 쉬어야겠어. 먼저 갈게."

오다기리도 뒤를 쫓듯이 테이블을 벗어났다.

"나도 먼저 실례하지."

히라쓰카와 오다기리는 W문을 통해 중앙응접실을 나갔다. 윌리엄관의 복도를 현관 쪽으로 걸어간다.

"이야기를 들었을 때에는 시시하다고 생각했는데, 실제로 시작해보니 조금 두근거리는걸?"

히라쓰카가 희미하게 웃었다.

"자네는 이제부터 자기 침실에 가는 건가?"

오다기리가 물었다.

"그래."

"그리고, 자는 중에 습격당하는 거구만."

"그건…… 알려줘도 괜찮으려나?"

"아니, 말하지 않아도 돼. 잘 죽고 오라고."

"혹시 자네가 죽이러 오는 거 아냐?"

"그럴지도 모르지. 그럼, 나는 이쪽으로 가야 해서."

오다기리는 히죽 웃고는 욕실 쪽으로 방향을 틀었다. 소변을 보고 손을 씻은 뒤 바지 주머니에서 봉투를 꺼내들어 시나리오를 확인했다. 시나리오라 하기에는 너무 간단한 메모였다.

10시에 '피해자'와 함께 중앙응접실을 나서서 윌리엄 관 욕실에서 볼일을 본다.

10시 5분, 중앙응접실로 돌아온다.

10시 25분, 누군가가 볼일을 보겠다며 자리에서 일어서고, 그 사람과 함께 윌리엄 관 욕실로 가서 자신도 볼일을 본다. 상대는 당구를 치자고 하지만 거절하고 혼자서 중앙응접실로 돌아온다(10시 30분).

※ 대화는 애드리브로 처리.

시나리오대로, 오다기리는 10시 5분에 중앙응접실로 돌아왔다.

10시 15분, 후유키가 자리에서 일어섰다.

"몇 가지 업무를 처리하고 오겠습니다. 손님이 계시는데 흥을 깨서 죄송합니다. 금방 돌아올 테니 그대로 편히 쉬고 계십시오."

그렇게 이야기하고 M 문으로 나갔다.

10시 20분, 이와이가 자리에서 일어섰다.

"술을 깨고 온다 — 라고 말하며 에드워드 관으로 가라고 적혀 있으니, 그렇게 하겠네."

그렇게 말하고는 무뚝뚝한 얼굴로 E 문으로 나갔다.

10시 25분, 미즈키가 화장실에 갔다.

"나도 또 가고 싶어졌어. 너무 마셨나봐."

오다기리도 중앙응접실을 나가서 윌리엄 관 욕실로 향했다. 용무를 마친 뒤 미즈키가 말했다.

"트럼프도 질렸으니 당구장에서 당구나 한 게임 하지 않겠나?"

"자네, 당구 같은 것도 칠 줄 알아?"

오다기리는 웃었다.

"못 쳐. 시나리오에 적혀 있어서 하는 소리일 뿐이야."

"나는 중앙응접실로 돌아가겠어. 시나리오에 그렇게 적혀 있으니까."

"그리고, 몰래 히라쓰카를 죽이러 가는 거구만?"

"어이구, 잘도 아시는구려. 그럼 나중에 보자고."

오다기리는 중앙응접실 쪽으로 걸음을 옮겼다. 미즈키는 당구장 쪽으로 걸어갔다.

10시 30분, 오다기리는 중앙응접실로 돌아갔다. 테이블에는 사토미 부인이 혼자 클론다이크를 하고 있었다. 후유키와 이와이는 아직 돌아오지 않았다. 오다기리는 잠시 망설인 뒤에, 마음을 다잡고 그녀에게 말을 걸었다.

"아드님을 잃으신 것 같더군요. 문상도 못 가서 정말 죄송합니다."

"무슨 말씀을요. 사과하지 않으셔도 돼요. 아무것도 알리지 않은 것은 저희니까요."

사토미 부인은 웃는 얼굴로 손을 저었다. 그러나 어쩐지 표정에 힘이 없다.

"시게타 양은 몸 상태가 좀 어떻습니까? 아, 죄송합니다. 저도 모르게 옛날처럼 불러서."

오다기리는 머리를 긁었다.

"시게타 양이라고 부르셔도 괜찮아요. 걱정해주신 덕분에 많이 좋아졌어요. 휠체어에도 익숙해졌고요."

"하지만 이런 산속이면 통원하기 힘들겠군요."

"지금은 두 달에 한 번 정기검진만 받고, 남편도 같이 있어주니까요.

"부인과 계통의 병이라고 들었습니다만."

"암이었습니다."

"네?"

"일단 수술은 성공했지만, 만약 삼 년 이내에 재발한다면 그때는 아마 반년이나 일 년 정도밖에 못 살 거라고, 선고를 받았어요."

"그건……"

"하지만 삼 년이 지나도 재발하지 않았으니 괜찮습니다."

부인은 빙그레 웃었다.

오다기리는 어떻게 대답해야 좋을지 알 수 없었다. 이 비현실적인 관 안에서 이루어진 현실적인 병에 대한 고백. 정말 기묘한 감각이었다. 이것도 연극일까?

"오래 기다리셨습니다. 예상보다 시간이 걸렸습니다. 죄송합니다."

말문이 막힌 오다기리를 도와주려는 듯 후유키가 돌아왔다. 10시 35분이다.

10시 40분, 이와이가 돌아왔다.

"정말로 술이 깨버렸어."

고개를 움츠리고, 자신의 어깨를 안고, 부르르 떨었다.

10시 45분, 미즈키가 뛰어들어왔다.

"어이, 다들 와봐. 히라쓰카가 죽었어!"

"연극이라지만, 실명으로 그런 대사를 들으니 기분이 썩 좋지 않구먼."

이와이가 이맛살을 찌푸렸다.

미즈키의 선도에 따라 전원이 중앙응접실에서 윌리엄 관 복도로 나아갔다. 휠체어를 탄 사토미 부인을 현관홀에 남기고, 나머지 네 사람은 계단을 올랐다.

사건 현장은 윌리엄 관 2층, 계단 쪽에서 볼 때 복도 왼쪽 열에서 두

번째 방이다. 즉, 그 옛날 고든 피시본이 괴이한 현상을 경험한 방이기도 하다.

히라쓰카는 침대 앞에서 엎드린 채 쓰러져 있었다. 후유키는 그 옆에 쭈그려 앉아 손목과 목덜미에 손가락을 댔다. 철저한 연기였다.

"그만둬, 간지럽다고."

히라쓰카가 몸을 꿈틀거렸다.

"어허, 시체는 움직이면 안 돼."

미즈키가 소리 죽여 웃었다.

"자, 어떡할까요?"

가볍게 손뼉을 치고 후유키가 일동의 얼굴을 살폈다.

"이것이 현실이라면 뭐가 어떻게 됐든 무조건 경찰을 불렀겠지만, 그래서는 추리극이 되지 않겠군."

"경찰은 부를 수 없습니다. 마침 불어닥친 태풍으로 전화선이 끊어져버렸으니까요. 차로 부르러 가는 것도 무리입니다. 도중에 산사태가 발생했거든요."

"호오, 태풍이라."

이와이가 창유리에 얼굴을 바짝 붙이고 중얼거렸다. 바깥 하늘에는 별들이 반짝이고 있었다.

"태풍이 한 번 지나간 뒤라 맑은 겁니다."

"연극이니까 현실의 날씨가 어떻든 상관없지 않겠나. 당연히 이 관은 휴대전화를 쓸 수 없는 구역이란 설정이겠군."

오다기리가 말했다.

"그렇습니다."

"할 수 없지. 경찰을 부를 수 없다면 경찰을 대신해서 범인을 찾아내는 수밖에 없어."

"그러면 여러분, 현장 상황을 잘 관찰해주세요."

시체의 머리 곁에 황동제 문진이 떨어져 있었다. 오다기리는 그것을 가리키며 말했다.

"이게 흉기라고 봐도 되겠나?"

"네. 그것으로 후두부를 세게 얻어맞았습니다."

시체의 주위에 떨어져 있는 물건은 흉기뿐이다. 시체가 뭔가를 쥐고 있거나, 다잉메시지를 남긴 것도 아니다.

그밖에 눈에 띄는 점이라면 책상 위의 재떨이에 담배꽁초가 두 개 남아 있다는 것 정도다. 두 개 모두, 필터 가까이까지 피운 상태였다.

방이 어지럽혀진 눈치는 없다. 옷장 안에 들어 있는 히라쓰카의 짐도 그대로다.

창문은 붙박이창인데다가 깨지거나 금이 가지도 않았다.

후유키가 손뼉을 쳤다.

"현장검증은 이 정도로 하죠. 모발이 어떻다든가 지문이 어떻다든가, 그렇게 눈으로 척 봐서 알 수 없는 트릭은 집어넣지 않았으니 안심하셔도 됩니다."

"슬슬 일어나도 되나?"

히라쓰카가 힘들다는 듯 고개를 들었다. 후유키는 그것을 무시하고 말을 이었다.

"원래는 경찰이 도착할 때까지 현장 상태를 유지해야 합니다. 그러나 방금 말씀드렸던 것처럼 이 관은 현재 바깥세상에서 완전히 고립되어 있습니다. 경찰이 언제 도착할지 알 수 없습니다. 그때까지 시체를 이대로 놔두는 것은 죽은 자에 대한 예의가 아니라고 생각합니다. 그러니 시체는 침대로 옮기는 것이 어떨까 하는데, 어떠신지요?"

이 제안에 이의를 제기하는 사람은 없었다. 오다기리, 이와이, 미즈키 셋이서 히라쓰카의 몸을 들어올려 침대 위로 옮겼다. 그사이 후유키는 손수건을 두른 손으로 문진을 집어들어서 책상 위에 놓았다.

히라쓰카를 침대 중앙에 눕힌 뒤, 두 손을 가슴 앞에 모으고 머리 위까지 모포를 덮고, 침대 커버를 덮었다.

"아아, 신이여. 가련한 이 자에게 영원한 안식을."

미즈키가 가슴 앞에 성호를 그었다.

"그런 짓은 하지 말라니까. 후유키, 침대로 옮겨준 건 고마운데, 난 언제까지 이러고 있어야 되지?"

죽은 자가 한심한 목소리로 물었다.

"나중에 부르러 올 테니, 그때까지는 여기서 시체 연기를 해주세요."

후유키가 대답했다.

"그래, 맞아. 한가하다고 관 안을 어슬렁거리지 말라고. 시체가 사라지기라도 했다간 이야기가 성가시게 돌아가니까."

오다기리는 침대 커버를 가볍게 쳤다.

"누구야, 시체가 제일 편하다고 한 사람? 가장 힘들잖아!"

불평을 늘어놓는 시체를 남겨두고, 네 사람은 침실을 나갔다.

추리 대결의 밤

"현장검증은 종료했습니다. 다음은 제1발견자를 조사해야 하겠군요."

현관홀에서 사토미 부인과 합류해 중앙응접실로 돌아왔을 즈음에 후유키가 말했다. 그런데 정작 중요한 제1발견자가 보이지 않았다. 오다기리가 문을 열고 윌리엄 관 복도를 들여다보자 쿵쿵 무거운 소리를 내며 이쪽으로 다가오는 미즈키의 모습이 보였다.

"화장실 갔다 오나?"

"아니, 현관문을 조사하고 왔어."

"현관문?"

"잠겼는지 보려고. 탐정의 기본이잖아."

미즈키는 소시지 같은 검지를 세워서 흔들어 보였다.

"지금 보고 오기론 윌리엄 관 현관문은 잠겨 있지 않았어. 빗장도 안 걸려 있어. 즉 이 관은 외부에서 침입이 가능한 상황이었다는 거지."

그러면서 후유키에게 고개를 돌렸다.

"어라, 열쇠도 빗장도 걸려 있지 않았습니까?"

"응, 걸려 있지 않았어. 하지만 이건 게임이야. 이 관과 관계없는 사람, 예를 들면 우연히 침입한 강도에 의한 범행이라는 케이스는 제외해도 되겠지?"

"네. 이 저택은 폭풍에 의해서 육지의 외딴섬이 되었습니다. 도둑도 살인마도 찾아오지 않습니다."

"덧붙여서 한 가지 더 질문이 있어. 집사가 범인인 것도 아니지?"

"현재 당 관에는 세 명의 고용인, 집사, 요리사, 메이드가 있습니다만, 그 사람들은 관계가 없습니다. 직접 손을 쓰지 않은 것은 물론이고, 진범에게 어떠한 협력도 하지 않았습니다. 윌리엄 관 지하의 고용인실에서 한 걸음도 나오지 않았습니다."

"알았어. 그러면 게임을 계속하자고."

전에 없이 미즈키가 든든해 보였다. 그의 모습 때문에 그렇게 보이는 것인지도 모른다. 드루리 레인을 흉내낸 옷차림은 S역 앞에서는 광대처럼 보였지만 서양식 관 안에서 벌어진 추리극에는 기가 막히게 어울렸다.

"우선 미즈키 씨, 시체 발견 당시의 상황을 알려주세요. 서서 이야기하는 것도 뭣하니 이쪽으로."

후유키가 일동에게 방의 중앙으로 오라고 재촉했다. 그리고 벽의 버튼을 누르고, 얼마 안 있어 나타난 검은 옷의 집사에게 말했다.

"윌리엄 관의 현관문을 잠가주게."

그렇게 명령하고 나서 문을 닫고 다른 이들이 기다리는 테이블로 다가왔다.

미즈키가 설명을 시작했다.

"볼일을 보고 오다기리와 헤어진 뒤에 당구장으로 갔어. 그게 10시 30분. 그런데 혼자서 당구를 치는 것도 재미없고, 어차피 나는 당구를 못 치니까 장의자에 앉아서 멍하니 벽에 걸려 있는 그림을 보고 있었지. 그러다가 질려서 2층으로 갔어. 서재의 탐정소설 컬렉션을 구경해볼까 했거든. 그런데 히라쓰카의 방문이 조금 열려 있는 거야. 혹시 아직 깨어 있으면 같이 가자고 할까 싶어 안을 들여다보았지. 그다음에는 다들 아는 대로야. 히라쓰카는 침대 옆에 그렇게 쓰러져 있었어. 그래서 당황하며 이쪽으로 달려왔지. 그게 10시 45분이야."

"히라쓰카 씨가 이곳을 나간 것은 10시였습니다. 그 이후에 살아 있는 히라쓰카 씨를 보신 분은?"

후유키가 물었다.

"10시 1분경에는 아직 살아 있었어. 저쪽 복도에서 지나쳤거든."

오다기리는 일단 그렇게 보고했다.

"그밖에는? 없는 것 같다면, 한 사람씩 10시 이후의 행동을 이야기해주실 수 있을까요? 우선 저부터. 10시 15분에서 30분까지 매시 관의 서재에서 업무를 처리하고 있었습니다. 그밖에는 중앙응접실에 있었지요."

이어서 모든 이들이 알리바이를 주장했고, 그 결과를 미즈키가 수첩에 적었다.

"완전한 알리바이를 가진 사람은 한 사람도 없나."

오다기리는 수첩 안을 슬쩍 보았다. 10시부터 10시 45분 사이에서, 모두가 한 번은 혼자 있었다.

"그렇지만, 이와이 씨와 저는 범인에서 제외됩니다."

후유키가 선서하듯이 손을 들었다.

"어째서?"

"이와이 씨는 에드워드 관에 있었습니다. 저는 매시 관. 이 두 동에서 현장인 윌리엄 관으로 가기 위해서는 중앙응접실을 통과해야 합니다. 그러나 중앙응접실에는 항상 누군가가 있었습니다. 혹시 이와이 씨나 제가 윌리엄 관에 가는 것을 목격하신 분, 계십니까?"

반응은 없다.

"따라서 이와이 씨와 저 두 사람은 혐의가 없……"

"잠깐 기다려. 중앙응접실을 경유하지 않아도 윌리엄 관에 갈 방법은 있어. 밖으로 돌아가면 돼. 에드워드 관, 혹은 매시 관의 현관을 나가서 윌리엄 관의 현관으로 들어가는 거지. 아까 미즈키는 윌리엄 관의 현관은 열려 있었다고 했어."

미즈키는 고개를 끄덕였다.

10:00	5	10	15	20	25	30	35	40	45
후유키 도이치로					매시 관 서재				
후유키 사토미									
이와이 마코토						에드워드 관 응접실			
미즈키 히로시		응접실				윌리엄 관 욕실			당구장
오다기리 다케시	W관 욕실					W관 욕실			
히라쓰카 다카카즈	윌리엄 관 2층								

"히라쓰카를 살해한 뒤에는 반대 루트를 타고 태연한 얼굴로 중앙 응접실에 나타나면 돼. 따라서 후유키와 이와이 두 사람도 제외할 수 없어."

"아뇨, 제외할 수 있습니다. 왜냐하면 윌리엄 관의 현관은 들락날락할 수 있어도, 에드워드 관과 매시 관의 그곳에는 자물쇠가 채워져 있었으니까요."

"어? 그런 거야?"

"네. 윌리엄 관의 현관은 일상적인 출입구로 사용하므로 깨어 있는 시간대에는 문을 열어둡니다만, 에드워드 관과 매시 관의 현관은 항상 봉쇄되어 있습니다. 삼형제가 살던 시절과 달리 1세대가 사용하고 있으니까 현관이 세 개나 있을 필요가 없지요. 뭣하다면 보시겠습니까?"

후유키는 여유 있는 표정으로 파이프를 물었다.

"자네에게 한해서는 열쇠 같은 게 의미 없잖아."

그렇게 말한 사람은 이와이였다.

"지금 매시 관을 조사해서 자물쇠가 걸려 있다 해도, 그것은 지금 현재 잠겨 있다는 사실에 지나지 않아. 후유키는 이곳의 주인이야. 열쇠를 자유롭게 사용할 수 있는 입장이야. 히라쓰카 살해 후 바깥으로 나가 매시 관으로 돌아가서 자물쇠를 잠그는 것도 가능하다고. 한편 지금 에드워드 관을 조사해서 자물쇠가 잠겨 있다면 그건 나의 무혐의를 증명하는 것이 되지. 왜냐하면 나는 열쇠를 자유롭게 다룰 수 있는 입장이 아니니까."

이와이도 조금은 게임에 참가할 마음이 있는 듯했다.

"열쇠는 집사가 관리하고 있습니다."

"입으로는 얼마든지 말할 수 있지."

"그렇게 말씀하시면 대답드릴 말이 없습니다만, 그러나 그런 거짓말이 허락되면 게임이 되지 않지요. '후유키 도이치로는 열쇠를 사용하지 않았다'라는 것이 이 게임의 기본 룰입니다. 그리고 앞서 말씀드렸듯이 집사 이하 고용인들도 이 게임에 참가하지 않았습니다. 따라서 그들이 주인인 저를 구하기 위해 윌리엄 관의 현관으로 나와 매시 관의 현관 자물쇠를 밖에서 푸는 일도 없다고 생각해주세요."

"좋아. 그렇지만 매시 관의 현관이 잠겨 있었다는 것은 후유키의 자기신고에 지나지 않아."

"좋습니다. 직접 매시 관이 잠겨 있는 것을 확인해보세요. 창문이 열리는 것이 아닌가 하는 의문도 있으실 테니."

후유키는 파이프를 든 채로 자리에서 일어서서 M문을 열었다. 일동은 뒤늦게 뒤를 따랐다.

현관문은 틀림없이 잠겨 있었다. 창문도 1층, 2층 전부 붙박이창이라는 것을 확인했다.

"비밀통로 같은 속임수는 없지? 예를 들면 지하에서 지상 어딘가로 나올 수 있다든가."

미즈키가 확인했다.

"물론입니다. 그런 수단을 사용하면 게임의 흥이 깨집니다. 그러므로 저 후유키 도이치로는 범인이 될 수 없다는 것을 인정하시겠죠?"

허리에 손을 대고, 가슴을 펴고, 후유키는 일동을 둘러보았다. 오다기리는 그 자신감이 오히려 미심쩍다는 생각이 들었지만, 현재 단계에서는 추궁할 거리가 없다.

"나의 무혐의도 확인시켜줘야지."

이와이가 말했다.

"그러면 에드워드 관이 잠긴 것도 확인하죠."

일동은 중앙응접실로 돌아와서 곧바로 E문으로 들어갔다. 이쪽 현관문도 잠겨 있었다. 1층, 2층의 방 창문은 전부 붙박이창이고 환기구로 드나드는 것도 불가능했다. 일동은 줄지어 중앙응접실로 돌아왔다.

"이것으로 범인은 미즈키 씨와 오다기리 씨로 좁혀졌습니다."

테이블에 앉아서 후유키가 말했다.

"미즈키 씨가 범인이라면 10시 25분이 지나서 화장실에서 볼일을 보고, 오다기리 씨와 헤어진 뒤에 당구장에 가지 않고 곧바로 히라쓰카 씨의 방에 가서 살해. 오다기리 씨가 범인일 경우에는 10시에 히라쓰카 씨와 같이 이곳을 나간 뒤에 히라쓰카 씨와 함께 2층 침실로 가서 흉행을 저질렀다. 따라서 다음 작업은 두 사람 중 어느 쪽이 범인인지 좁히는 것이로군요."

"제1발견자를 의심하라는 것이 탐정소설의 철칙이지."

이와이가 가만히 중얼거렸다.

"그런 것은 증거와는 다르다고 생각하는데."

미즈키가 쓴웃음을 지었다.

"오다기리가 혼자 있던 시간은 고작 오 분이야. 그에 반해 내가 혼자였던 시간은 이십 분."

"그것도 논리적인 증거가 아니라 정서적인 인상일 뿐이지."

"심리적으로 생각해서 미즈키 씨가 범인일 가능성은 낮다고 봅니다."

그렇게 변호를 시작한 사람은 사토미 부인이었다.

"범인이 제1발견자를 가장하는 것은 혐의에서 벗어나기 위한 고육지책이라고 할 수 있지요. 살해를 실행했다, 현장을 벗어나기 전에 사람이 찾아와버렸다, 이대로 있으면 범인인 것이 일목요연해진다. 그런 상황에서 제1발견자를 가장하게 되죠. 그렇지만 이번에 미즈키 씨가 범인이라면 살해를 행한 것은 10시 25분 이후가 되고, 그 시간대에는 다른 누구도 그 장소에 다가가지 않았습니다. 따라서 일부러 제1발견자 행세를 할 필요도 없죠. 죽였다면 그대로 내버려두고 태연한 얼굴로 중앙응접실로 돌아오면 됩니다. 시체는 발견되지 않는 것이 제일 좋습니다. 시체가 나오지 않으면 살인사건의 조사도 이루어지지 않습니다. 영원히 발견되지 않는 것은 힘들다 해도, 발견이 늦어지면 그만큼 시체가 부패되고 사람들의 기억도 흐려지면서 진상의 규명에 지장이 생기겠지요. 시체의 존재를 감추는 것으로 범인은 유리해집니다. 그런데도 왜 범인인 사람이 솔선해서 시체의 존재를 밝히는 우를 범해야 할까요?

상황을 바꿔놓고 생각해보죠. 백화점의 매장에 진열된 액세서리를 슬쩍 주머니에 집어넣었다고 쳐요. 거기서 점원이 다가와서 주머니 안을 보여달라고 요구하면, 태그 부분을 손바닥으로 가린 채 액세서리를 꺼내어 집에서 가져온 것이라고 얼버무리겠지요. 그렇지만 스스로 점원을 불러세우고 이것이 자기 것이라고 어필하는 사람은 없을 겁니다. 살인범이 제1발견자를 가장하는 경우에도 심리상태는 동일합니다."

"과연 미스 마플이군."

미즈키가 얼른 일어나더니 고개를 깊이 숙였다. 오다기리도 저도 모르게 박수를 쳤다.

"어머, 저는 그렇게 나이가 많지 않아요."

사토미 부인이 불만스러운 얼굴로 주먹을 살짝 쥐었다.

"그러면 남은 건……"

이와이가 고개를 옆으로 돌렸다. 시선이 일제히 오다기리에게로 쏠렸다. 그러나 오다기리는 당황하지 않았다. 머릿속으로 이미 자신의 결백을 증명할 줄거리를 세워두었다. 어흠 헛기침을 하고 오다기리는 입을 열었다.

"히라쓰카의 방에 재떨이가 있었던 것을 기억하나?"

"화강암으로 만든 재떨이였죠. 책상 위에 있었습니다."

후유키가 고개를 끄덕였다.

"그 안에 꽁초가 있던 것도 봤나?"

"있었죠. 두 개."

"그래, 두 개. 즉 히라쓰카는 죽기 전에 담배를 두 대 피웠어. 그것도 짧은 꽁초가 될 때까지. 그런데 담배 한 대를 다 피우는 데 얼마나 시간이 필요할까? 필터 근처까지 태우려면 오 분은 족히 걸릴 거야. 한편 히라쓰카가 중앙응접실을 나갔을 때가 10시. 2층의 방에 도착한 것은 일이 분 뒤겠지만 계산이 귀찮으니 10시라고 하지. 10시에 방에 도착해서 곧바로 담배에 불을 붙여 두 대를 연달아 피웠다고 하면, 다 피운 것이 10시 10분. 따라서 히라쓰카가 죽은 것은 10시 10분 이후가 돼. 그런데 나는 10시 5분에는 중앙응접실로 돌아와 있었으니까 히라쓰카와 같이 2층에 가서 살해했다는 설은 성립하지 않아."

"꽁초 두 개 다 10시 이전에 남겨졌을지도 모르잖아."

미즈키가 이의를 제기했다.

"아니, 그렇지는 않아. 왜냐하면 이 관에 도착한 우리는 곧바로 관내를 견학했고, 이어서 만찬회에 출석한 뒤에 추리극에 돌입했어. 도중에 히라쓰카가 자신의 침실에서 쉴 시간은 없었지. 그러니까 그 꽁초는 두 개 다 10시 이후에 피운 것이라고 단정할 수 있어."

이번에는 반론의 목소리가 없었다.

"저와 이와이 씨는 물리적으로 범인이 될 수 없고, 미즈키 씨는 심리적으로 무혐의, 오다기리 씨는 시간의 벽으로 보호받고 있다. 이거 참 난처하게 됐습니다, 범인이 없어져버렸군요."

후유키가 한숨을 쉬고 파이프 흡입구에 이빨을 댔다.

"자살은…… 아니겠지. 뒤통수를 얻어맞았으니까."

오다기리가 중얼중얼하다가 입을 다물자, 실내는 잠시 정적에 감싸였다.

갑자기 미즈키가 소리를 내면서 웃었다.

"정말 단순한 눈속임이군. 후유키, 이와이, 오다기리, 미즈키 네 사람은 혐의의 대상에서 제외한다. 이건 좋아. 그러니까 용의자가 없어져버렸다? 아니잖아. 지금 여기에 몇 사람 있나. 네 사람? 아니, 다섯 사람이야. 미즈키, 오다기리, 이와이, 후유키……"

미즈키는 후유키에게 눈길을 주고, 그 시선을 서서히 오른쪽으로 이동시킨 뒤에 멈췄다. 사토미 부인이 어머나, 하는 소리를 내며 홍조를 띤 뺨에 손을 댔다.

"사토미 씨도 혼자였던 시간대가 있지요. 10시 25분부터 30분에 걸쳐서. 오다기리가 두번째로 화장실에 갔다가 돌아올 때까지의 시간입니다."

"집사람은 보시는 대로 다리가 불편해서 역할 수행에 참가시키지 않았습니다."

후유키가 곤란하다는 듯 말했다. 미즈키는 쯧쯧 혀를 차며 검지를 세우고 좌우로 흔들었다.

"그건 언어상의 트릭이지. 역할 수행 추첨에는 참가하지 않았지만 사토미 씨도 봉투를 받았지 않은가. 즉 사토미 씨도 이 극의 참가자야. 사토미 씨가 받은 시나리오 맨 처음에 '범인'이라고 적혀 있지 않았다고 어떻게 장담할 수 있겠나. 자네는 움직이지 않아도 되는 역할을 미리 배정했다고 설명했지만, 그 역할이 범인이 아니라고 확실히 말하지는 않았어. 사토미 씨가 관찰자라는 시각은 우리의 착각에 지나지 않았던 거야."

"그렇습니다만, 집사람은 계단을 오를 수 없습니다. 그런데도 범인이란 것은 불공평합니다. 조금 전에 숨겨진 통로는 없다고 말씀드렸는데, 그것은 숨겨진 엘리베이터가 없다는 뜻이기도 합니다."

"다리가 불편하다는 것이 우리의 착각이었다는 소리일세."

"네?"

"아니, 실제로 다리가 불편하긴 하겠지. 그러나 걷지 못할 정도는 아니야. 즉 휠체어는 페이크."

"이봐, 무슨 소릴……"

오다기리는 당황하며 말리려고 했지만, 미즈키는 미소까지 지으면서 말을 이었다.

"후유키, 자네는 탐정소설에 대한 애정으로 관을 세울 정도야. 게다가 그 관을 무대로 한 추리극까지 연출하는 엽기적인 위인이지. 그럴 만한 인물이라면 휠체어에 탄 사람이 사실은 걸을 수 있다는 의외성을 숨겨놓아도 이상하지 않다고 생각하는데, 자네 생각은 어떤가? 나는 그냥 지레짐작으로 때려 맞히려는 게 아니야. 복선을 꼼꼼하게 파악하고서, 사토미 씨는 사실 걸을 수 있는 게 아닐까 하고 간파했던 거야. 다들 이상하다고 생각하지 않나? 이 관에는 승강기가 없어. 그렇다는 얘긴, 사토미 씨가 정말로 걸을 수 없다면 2층으로 가고 싶어도 갈 수 없다는 얘기지. 이상하지 않아? 이곳은 자기 집이란 말일세. 그런데도 일상적으로 2층에 갈 수 없어. 그런 바보 같은 얘기가 어디 있나? 누군가가 업어주면 계단을 오르내릴 수 있겠지만 일일이 후유키나 고용인들의 손을 빌릴 수 있겠나? 보통은 엘리베이터나 계단승강기를 설치할 게야. 그런데도 실제로는 그런 설비가 없어. 정말 이상하고 부자연스런 상황이지. 이것이야말로 사토미 씨가 걸어다닐 수 있다는 증거이며, 프로듀서인 후유키 도이치로가 깔아놓은 교묘한 복선이야."

후유키는 얼굴을 가리고 힘없이 고개를 저었다.

사토미 부인이 휠체어를 뒤로 물렸다. 무릎덮개를 치우고 상반신을 앞으로 숙였다.

"이걸 보세요."

이브닝드레스 자락을 들어올리자, 그 아래에는 살색의—강화플라스틱으로 만들어진 의족이 있었다. 양쪽 전부.

"아니, 그게, 나는……"

미즈키가 말을 더듬었다.

"멍청한 자식."

이와이가 중얼거렸다.

"괜찮아요."

사토미 부인은 드레스 자락을 도로 내리면서 손을 내저었다.

"설마 집사람을 의심할 줄이야…… 정말 상상 밖의 일이라서 대처할 시나리오를 생각하지 못했습니다."

후유키가 크게 한숨을 쉬었다.

"정말 미안해."

미즈키는 테이블에 이마를 찧었다.

"이런 게임을 기획한 너에게도 책임이 있어."

이와이가 엄한 태도로 후유키를 노려보았다.

"말씀대롭니다."

후유키는 고개를 숙였다.

"괜찮아요, 그냥 게임이니까요."

사토미 부인은 손을 계속 내저었다. 미소를 짓는 모습이 오히려 더욱 애처롭게 느껴졌다.

"저기, 히라쓰카를 계속 내버려둬도 괜찮을까?"

오다기리는 분위기를 바꾸기 위해 끼어들었다.

"아, 그렇죠."

후유키는 머리를 긁으면서 일어서더니 문 쪽까지 가서 벽의 버튼을 눌렀다.

"결국, 이곳에 있는 누구도 히라쓰카 씨를 죽일 수 없었다는 결론으로 돌아오는군요."

사토미 부인이 차분한 목소리로 말했다. 해프닝은 없었던 것으로 하고 게임의 세계로 돌아가라는 말일까?

"동기가 무엇인지 따져서 범인을 추정해볼까?"

그녀의 의도를 알아차리고 오다기리는 극을 진행시켰다.

"이런 게임에 동기고 나발이고 있을 리가 없잖아. 범인은 추첨으로 선택했으니까."

이와이도 연극으로 돌아왔다.

문을 노크하는 소리가 나고 집사가 나타났다.

"히라쓰카 씨를 불러주게. 그리고 오늘은 이제 쉬어도 되네."

집사가 모습을 감추고, 후유키가 테이블로 돌아왔다.

잠시 후 히라쓰카가 중앙응접실로 돌아왔다.

"죄송합니다. 추리에 열중하느라 히라쓰카 씨를 까맣게 잊고 있었어요."

사토미 부인이 새 위스키를 내밀었다.

"천만의 말씀입니다요. 아침까지 이대로 버림받겠구나 각오하고 있었습죠."

히라쓰카는 부루퉁해진 눈치로 자리에 앉았다.

"잤어?"

오다기리는 물었다.

"솔직히 반쯤 졸았지. 하지만 도중부터 그럴 수 없게 되더군. 지금은 머리를 너무 굴린 탓에 과열될 것 같아."

히라쓰카는 그렇게 말하며 잔을 이마에 댔다.

"경마대회 우승마 예상이라도 했나?"

"실없는 소리는. 당연히 사건의 진상 규명이지. 아아, 오랜만에 머리 좀 썼어."

"엉? 자네, 범인의 얼굴을 못 봤어?"

"봤지."

"그렇다면 생각할 필요도 없잖아."

그러자 히라쓰카는 문득 이맛살을 찌푸리더니 일동을 둘러보았다.

"혹시, 이곳의 풋내기 탐정님들은 아직 진상에 도달하지 못한 거야?"

"그래, 아직이야."

"오호, 그렇구먼. 그렇다면 말해서는 안 되겠군."

"당신은 진상을 간파하신 거군요?"

후유키가 미소 지으며 물었다. 아마도, 하고 히라쓰카는 위스키로 입술을 축였다.

"하지만 지금 여기서 말하면 안 되겠지?"

"그렇지요."

"알았네. 근데 다들 모른다고 하니 말하고 싶어지는걸, 이거."

히라쓰카는 어린애처럼 몸을 배배 꼬았다.

"안 됩니다. 아직 추리의 단서도 파악하지 못했으니까요. 아니면 여러분, 벌써 항복하시려고요?"

"알려줘."

이와이가 간단히 손을 들었다.

"이 정도로 포기해서는 드루리 레인에게 면목이 없지."

미즈키는 상쾌한 동작으로 밀짚모자를 고쳐 썼다. 그러나 작은 목소리로 말했다.

"우선은…… 힌트를 주는 건 어떨까?

"좋아, 얼마든지 내줌세."

히라쓰카는 은근히 흥분해 있었다.

"어떤 힌트를 주시겠습니까?"

후유키가 몸을 내밀었다.

"그렇지. 범인의 이름을 밝힐까?"

"호오. 그렇게까지 서비스하시겠습니까? 뭐, 그것도 좋겠지요."

"잠깐! 나는 아직 항복하지 않았다고."

미즈키가 당황하며 말렸다.

"범인의 이름만이야."

"그러니까, 그걸 말하면 게임이 끝나잖아. 힌트만 달라고."

"아니, 그렇지 않아. 이건 자네들이 생각하는 것 이상으로 심오한 사건이야. 범인을 밝혀봤자 진상의 대부분은 아직 어둠 속이지. 사실 이 게임에서 누가 범인인가 하는 것은 그리 중요하지 않아. 중요한 것은 어떻게 살해할 수 있었는가 하는 점이야."

"누가, 가 아니라 어떻게, 가 중요하다고?"

"그래. 범인은……"

"히라쓰카 씨, 잠깐 기다려주세요."

후유키가 일어섰다.

참가자에 대한 충고

천천히 고개를 돌리며, 한 사람 한 사람 잘 알아듣도록 타이르듯 후유키는 말했다.

"힌트를 듣는 것은 임의로 하죠. 어디까지나 혼자의 힘으로 진상을 규명하고 싶으신 분은 듣지 마시기 바랍니다."

범인은 너다!

자리를 뜨거나 귀를 막는 사람은 없었다.

후유키가 자리에 앉았다. 대신 히라쓰카가 일어섰다.

"범인은……"

히라쓰카는 변죽 울리듯 검지를 공중에 슬슬 돌리더니, 어느 한 점에서 멈췄다. 그 손끝은 관의 주인을 가리키고 있었다.

"후유키가?"

미즈키가 확인했다.

"그래. 이 눈으로 봤어. 그리고 살해당했어."

히라쓰카가 말했다.

"그렇습니다, 제가 히라쓰카 씨를 죽였습니다."

후유키 본인도 순순히 인정했다. 그러나 다시 그렇지만, 하며 말을 이었다.

"아까 검증한 대로, 상식적으로는 저를 범인이라고 할 수 없습니다. 저는 매시 관의 서재에 있었습니다. 윌리엄 관에 있던 히라쓰카 씨를 죽이기 위해서는 이 중앙응접실을 지나가야 합니다. 그런데 중앙응접실에는 항상 누군가가 있었음에도 불구하고, 아무도 제가 지나간 모습을 목격하지 못했습니다. 그런데다 매시 관의 현관은 잠겨 있으므로 그곳을 통해 건물 밖으로 나가서 윌리엄 관으로 갔다고 생각할 수도 없습니다. 자아, 이 불가능한 상황을 어떻게 타파하시겠습니까?"

후유키는 한쪽 팔꿈치를 짚고 파이프를 든 채 사람들에게 시선을 보냈다.

"열쇠는 집사가 관리하고 있다고 했는데, 그 열쇠 외의 열쇠가 존재하는 건 아니겠지?"

오다기리는 만일을 위해서 물어보았다.

"그런 속임수는 쓰지 않았습니다."

"'그런' 속임수는 쓰지 않았지만 다른 종류의 속임수는 썼지. 여벌 열쇠를 사용하는 것처럼 옹졸한 게 아니라, 좀더 다이나믹한 사기야."

히라쓰카가 미소 지었다. 오다기리는 미즈키와 얼굴을 마주 보았다.

"히라쓰카 씨, 너무 조언이 많으면 수수께끼가 풀려버립니다."

"그렇군. 아아, 정말로 전부 말해버리고 싶은데 말이야. 갑옷기사의 망령에 관한 수수께끼도, 데이비드가 경악한 이유도."

히라쓰카는 또 어린애처럼 몸을 꼬았다.

"옛날 에피소드까지?"

미즈키가 이맛살을 찌푸렸다.

"그래, 전부 풀렸어. 하나의 수수께끼가 풀리니까 스웨터의 털실이 풀리듯이 줄줄이, 흔적도 없이 깨끗하게 풀리더군. 후유키가 처음에 말했던 것처럼 과거에 일어났던 괴이한 두 사건은 오늘밤의 참극과 밀접한 관계가 있어."

오다기리는 생각했다. 범인은 후유키, 중앙응접실을 비운 것은 10시 15분부터 35분, 매시 관의 현관에는 자물쇠가 잠겨 있었다, 그런데도 후유키는 윌리엄 관에서 히라쓰카를 살해했다. 시간 트릭인가, 공간이동 트릭인가.

이와이는 팔짱을 끼고 담배를 피우고 있다. 미즈키는 턱에 손을 대고 좌우로 고개를 갸웃거린다. 사토미 부인은 무릎덮개 위에 양손을 모으고 가만히 천장을 바라본다. 히라쓰카는 히죽거리며 위스키를 홀짝홀짝 마시고 있다. 중앙응접실은 완전히 침묵해버렸다.

"한 가지 사실에 너무 몰입하면 본질을 찾기 어려워지는 경우가 왕왕 있습니다. 일단 머리를 잠깐 쉬도록 하죠. 아인슈타인도 풀 수 없을 거라고 생각했던 고교 물리 문제가, 라디오 심야방송에 귀를 기울이는 동안 갑자기 풀려버리는 경험을 하신 적 없습니까? 텔레비전 채널을 바꾸는 사이에 생각지도 못했던 영감이 떠오를지도 모르는 일입니다. 만약 그래도 하늘의 목소리가 들리지 않는다면 내일 아침 잠에서 깬 뒤에 창문 밖의 지면을 살펴보시기 바랍니다. 마지막 힌트를 발견할 수 있으실 겁니다."

후유키가 그렇게 마무리하고, 추리극은 막간으로 들어갔다.

그리고 여섯 사람은 옛날 이야기를 안주 삼아 술잔을 나누었고, 오전 1시가 지나 연회가 끝났다.

윌리엄 관 2층 침실로 돌아온 오다기리는 오늘 저녁의 사건을 반추했다. 침대에 드러누워서 수첩을 펴고 미즈키를 흉내내듯 살인극의 타임 테이블을 작성했다. 갑옷기사의 망령, 망령을 찾아왔던 소년. 두 에피소드를 떠올리며 줄거리를 조목조목 적었다. 그러나 아무것도 떠오르지 않았고, 펜을 움직이는 도중에 잠에 빠져버렸다.

갑옷기사, 다시 하늘로 사라지다

다음 날 아침 오다기리는 7시에 일어났다. 침대에서 나오자마자 후유키의 말을 떠올리고 창가로 걸어가서 밖을 보았다.

정면에 노송나무들이 보인다. 나무와 나무의 간격이 조밀해서 잎사귀가 우거진 것이 마치 녹색 스크린 같은 느낌이다. 시선을 떨어뜨리자 잔디에 덮인 지면이 보였다. 특별히 시선을 끄는 것은 없다. 창유리에 얼굴을 바짝 붙이고 시선을 더욱 아래쪽으로 내린다. 잔디가 끊어지고 화단이 나타났다. 붉은 벽돌로 둘러싸인 가늘고 긴 공간에 붉은색과 흰색의 작은 꽃이 잔뜩 피어 있다.

별것 없는데? 하고 생각하면서 오다기리는 고개를 좌우로 저었다. 그 순간 화단의 왼쪽에서 이변이 느껴졌다. 단정한 꽃을 짓밟듯이 뭔가 커다란 것이 드러누워 있다. 인간 모습을 한, 그러나 묵직한 은빛을 띤 그것은 오다기리의 눈에는 갑옷처럼 보였다. 움직이는 눈치는 전혀 없다. 강궁을 맞고 쓰러진 최전선의 병사처럼 가만히 화단 안에 파묻혀 있었다.

오다기리는 옷을 차려입고 방을 나왔다.

중앙응접실에는 이미 후유키 부부가 중앙 테이블에서 커피를 마시고 있었다.

"마지막 힌트는 저 갑옷인가?"

오다기리는 아침 인사도 하지 않고 대뜸 물었다. 그렇습니다, 하고 후유키가 대답했다.

"무슨 힌트인지 전혀 모르겠어. 옛날에 나왔다는 갑옷기사 망령과 관계가 있나?"

"그렇게 서두르지 마시길. 다른 분들이 전부 모이면 설명하겠습니다. 우선 배부터 채우시죠."

삼삼오오 사람들이 모이기 시작했다. 다들 창밖의 갑옷을 발견하고 그에 대해 후유키에게 질문을 던졌다. 후유키는 변죽 울리는 미소만 짓고 대답하지 않았다.

아침식사는 오렌지주스와 우유를 끼얹은 시리얼, 바삭바삭한 베이컨과 구운 토마토를 곁들인 프라이드 에그, 토스트와 마멀레이드, 그리고 밀크 티. 전형적인 잉글리시 블랙퍼스트였다.

식사가 끝나자, 후유키는 집사를 불러서 관의 열쇠를 가져오도록 했다. 이윽고 그가 가져온 것은 직경 이십 센티미터는 될 커다란 열쇠다발이었다. 적당히 낡아서 윤이 나는 황동 고리에 쇠로 된 투박한 열쇠가 몇 개나 주렁주렁 달려 있다.

"여러분은 관의 정원에 갑옷이 방치되었다고 말씀하셨습니다. 주인으로서 못 들은 체할 수 없는 이야기군요. 소중한 골동품은 실내로 돌려놓아야 합니다. 그리고 그런 장난을 한 괘씸한 자를 찾아내야만 합니다. 저 혼자서는 힘에 부치는 일이므로, 여러분도 부디 거들어주시기 바랍니다."

후유키는 열쇠다발을 들고 일어서서 문으로 향했다.

이때 오다기리는 가벼운 위화감 같은 것을 느꼈다. 그러나 그 정체를 파악하기 전에 후유키는 W문을 열고 복도로 나가버렸다. 다른 손님들도 뒤를 따랐다.

현관에는 빗장이 걸려 있었다. 후유키는 우선 그것을 빼고, 다음에 열쇠다발 속의 열쇠 하나를 자물쇠의 구멍에 넣어 풀었다.

바깥은 덥지도 않고 춥지도 않은 10월의 온화한 날씨였다. 산 공기는 청명하고 하늘은 한없이 투명하게 푸르렀으며 산새들의 지저귐도 들려왔다.

일행은 건물 벽을 따라서 오른쪽으로 꺾었다. 벽돌에 둘러싸인 화단이 있다. 하얀색과 보라색과 주홍색 사루비아가 지금이 한창이라는 듯 피어 있었다. 그 한쪽을 유린하는 강철의 갑옷은……

"없잖아?!"

미즈키가 얼빠진 소리를 냈다.

갑옷이 보이지 않았다. 왼쪽을 보아도 오른쪽을 보아도 사루비아 꽃들이 가지런히 심겨 있을 뿐이다. 갑옷이 보이지 않을 뿐만 아니라 꽃이 어지럽혀진 흔적도 없었다. 화단 바깥으로 튀어나간 것도 아니다. 광대한 잔디밭 위에 드러누워 있는 것도 아니다. 나무들 속에도 존재하지 않는다. 오다기리는 직접 나무 사이로 들어가서 나뭇가지 너머에 가려져 있지 않은지 조사했지만, 그렇지도 않았다.

"갑옷은 어디로 사라진 것일까요. 예전에 이 관에 살고 있었다던 기사 로버트의 망령이 21세기에 되살아난 것일까요? 이것이 마지막 힌트입니다."

후유키가 파이프를 한손에 들고 일동을 돌아보았다. 히라쓰카도 답을 아는지 마찬가지로 히죽거리며 담배를 피우고 있었다.

"아침식사 동안 집사에게 치우라고 한 건 아니겠지?"

어리석은 질문임을 알면서도 오다기리는 확인했다.

"물론 아닙니다. 현관은 지금까지 잠겨 있었습니다. 의심하실 거라면 고용인을 추궁해보셔도 괜찮습니다."

"거울인가?"

미즈키가 중얼거렸다. 오다기리는 깜짝 놀랐다. 앞뒤, 좌우, 위아래로, 주의 깊게 고개를 움직였다.

침실에서 본 갑옷은 거울에 비친 허상이었을까? 거울을 사용하면 화단에서 떨어진 곳에 놓인 갑옷을 화단에 있는 것처럼 보이게 할 수 있다. 몇 개 거울을 조합하면 설령 갑옷 실물이 옥상에 놓여 있더라도 그 허상이 침실 창문에서 보이게 할 수 있다. 다만 갑옷 정도 되는 커다란 물건을 보이게 하려면 손거울 정도로는 한참 모자란다. 그러나 오다기리가 보기론, 그렇게 커다란 거울은 눈에 보이는 범위에 존재하지 않았다.

미즈키가 종종걸음으로 현관 쪽으로 향했다. 그의 의도를 알아차리고 오다기리도 뒤를 쫓았다. 다시 한번 침실에서 화단을 보려고 한 것이다. 정말로 거울 트릭을 사용했다면 지금도 갑옷의 모습이 보일 것이다.

미즈키는 커다란 몸뚱이를 흔들며 현관홀의 계단을 뛰어올라가서 왼쪽 열 한가운데 방으로 들어갔다. 오다기리도 같은 방에 들어가서 창가에 다가갔다.

갑옷은…… 보이지 않았다. 화단에도, 지면의 다른 부분에도 보이지 않았다. 후유키와 히라쓰카가 이쪽을 올려다보며 손을 흔들 뿐이다.

"거울이 아닌가……"

미즈키는 크게 숨을 내쉬면서 돌아보았다. 그리고 앗! 하고 소리쳤다.

"왜 그래?"

오다기리는 물었지만, 미즈키는 눈을 크게 뜬 채로 굳어버렸다.

"왜 그래, 무슨 일이야?"

다시 한번 묻자, 미즈키는 입술을 떨며 말했다.

"사라졌어……"

"그래, 사라졌어. 갑옷은 어디에도 없어."

"아냐. 사라졌어……"

"그러니까 갑옷은 사라졌……"

"사라졌어…… 그렇다면…… 설마…… 아니, 하지만……"

미즈키는 의미를 알 수 없는 말을 띄엄띄엄 되뇌었다.

"이봐, 미즈키, 뭔가 알았나? 뭔가 안 거야?"

오다기리는 미즈키의 어깨를 잡고 앞뒤로 흔들었다.

"자네 방에 한번 가보게."

미즈키는 짜내는 듯한 목소리로 말했다.

"왜?"

"가보면 알아."

미즈키는 화난 듯한 목소리로 말하더니 어깨에 얹힌 오다기리의 팔을 뿌리쳤다. 오다기리는 어안이 벙벙했지만 일단 복도로 나가서 왼쪽

방으로 들어갔다. 곧바로 창문까지 걸어가서 바깥을 보았다. 갑옷은 보이지 않았다.

오다기리는 고개를 갸웃거리면서 창문에 등을 돌렸다.

그러자, 위화감이 느껴졌다.

그러나 구체적으로는 무엇인지 곧바로 깨달을 수는 없었다.

오다기리는 몸을 창문 쪽으로 돌리고, 다시 한번 바깥을 보았다. 화단에 갑옷은 없다. 후유키와 히라쓰카와 이와이가 서 있다. 고개를 실내로 돌렸다. 이상한 기분이 든다. 그러나 그 정체는 알 수 없다. 바깥을 보고, 고개를 돌리고, 다시 바깥을 보기를 반복하는 중에 위화감이 점점 흐려져갔다.

갑자기 옆방에서 우렁찬 목소리가 울려퍼졌다.

"풀었다! 모든 것이 하나로 이어졌다!"

관의 주인이 던진 도전장

중앙응접실의 테이블에 도착하자 후유키가 말했다.

"마지막 힌트는 어떠셨습니까? 서비스가 좀 지나쳤나요? 어제도 아낌없이 힌트를 내드렸었죠.

자아, 이제 시간이 다 되었습니다. 드디어 명탐정이 단상에 올라갈 시간이 찾아왔습니다. 어젯밤 단계에서 히라쓰카 씨가 진상을 깨달으신 듯합니다만, 그밖에 또 알아내신 분 계십니까?"

마술은 깨어지고

"너의 악행도 여기까지다!"

미즈키가 후유키를 가리켰다.

"이제야 간신히 골인 지점에 도착하셨나? 삿대질 하나만큼은 명탐정이시구먼."

히라쓰카가 야유했다.

"명탐정은 그 숙명 때문에, 무대가 만들어지지 않으면 진상을 간파할 수 없는 법이라고."

"다른 분들은 어떠십니까? 풀지 못하셨습니까? 그러면 히라쓰카 씨와 미즈키 씨, 어느 분께서 단상에 서시겠습니까?"

후유키가 물었다.

"당연히 내가 해야지."

미즈키가 등나무 스틱 손잡이로 밀짚모자의 챙을 슬쩍 밀어올려 보였다.

"그럼, 여기서는 드루리 레인에게 경의를 표하도록 함세."

히라쓰카가 얌전히 양보해서, 미즈키 히로시가 수수께끼 풀이를 시작했다.

명탐정은 일어서서 천천히 일동을 돌아보았다.

"원래 탐정이란 인종은 변죽만 울려대는 경우가 많아서, 관계자 일동을 모아놓고 수수께끼 풀이를 시작해놓고도 자질구레한 이야기만 늘어놓다가, 늘 진짜 마지막이 되어서야 경악스런 트릭을 밝힙니다. 쇼트케이크의 딸기를 마지막까지 남겨두는 어린애와 다를 것이 없죠. 그러나 저는 아주 성질이 급해서 라면에 들어간 돼지고기를 제일 먼저 먹어버리는 타입입니다. 그러므로 이번에도 곧바로 본론으로 들어가도록 하겠습니다."

"이미 신나게 변죽 울리고 있잖은가."

이와이의 놀림을 웃음으로 흘리며, 미즈키는 테이블을 벗어났다. 그에 다른 면면들도 자리에서 일어섰다.

미즈키는 문 앞에서 일동을 돌아보았다. M 도기판이 붙은 문이었다.

"범인은 자신의 상황에 따라서는 거짓말을 하지. 이번 사건의 범인은 후유키 도이치로야. 따라서 우리는 후유키가 하는 말을 그대로 받아들여서는 안 돼. 예를 들어 후유키는 이런 거짓말을 했지. 사건이 발생한 그 무렵, 자신은 매시 관의 서재에 있었다고."

미즈키는 좌우의 문손잡이를 쥐고, 맞은편으로 힘차게 밀었다.

아앗! 하는 소리가 파문처럼 퍼져나갔다.

문의 저편에는 매시 관의 복도가―없었다. 벽도 천정도 없다. 보이는 것은 녹색의 잔디밭이고, 그 위로 푸른 하늘과 하얀 구름이 보였다. 문 너머는 바로 건물 밖이었다.

오다기리는 멍청히 그 자리에 못박혔다. 그러나 이내 정신을 차리고, 중앙응접실의 다른 문을 향해 달렸다. W 도기판이 붙어 있는 문이다.

W문을 열었다. 맞은편에는 복도가 이어져 있었다. 벽도 천장도 있다.

오다기리는 이어서 다른 하나의 문으로 달려가서 E문을 열었다. 건너편으로는 복도가 이어지고 있었다. 벽도 천장도 있었다.

"산세이 관에 매시 관 따윈 존재하지 않았던 거야. 후유키가 그럴듯하게 둘러댄 것뿐이지."

미즈키가 말했다. 후유키는 파이프를 한손에 들고 싱글거리고 있다.

"하지만…… 우리는 몇 번이나 매시 관 안을 걸어다녔잖아……"

오다기리는 혼란스러운 머리로 M문 쪽으로 돌아갔다.

"그게 후유키에게 당한 거라고. 어떤 트릭을 사용해서 다른 동을 매시 관이라고 생각하게 만들었어."

"어떤 트릭?"

"응, 그 설명은 잠시 기다려줘."

"하지만…… 어떤 트릭이 사용되었든 매시 관 자체가 존재하지 않으면 옛날이야기와 앞뒤가 맞지 않아. 이 관은 원래 3세대 주택으로 세워졌잖아? 어째서 윌리엄과 에드워드의 2세대 주택만 있고, 매시의 집이 없는 거지? 매시는 이 M 문 밖에서 텐트 생활이라도 했다는 거야?"

"그 시대에는 매시 관이 존재했어. 스리 스타 하우스란 이름대로 벤츠의 마크 같은 방사구조를 이루고 있었지. 그러면 왜 현재는 매시 관이 존재하지 않는가, 그 이유는 잠시 뒤에 이야기하지."

"정작 중요한 설명은 전부 나중이라. 역시 변죽 울리고 있잖아."

이와이가 비웃었다.

"아니, 여기서는 순서대로 설명하는 편이 이해하기 쉬워. 우선은 첫 번째 전설을 해명하지. 갑옷기사의 망령에 대해서.

이미 의혹이 나왔듯이, 갑옷기사의 망령은 골칫거리 숙부를 내쫓기 위해서 삼형제가 만들어낸 것이었어. 맨 처음에는 매시가 갑옷 안에 들어가서 고든의 방에서 날뛰었지. 그러면 그 매시가 연기한 갑옷기사는 어떻게 사라졌는가. 고든의 방은 윌리엄 관 2층이었지? 갑옷기사의 등장에 깜짝 놀란 그는 침실을 탈출해서 중앙응접실로 도움을 요청하러 갔어."

그렇게 말하면서 미즈키는 중앙응접실 가운데를 이동했다. 다들 뒤를 따랐다.

"고든은 저편에서 달려와서 이 문을 통해 중앙응접실로 들어왔지."

미즈키는 W문 앞에 멈춰 서고 윌리엄 관의 복도와 중앙응접실의 바닥을 번갈아 가리켰다.

"그때의 문의 상태는 이랬어."

그렇게 말하며 미즈키는 문의 도기판을 손바닥으로 눌렀다가 잠시 후 그 손을 치웠다.

오다기리는 나직하게 탄성을 질렀다. 도기판이 M으로 바뀌어 있었다. 단 몇 초 전에 W였던 것을 보았는데.

"참고로, 이렇게 할 수도 있지."

미즈키는 다시 한번 도기판을 손바닥으로 눌렀다. 손을 떼자, 도기판이 E로 바뀌어 있었다. 아니, 엄밀히 말하면 변한 것이 아니라 그렇게 보일 뿐이다.

"요컨대 도기판이 회전하는 거지. 원래는 고정되어 있었겠지만 고든 숙부를 쫓아내기 위해서 삼형제는 이렇게 조작했던 거야."

W라 씌어 있는 판을 시계방향으로 90도 돌리면 E가 되고, 거기서 또 90도를 움직이면 M이 된다. 문자가 그렇게 보이는 것이다. 도기판의 문자가 고딕체였다면 W를 눕히더라도 E로 읽기 어려웠을지도 모른다. 그렇지만 이 도기판의 문자는 포도덩굴 형태를 이루는 장식적인 글자이고 원래부터 추상적인 디자인이므로 W와 E와 M으로 바꿀 수 있었던 것이다.

"다른 두 개의 문 도기판도 마찬가지로 회전하게 되어 있어. 고든 숙부가 들어왔을 때 윌리엄 관으로 이어지는 이 문의 글자는 M이 되었고, 그것에 맞춰서 다른 문의 도기판도 움직여두었지. 에드워드 관의 문이 W고, 매시 관의 문이 E야. 이 차이는 어떤 사태를 부르게 될까?

고든은 중앙응접실에서 윌리엄과 에드워드를 상대로 침실에서 벌어진 일을 이야기한 뒤 두 사람을 데리고 갑옷기사를 확인하러 갔지만, 이때 그들이 간 곳은 고든의 침실이 아니야. 고든의 침실은 윌리엄 관이니까 W문을 열고 복도를 나갔지. 그렇지만 그 도기판은 사실은 E였기 때문에, 실제로 그들은 에드워드 관으로 나간 게 돼. 기사가 나온 것은 윌리엄 관, 찾으러 간 것은 에드워드 관. 못 찾는 게 당연해. 그러면서 고든의 침실에 해당하는 에드워드 관의 방에는 제일 먼저 에드워드가 들어가서 아까까지 사람이 자고 있었던 것처럼 침대를 어지럽혀 놓았으므로 고든은 수상함을 알아차릴 수 없었어.

윌리엄 관으로 보인 에드워드 관을 조사한 세 사람은 이어서 겉보기에는 매시 관, 실제로는 윌리엄 관도 조사하지만, 그곳에서도 갑옷기사와 조우하지 않았어. 왜냐하면 윌리엄 관에서 갑옷기사로 변장해 있던 매시는 고든이 침실에서 도망쳐나온 직후에 변장을 벗고 이미 중앙응접실로 나와 있었으니까. 모든 관의 수색이 끝난 뒤에는 도기판도 원래대로 되돌려놓았지.

그리고 매일 삼형제는 같은 일을 반복했어. 닷새째의 사건은 그때까지와는 약간 달랐지만, 기본이 되는 트릭은 마찬가지야. 갑옷기사를 가둔 방은 윌리엄 관이지만 그 뒤에 무기를 조달하자는 명목으로 윌리엄은 고든을 중앙응접실로 유도하고, 무기를 장비한 뒤에 용감무쌍하게 출격할 때에는 W문을 통해 에드워드 관으로 갔으니 기사가 없는 것이 당연해. 에드워드 관의 2층 왼쪽 열 앞에서 두번째 방. 즉 윌리엄 관에서 고든의 침실과 같은 위치에 있는 방 앞에는 미리 바리케이트를 쌓아두고, 그 안의 침대에는 검을 꽂아두었지."

그런 속임수가 통했던 이유의 첫번째는 삼형제가 아버지의 유언을 지켜왔다는 것. 세 사람은 균형적인 역학관계의 상징으로 세 개의 동을 같은 설계로 건축했어.

두번째로, 고든이 손님이었기 때문이야. 세 개의 동을 같게 지었다고 해도 사는 사람이 다르면 내용물이 미묘하게 차이가 나게 마련이지. 그런데 고든은 이 관에 항상 사는 게 아니어서 세 관의 차이를 곧바로 알아차리지 못했어. 마찬가지로 고용인의 차이도 눈치 채지 못했지. 예를 들면 겉보기에 윌리엄 관이었던 곳에서 만난 고용인은 사실은 에드워드 관에서 일하는 사람이었어. 하지만 어느 고용인이 어느 관에 고용되어 있는지 충분히 파악하지 못했기 때문에 관과 고용인의 조합이 이상하다는 걸 깨닫지 못한 거야. 귀족의 입장에서 고용인은, 하물며 남의 집의 고용인은 관심없는 존재였다는 시대배경도 도움이 되었을 테지."

그러나, 하고 미즈키는 말을 이었다.

"도기판 트릭만으로는 어제 사건을 풀 수는 없어. 거기서 필요한 것이 데이비드의 에피소드야. 그 소년은 열리지 않는 문 너머에서 무엇을 보았을까? 그 문이 M이었다는 것을 생각하면 답은 이미 알 거라고 생각해."

"바깥을 본 건가……"

오다기리는 중얼거렸다.

"그래, 아까 너희가 놀랐던 것처럼. 만약 데이비드의 방문이 전날 낮이었다면 데이비드는 관에 도착한 시점에 매시 관이 없다는 것을 깨닫고 그렇게 놀라지도 않았을 거야. 관 전체를 밖에서 보면 매시 관 부분이 없는 것은 일목요연하니까. 그런데 데이비드는 하루 묵고 싶어서 날이 저문 뒤에 도착했기 때문에, 관의 모습을 밖에서 관찰할 수 없었어.

그러면 어째서 삼형제의 시대에는 존재하던 매시 관이 이후에 사라져버렸는가. 그 수수께끼를 푸는 열쇠는 갑옷기사의 망령사건 이후에 벌어진 슬픈 사건이지. 삼형제 중 막내인 매시가 죽었어. 가족들도 참 살당했어. 그 슬픔을 극복하기 위해서 윌리엄과 에드워드는 매시라는 동생이 처음부터 이 세상에 없었다고 생각하려 했어. 그 한 가지 수단으로서 매시의 추억의 물건을 전부 처분했지. 매시의 추억이 담긴 매시 관도 헐어버렸던 거야."

그런 거였군, 하고 오다기리는 한숨을 쉬었다.

"따라서, 그 뒤에 다른 사람 손에 넘어간 스리 스타 하우스에는 매시 관 부분이 존재하지 않았어. 데이비드가 방문했을 때 M문이 쇠사슬로 봉인되어 있었던 것은 방범을 위한 조치였을 거야. 바깥과 바로 이어지는 문이니까."

후유키는 파이프 담배를 피우면서 부드럽게 미소 짓고 있다. 미즈키의 설명에 오류가 없다는 뜻일 것이다.

"그리고 이야기는 현대로 건너뛰지. 후유키 도이치로라는 극동의 괴짜가 멀리 영국의 땅에 세워져 있던 스리 스타 하우스를 구입하고 일본으로 이축을 꾀했어. 이축이니까, 상태는 영국에 세워졌을 때와 동일해. 중앙응접실 문의 도기판이 회전하는 것도, 매시 관이 존재하지 않는 것도. 그리고 이축된 이 관에 지인들을 초청해서 파티를 연 그날 밤에 살인사건이 발생하지. 초대객 중 한 사람인 히라쓰카 다카카즈가 윌리엄 관 2층에서 살해당한 거야. 관 안에 있던 아무도 히라쓰카를 죽일 수 없다는 불가능범죄였지. 그러나 관의 두 가지 특징이 밝혀진 지금, 수수께끼는 이미 수수께끼가 아니야."

미즈키는 청중을 시험하듯이 말을 끊었다. 오다기리는 생각했다.

후유키는 M문으로 중앙응접실로 나갔지만, 문 건너편은 매시 관이 아니다. 문밖이다. 후유키는 건물 밖을 돌아서 문이 잠기지 않은 윌리엄 관의 현관에서 안으로 들어와 2층 침실에서 히라쓰카를 살해하고, 왔던 길의 반대 루트로 M 문을 통해 중앙응접실로 돌아왔다.

"시체 발견 뒤의 행동 역시 교묘하고도 현란했지. 후유키는 자신이 범인이 될 수 없다는 것을 어필하기 위해서 매시 관의 문이 잠긴 것을 모두에게 확인시켰는데, 매시 관이란 건물 따윈 현실에서 존재하지 않지. 따라서 다른 동을 매시 관으로 생각하게 만들 필요가 있어. 그러기 위해서 우선 중앙응접실로 집사를 부르지. 집사는 윌리엄 관 지하에서 찾아오므로 W문에서 나타나게 되지만, 후유키는 집사에게 윌리엄 관의 현관문을 잠그라고 명령한 뒤, 도기판을 오른쪽으로 90도 돌려서 E로 만들어버렸어. 그리고 잠시 중앙의 테이블에서 토의한 뒤에 매시 관을 조사하게 되는데, 이때 후유키는 제일 먼저 에드워드 관으로 통하는 문까지 가서, E였던 도기판을 오른쪽으로 90도 돌려서 M으로 만들어버렸지. 따라서 그 뒤에 다들 확인한 것은 에드워드 관의 문이 잠겨 있는 모습이었던 거야.

이어서 이와이의 결백을 증명하기 위해서 에드워드 관의 문을 조사하게 되지. 일단 중앙응접실로 돌아온 후유키는 일동을 E문 쪽으로 향하게 해놓고, 지금 들어온 문의 도기판을 M에서 E로 원래대로 되돌려놓았어. 다들 향하고 있는 E문은 아까 집사를 불렀을 때에 후유키가 조작해두었으니까 원래는 W. 따라서 조사한 것은 에드워드 관이 아니라 윌리엄 관.

여기서 주목해야 하는 것이, 그 전에 후유키가 취했던 행동이야. 원래 윌리엄 관의 현관에는 열쇠도 빗장도 걸려 있지 않았어. 그러니까 그때까지는 윌리엄 관을 에드워드 관이라고 오인시킬 수 없어. 거기서 그는 집사를 불러서 문을 잠그게 한 거지. 어때, 정말 현란하지? 가짜 에드워드 관을 다 조사하고 나서 중앙응접실로 돌아온 뒤에 E의 도기판을 W로 고쳐놓았고. 그로써 맨 처음 상태로 돌아갔지."

중앙응접실은 넓고 조명도 어두워서 상당히 가까이 가지 않으면 문의 도기판에 있는 문자를 판독할 수 없다. 또 중앙응접실에는 가구나 미술품이 거의 없고, 둥근 천장은 아라베스크 무늬라서 방향을 파악하기 힘들다. 그런 조건도 트릭의 성립에 일역을 담당했을 것이라고 오다기리는 생각했다.

"그런데 지금까지의 이야기를 들으면서 한 가지 의문이 들지 않나? 그래, 윌리엄 관을 에드워드 관이라고 생각하게 만든다고 했는데, 두 관에는 결정적인 차이가 있어. 윌리엄 관의 2층 방에는 시체가 있는 거야. 그것을 발견하면 건물 오인 트릭이 간파되어버리지.

이야, 정말 후유키는 빈틈이 없었어. 시체 검시를 할 때, 이 친구가 어떻게 행동했나? 시체에 대한 예의라고 하면서 바닥에 굴러다니던 시체를 침대 위에 눕히고 그 위에 모포와 침대커버를 덮었어. 시체를 감춰버린 거야. 어디 그것뿐이던가? 에드워드 관의 방이라 생각하고 봤을 때 문진이 바닥에 떨어져 있으면 수상하겠지? 그래서 책상 위에 되돌려놓았지. 아무도 없어야 할 방의 재떨이에 꽁초가 있어도 이상하니까 회수했어. 이 두 가지 행동은 일련의 흐름 속에서 아주 자연스럽게 이루어졌어. 기억하나? 후유키는 손수건을 두른 손으로 문진을 집어들었지? 증거품에 지문을 남기지 않기 위한 배려로 보이게 하면서 문진을 책상 위에 올려놓았던 거야. 그리고 후유키는 옆에 있는 재떨이 위에 손수건을 펼쳐서 꽁초를 담아갔어. 마술사 같은 손놀림이었지. 더욱 세심한 배려로서, 시체가 있는 이 방을 에드워드 관의 방으로 보여주던 때에는 담배 파이프를 휴대하고 있었어. 이 방에는 히라쓰카가 피운 담배 냄새가 남아 있어. 담배 파이프에서 나는 강한 향기로 그것을 느끼지 못하게 만들려고 했던 거야."

"훌륭합니다. 전부 간파당해버렸군요."

후유키가 고개를 축 늘어뜨렸다.

"히라쓰카 씨를 죽인 동기는—출생에 관련된 비밀을 폭로하겠다고 협박받았기 때문입니다. 히라쓰카 씨가 중앙응접실을 나가기 전에 속을 터놓고 이야기하자고 해서 윌리엄 관의 방을 방문했습니다만, 이야기가 전혀 통하지 않아서 욱하는 마음에…… 처음부터 죽일 생각으로 간 것은 아닙니다. 당당하게 중앙응접실을 통해 직접 윌리엄 관으로 가지 않았던 것은 켕기는 구석이 있는 인간의 본성이라고 말씀드릴 수 있겠지요……"

그렇게 차분하게 시나리오를 보충한 후유키는, 고개를 들더니 장난꾸러기 아이처럼 살짝 혀를 내밀었다.

"그다음은 차를 마시면서 하는 게 어떠시겠어요?"

사토미 부인의 제안을 그대로 받아들여 일동은 테이블로 이동했다.

대단원?

“뭐, 거들먹거리며 탐정 역할을 하긴 했지만, 오늘 아침의 힌트가 없었더라면 아무것도 못 풀었을 거야.”

미즈키는 머리를 긁으면서 찻잔을 입으로 가져갔다.

“트릭을 깨달은 직접적인 계기는 뭐죠?”

후유키가 질문했다.

“침실의 상태. 그 힌트의 답은 이미 설명할 것도 없겠지? 갑옷은 윌리엄 관 옆의 화단에 있었고 우리는 그것을 윌리엄 관의 2층에서 목격했어. 그런데 후유키는 그 도기판 트릭을 이용해서 우리를 에드워드 관 옆의 화단으로 유도했어.

나는 처음에 깨닫지 못하고 거울이 사용된 것은 아닐까 해서, 2층 창문에서 본 모습을 다시 확인하기 위해서 침실로 갔어. 그랬더니 방의 상태가 이상한 거야. 짐이 없더라고. 아침에 일어나서 옷을 갈아입고 슈트케이스를 열어놓은 채로 침대 위에 놓았는데, 그게 보이지 않아. 여우에게 홀린 듯한 기분으로 실내를 돌아보니 책상 위에 놓아둔 모자와 의자에 걸쳐둔 스틱도 사라져 있지 뭔가.”

자신이 느낀 위화감도 마찬가지였음을 오다기리도 간신히 이해했다. 그때 들어갔던 곳은 윌리엄 관에 할당되어 있던 자신의 방이 아니라, 에드워드 관의 빈 방이었던 것이다.

위화감 하니 오다기리는 아침식사 뒤 중앙응접실에서도 묘한 기분을 느꼈는데, 그것의 정체도 지금은 이해가 갔다. 집사가 열쇠꾸러미를 들고 왔던 문과 후유키가 나가려고 한 문이 달랐던 것이다. 전자는 윌리엄 관으로 통하는 문이고 후자는 에드워드 관으로 통하는 문이었다. 하지만 후유키에 의해서 후자의 도기판도 W가 되어버렸으므로 잘못된 길로 유도되고 있다는 것을 깨닫지 못했다.

"나는 죽어 있는 동안에 깨달았어."

히라쓰카가 말했다.

"시체가 되어 침대에 누워 있는데 건물에 사람들이 줄줄이 들어왔어. 역할이 끝났다고 이야기하러 온 건가 싶했는데 그게 아니더군. 그러면 다시 시체 검시를 하려나 싶었는데, 내가 있는 침실에는 들어오지 않더라고. 그러면 뭘 하러 왔을까 하고 귀를 기울여봤더니, 정말 이상한 기분이 들더구먼. 그 건물은 윌리엄 관이었는데도 에드워드 관을 조사하고 있는 것 같지 뭔가. 그래서 나는 왜 그런 엉뚱한 실수가 발생했을까 생각하고, 과거의 에피소드와 비교 대조 해보면서 건물에 숨겨진 트릭을 간파하는 데 이르렀지. 그렇게 머리를 굴려본 건 대학 시절 이후로 처음이었어."

"지하를 조사해보면 좋았을걸 그랬군."

이와이가 작게 혀를 찼다. 지하? 오다기리가 그렇게 되물었다.

"후유키 녀석이 게임의 룰에는 숨겨진 통로가 없다고 단언하는 바람에 지하는 조사하지 않았잖아. 지하라서 창문도 없을 테니까. 하지만 꼼꼼하게 조사해봤다면 윌리엄 관을 에드워드 관으로 보이게 꾸몄다는 걸 알 수 있었을 거야. 어리석었지."

오다기리는 아직 무슨 소린지 이해할 수 없었다.

"그곳이 진짜 에드워드 관이었다면 지하에는 아무도 없었을 거야. 한편 윌리엄 관의 지하에서는 집사와 요리사와 메이드가 살고 있어."

"그렇군. 에드워드 관 지하에 고용인이 있으면 이상하니까."

"주방의 상태를 봐도 에드워드 관이라는 말에 의심을 품었겠죠. 최근에 사용된 흔적이 있었으니까. 저녁식사를 만들었던 곳은 윌리엄 관의 주방입니다."

후유키가 보충했다. 아아, 그렇군, 하고 오다기리는 감탄하며 고개를 끄덕일 뿐이다.

"한 가지 풀리지 않는 점이 있는데."

미즈키는 그렇게 입을 열며 정색을 하고 후유키를 보았다. 뭐죠? 하고 후유키가 마주 보았다.

"배역 정하는 방식. 이번 추리극의 범인은 이 관의 주인밖에 할 수 없다고 생각해. 시나리오를 한 번 읽어보기만 해선 도기판을 어느 방향으로 돌려야 하는지, 현재 어느 동에 있는지 헷갈려서 제대로 연기할 수 없을 거야. 사전에 연습이 필요해. 그러나 게스트에게는 그럴 시간을 주지 않았어. 더욱 큰 문제점으로, 집사를 불러서 윌리엄 관의 현관문을 잠그게 하는 부분도 거론할 수 있군. 게스트가 집사에게 명령할 수 있을 리가 없잖은가. 그렇지만 그 부분은 시나리오상 아주 중요하므로 생략할 수는 없어.

따라서 범인 역할은 이 관의 주인이 맡아야 해. 구체적으로는 후유키나 사토미 씨 중 하나야. 하지만 사토미 씨는 그 트릭을 사용해도 2층 현장에 갈 수 없으니까, 범인 역할에 적임자는 실질적으로 후유키 한 사람이 돼. 그런데 문제가 있어. 배역은 추첨으로 결정했잖아? 사토미 씨를 제외한 다섯 명이 추첨을 했어. 후유키가 범인 배역을 뽑을 확률은 오 분의 일밖에 안 돼. 빗나갈 확률이 훨씬 높아. 그래서 나는 생각했지. 후유키는 아마도 반드시 자신이 범인 역할을 뽑도록 추첨 방식에 뭔가 손을 썼을 것이 틀림없다고. 그렇지만 여기서 또 문제가 생겨. 후유키가 맨 처음에 카드를 뽑는다면 카드에 표시를 해두는 속임수를 생각할 수 있지만, 게스트에게 먼저 뽑게 하고 자신은 맨 마지막 카드를 집었어. 이래서는 속임수를 쓸 방도가 없잖아. 그렇지만 속임수가 없으면 범인 역할을 할 수 없고, 자신이 범인을 연기하지 않으면 극 자체가 성립하지 않아.

뭐, 그런 부분에 의심을 품고 있었는데, 이야기 속의 수수께끼 풀기에 벅차서 이쪽은 답을 내지 못했지. 대체 어떤 트릭이 있었나?"

"뭐야, 간단한 거잖아."

그렇게 말한 사람은 히라쓰카였다.

"추첨에 사용한 카드는 10, J, Q, K, A 다섯 장. 어느 카드를 뽑아도 범인 역할을 할 수 있도록 봉투를 다섯 세트 준비하면 돼."

"엥?"

"어떤 세트는 10 봉투에 범인 역할 시나리오가 들어 있고, 다른 세트에는 J 봉투가 범인 역할—그런 식으로 다섯 세트를 만들어두고, 세트에 따라서 다른 주머니에 넣지. 10의 봉투가 범인인 세트는 상의 왼쪽 주머니, J가 범인인 세트는 상의 오른쪽, Q는 안주머니—뭐, 그런 식으로. 그래서 추첨 결과 10 카드를 뽑으면, 상의 왼쪽 주머니에서 봉투 세트를 꺼내고 사람들에게 분배하지. Q를 뽑으면 안주머니에 손을 찔러넣으면 되고. 마치 봉투는 이 주머니밖에 없다는 듯이. 그 결과, 어떤 카드를 뽑아도 범인은 자기가 되지."

"정답입니다."

후유키는 명랑하게 말하며 턱시도 왼쪽 주머니에 손을 찔러넣더니 봉투다발을 꺼내어 테이블 위에 던져놓았다. 이어서 오른쪽 주머니에서, 그리고 바지 양주머니에서도 봉투다발을 꺼내 보였다.

"어이쿠, 이거 제대로 당했구먼."

미즈키는 숱 없는 머리를 쥐어뜯었다.

"배역을 정할 때도 그랬지만, 지금 생각하면 추리극의 막이 오르기 전부터 극을 향한 세세한 사전작업이 이루어져 있었어."

히라쓰카가 먼 곳을 보는 듯한 시선으로 턱을 쓰다듬었다. 그는 그 이상 말하지 않았지만 오다기리는 대부분 추측할 수 있었다.

우선 S역까지 오는 열차편을 지정해서 게스트들이 저녁에 도착하게 했다. 해가 저문 뒤에 도착하므로 게스트들은 관의 외관을 또렷하게 볼 수 없다. 즉 매시 관이 없다는 걸 들키지 않을 수 있는 것이다. 관의 메인 현관인 윌리엄 관의 옆에는 매시 관 부분을 가리도록 병풍처럼 나무들이 서 있지만, 한낮에 도착하면 그 너머에 건물이 있는지 없는지 금방 알 수 있을 것이다.

관 내부를 안내할 때에도 후유키는 매시 관이 있는 것처럼 행동했다. 맨 처음에 진짜 윌리엄 관을 매시 관으로, 윌리엄 관을 에드워드 관으로 각각 안내했다. 이때 이미 윌리엄 관 2층의 침실에는 각 손님의 짐이 운반되어 있었지만, 그것들은 옷장 안에 들어 있었으므로 에드워드 관으로 소개받았을 때에도 이상하게 생각하는 게스트는 없었다. 짐을 옷장 안에 넣는 것은 집사와 메이드이지만 그들은 게스트를 속이기 위한 의도를 가지고 행동한 것이 아니므로 고용인은 관계없다는 후유키의 말에는 거짓이 없다.

"초대장을 보내는 시점부터 게임은 시작되었어요."

사토미 부인이 웃었다.

"초대장?"

히라쓰카가 이맛살을 찌푸렸다.

"혹시 지금 초대장을 가지고 계신 분 안 계십니까?

후유키가 묻자 미즈키가 상의 주머니에서 봉투를 꺼내서 내용물을 테이블에 펼쳤다. 후유키는 그 일부를 소리 내어 읽었다.

"'연초부터 작업에 들어갔던 사저의 건설이 일단락을 맞았습니다. 그리하여 완성에 앞서 10월 9일과 10일 양일간 각별히 탐정소설을 사랑하시는 여러분들께 사저 안을 보여드리고'—어느 부분이 이상한지 느끼지 못하셨습니까? '건설이 일단락을 맞이하여'라든가 '완성에 앞서'라는 부분. 마치 집이 미완성인 듯한 인상 아닙니까? 실제로 이 관은 완성되어 있지 않습니다. 매시 관 부분이 미착공이니까요."

초대장에는 미완성이지만 실제로 와보면 완성되어 있다는 듯 보인다. 그 차이를 생각해보라는 수수께끼였단 말인가?

"그리고 아마 오다기리 씨였을 텐데, 손님용 침실이 스무 개 있다고 전화로 말씀드렸지요?"

"으응, 그랬지."

"어제 관 내부를 안내받고 이상하게 생각하지 않으셨습니까? 손님용 침실은 한 동에 열 개가 있고 동은 세 개가 보이니까, 침실은 총합 서른 개. 그러나 사전에 제가 이야기한 숫자는 스무 개. 열 개는 어디로 갔을까요?"

"아아, 그렇군. 수가 다르다는 것은 깨달았어. 하지만 나는 그건 분명히 자네가 겸손하게 말하느라 방의 수를 적게 이야기한 거라 해석했어."

당했다는 표정으로 오다기리는 얼굴 한쪽을 찡그렸다.

"즉, 히라쓰카 다카카즈 살인사건이라는 추리극이 있고, 그것을 가상의 전설 두 개가 감싸고, 그것을 다시 한번 현실적인 속임수로 엮는 이중 삼중의 연극이었지. 정말 엄청 공을 들였던 거야."

히라쓰카가 한숨을 쉬었다.

"제가 세운 것은 관입니다. 매매할 주택이 아닙니다. 다만 그냥 보여드리는 것만으로는 아깝다고 생각했습니다. 즐겁게 감상하셨습니까?"

후유키는 가슴을 펴고 함박웃음을 지으며 일동을 돌아보았다.

"그러나 그 추리극은 그리 탐탁지 않군. 경찰이 조사하면 매시 관 따윈 존재하지 않는다는 걸 금방 알 수 있잖아."

이와이는 뭐라고 한마디 해주지 않으면 기분이 풀리지 않는 모양이었다.

"뭐, 어때. 게임이잖아."

미즈키가 쓴웃음을 지었다.

"트릭을 사용한 의미가 전혀 없단 말이야. 트릭을 생각했기 때문에 한번 사용해보았습니다, 하는 느낌이야."

"맞아, 이건 게임이라고. 재미있는 관을 만들었다, 그걸 이용한 마술을 생각했다, 다른 사람에게 보여줘서 깜짝 놀라게 해줘야지—단지 그것뿐이지. 안 그런가, 후유키?"

"하지만 말이야, 이 이동트릭을 성립시키기 위해서는 살인 실행 이전에 게스트에게 건물의 구조를 오인하게 만들 필요가 있어. 그렇게 하고서 계획을 실행한 점을 보면 계획적 범행이란 소리인데, 사전에 계획을 했었다면 경찰의 개입도 상정했을 거야. 그러면 경찰이 조사하면 트릭이 단숨에 간파되어버릴 것은 조금만 생각해도 알 수 있잖아. 따라서 이러한 범행을 행할 도리가……"

"현실적으로만 생각하면 흥이 깨진다니까. 자네는 매주 텔레비전을 보면서, 왜 난투극이 벌어지기 전에 긴급조치를 취하지 않은 거야! 하고 화를 내나?"

이와이가 으음, 하고 입을 다물고, 중앙응접실은 명랑한 웃음소리에 감싸였다.

웃음이 잦아들자 후유키가 어흠 헛기침을 하고 일어섰다.

"그러면 여러분, 제가 고집스레 기획한 행사에 오랫동안 참여해주셔서 정말로 감사합니다. 이후에 그랜드 피날레를 행하고 막을 내릴까 합니다."

"그랜드 피날레?"

게스트들은 얼굴을 마주 보았다.

"지금 준비하고 있으니 잠시 기다려주세요."

후유키와 사토미 부인은 함께 W문으로 나갔다.

커튼콜은 들리지 않아

잠시 후에 W문이 열렸다. 나타난 사람은 사토미 부부가 아니라 검은 옷의 집사였다.

"주인님께서, 이것을."

그렇게 말하며 집사는 테이블 위에 봉투를 두고 방을 나갔다. 봉투 겉면에는 이 자리에 있는 네 사람의 이름이 순서대로 적혀 있었다.

"정말 사람 번거롭게 만드는 친구로구먼."

이와이가 봉투에 손을 뻗고 난폭하게 입구를 뜯었다. 안에는 두 번 접은 편지지가 들어 있었다.

이틀에 걸쳐서 시시한 놀이를 상대해주어 정말로 고맙네. 진심으로 감사하고 있어. 불쾌하게 느끼는 일도 있었겠지만, 부디 용서해주게.

자, 추리극은 해결되었지만 자네들은 아직 석연치 않다고 생각할 거야. 그걸 여기서 보충해두지.

우선 이 관을 세우는 것에 그리 많은 돈이 들지 않았다고 했는데, 그건 사실이야.

이 땅은 부모님에게서 물려받은 곳이야. 하지만 이 주위는 산림이니까 팔아봤자 그리 돈이 되지 않지.

설계는 건축을 공부하는 학생에게 시켰어. 용돈 정도의 돈으로도 기꺼이 맡아주었지.

그림이나 조각은 미대생에게 의뢰했어. 이쪽도 성의의 표시 정도밖에 할 수 없었지만, 실습할 장소를 마련해주었다며 오히려 감사해했지. 특히 벽화는 이런 기회가 없으면 그리고 싶어도 그릴 수 없었을 거라더군.

건축은 진짜 건설업자에게 부탁했지만, 장기불황이라는 것이 유리하게 작용해서 파격적인 공사대금으로 맡아주었어. 건축 자재는 2급품이나 3급품이야. 대리석은 모조품, 벽은 석고보드, 융단은 합성섬유. 나중에 주의 깊게 살펴보도록 하게. 요컨대 이 집은 정교하게 만들어진 무대배경이라고.

가구는 서재를 장식하는 고풍스런 양서들을 포함해 전부 빌린 물건들이야. 그것도 딱 일주일 계약이지. 리무진도 렌터카고.

고용인은 어제와 오늘, 이틀간만 계약했어. 요리사는 진짜지만 집사와 메이드는 시모키타자와 부근에서 연극배우를 하는 극단원

들이야.

슬슬 깨달았을 거라 생각하네.

그래, 내가 이 관에 살고 있다는 건 거짓말이라네. 별장으로도 사용하고 있지 않아. 살 생각이 없으니 사토미를 위한 승강기도 필요 없지.

그러면 왜 나는 그런 관을 지었는가.

나는 불치병에 걸렸어. 바로 죽을 병은 아니지만, 현대의학으로는 치료가 불가능하다고 여겨지는 어떤 전염병에 걸려버렸어.

사토미는 오늘내일하는 목숨이야. 암이 재발했어. 실은 그제까지 병원 침대 위에 있었지.

자식은 먼저 떠나보냈어. 부모님도 타계하셨고.

그런 나에게 더이상 살 이유가 있을까?

이미 이 세상에 미련은 없어. 하지만 죽을 거라면 그 전에 꿈을 이뤄보고 싶었어. 탐정소설에 나올 만한 관을 가지고 싶었어. 거기서 탐정놀이를 해보고 싶었어. 집사람의 명이 얼마 남지 않았고, 외아들을 잃었고, 돌봐야 할 부모님도 안 계셔. 재산을 다 써버려도 아무런 문제가 없지.

다 써버린다고 해봤자 어차피 내 재산 따위는 뻔했어. 덕분에 엉성한 관이 되어버린 것이 정말 유감스러워. 게다가 이렇게 건축 비용을 절약해도 자금이 부족해서 매시 관 부분을 세울 수 없었어. 그렇지만 그 결과 이번 추리극의 시나리오가 떠올랐으니 잘된 셈 치지.

나는 미친 걸까?

그러면 묻겠네.

한때 고등학교 야구선수였던 소년이 코와 입에 튜브가 꽂혀 있는 상태로 병원 침대 위에 누워서, 죽기 전에 고시엔 마운드에 서보고 싶다고 중얼거린다면, 그런 그에게 자네들은 헛소리라고 비웃겠나? 가족들은 무리임을 알면서도 한신 고시엔 야구장과 접촉을 시도할 거야.

만약 자네가 유화 그리기를 즐긴다고 하세. 하지만 작품 수준이 시 콩쿠르에서조차 입상할 수 없는 레벨이라고 하고. 그렇지만 앞으로 한 달 남은 목숨이라는 선고를 받았다면, 내일이라도 긴자의 화랑을 빌려서 개인전을 열어보고 싶다는 생각을 하지 않겠나?

내가 하려고 했던 일도 같은 것이라네. 이 세상을 떠나기 전에 꿈을 이루고 싶다. 탐정소설의 세계 속에서 죽어가고 싶다.

어젯밤의 추리극의 범인은 나였어.

탐정소설에서 관의 주인이 범인인 경우, 주인이 범행 발각 후에 자살하는 것은 정석 중의 정석 아니겠나?

자, 이제 이별이라네. 어른스럽지 못하고 고집스런 요구를 들어줘서 정말로 고맙네. 내 마지막으로 또 한 가지 염치없는 부탁을 하지.

탐정소설을 편애하고 탐정소설에 목숨을 건 바보가 있었다고, 가끔씩이라도 좋으니 떠올려주게나. 그리고 자네들도 앞으로 탐정소설을 사랑해주었으면 하네.

후유키 도이치로

"뭐 이런 농담이 다 있어."

이와이가 관자놀이에 시퍼런 핏줄을 세우며 두 손으로 테이블을 내리쳤다.

오다기리는 편지지 마지막 장을 다 읽고서 W문으로 달려가 벽의 버튼을 눌렀다. 미친 듯이 계속 누르자 예의 집사가 모습을 드러냈다.

"후유키는?"

오다기리는 멱살을 움켜쥘 듯이 물어보았다.

"계약은 12시를 기해서 끝났습니다만."

집사는 성의 없는 동작으로 손목시계를 가리켰다. 정오를 조금 지나 있다. 다시 보니 그는 겉옷을 걸치지 않고 와이셔츠 단추를 두 개 풀고 넥타이도 느슨하게 푼 상당히 칠칠맞은 모습이었다.

"후유키는? 후유키는 어디 있어?"

"그러니까 제 할 일은 다 끝났다니까요."

"대답해! 아까 편지를 건넸을 때, 그 자식은 어디에 있었어?"

이와이가 버럭 소리쳤다.

"방에 있었는데요."

"그 녀석의 침실 말이야?"

"그래요."

대답하는 도중에 집사를 떠밀고서 오다기리는 윌리엄 관의 복도를 달렸다. 1층의 침실 문을 노크했다. 세 개의 침실 다 대답이 없었다. 오다기리는 문손잡이를 거침없이 당겨 열고 방 안을 들여다보았다. 어느 방에도 후유키의 모습은 없었다. 사토미 부인도.

"어이, 이것 좀 봐!"

히라쓰카의 목소리가 들렸다. 오다기리는 그쪽으로 달려갔다. 천장에 황도 12궁이 그려진 방이었다. 그곳의 책상 위에 편지지 한 장이 문진에 눌려 있었다.

사후 처리에 대해서는 걱정하지 않아도 되네. 자네들을 성가시게 하지는 않을 거야. 다만 경찰 조사만큼은 참아주게나. 폐가 되지 않을까 하는 걱정도 있지만, 탐정소설 애호가로서는 한번 받아보고 싶기도 할 거야.

"헛소리 하지 마!"

이와이가 편지지를 찢어버렸다.

히라쓰카가 복도로 달려나가고, 후유키와 사토미 부인의 이름을 번갈아 불렀다.

"시계탑……"

미즈키가 중얼거렸다.

"그래, 시계탑이야."

오다기리는 복도로 뛰어나갔다. 지금 후유키는 탐정소설의 정석적인 흐름을 따라 행동하고 있다. 관에 시계탑이 있다면 그곳에서 중대한 일이 발생하는 것이 탐정소설이다. 그러나 이번에는 아직 시계탑에서 아무 일도 일어나지 않았다. 안내받지도 않았다.

"시계탑은 어디로 올라가지?"

이와이가 집사 역할을 했던 남자를 붙잡고 힐문했다. 남자는 의욕 없는 얼굴로 고개를 저었다.

"바깥에 계단이 있는 거 아닐까?"

오다기리는 그렇게 말하자마자 현관으로 향했다.

윌리엄 관의 현관문에는 빗장도 자물쇠도 걸려 있지 않았다. 이곳의 문은 어젯밤 잠가둔 뒤로 연 적이 없을 것이다. 아침식사 뒤에 열었던 것은 에드워드 관의 현관문이다. 역시 후유키는 이곳으로 나간 것이다.

밖으로 나가서 건물을 따라서 달려가니, 윌리엄 관 근처에 휠체어가 놓여 있었다. 건물의 그 부분, 중앙응접실의 외벽에 철제 사다리가 설치되어 있었다. 오다기리는 망설이지 않고 사다리에 손을 댔다.

"바보야, 바보라고, 이 바보 같은 자식!"

그렇게 반복하면서 이와이가 뒤따라왔다.

멀리서 사이렌 소리가 들려왔다. 후유키의 메모에는 사후 처리에 대한 걱정은 하지 않아도 된다고 적혀 있었다. 그가 직접 경찰을 부른 것일까? 아니면 이것도 역시 연극의 일부이고, 가짜 사이렌 소리가 울리고 있는 것일까? 오다기리는 제발 그러기를 빌며 사다리를 올랐다.

철제 사다리를 다 올라가자 좁은 발판이 있고 그 앞의 삼각형 지붕 밑에 다락방 같은 것이 있었다. 오다기리는 몸을 부딪쳐 문을 열었다.

시계탑 안은 나무판자들로 만들어져 있었는데, 안에는 사람 키만 한 톱니바퀴가 삐걱삐걱 소리를 내며 회전하고 있었다.

그 복잡하게 얽힌 톱니바퀴 앞에 턱시도 차림의 남자와 이브닝드레스 차림의 여자가 포개지듯이 쓰러져 있었다. 남자의 손에는 갈색 유리로 된 약병 같은 것이 쥐여 있었다.

"후유키……"

오다기리가 말을 걸었지만 두 사람은 미동도 하지 않았다.

"어이! 장난치지 마! 게임은 끝났다고!"

이와이가 두 사람 곁에 쭈그려 앉아 어깨를 쥐고 거칠게 흔들었다.

"그만 일어나라고, 이 친구야……"

히라쓰카가 신음하듯이 말을 걸었다.

"커튼콜이 끝나지 않았잖아……"

미즈키는 당장에라도 울음을 터뜨릴 것 같았다.

후유키와 사토미 부인은 아무런 반응도 보이지 않았다. 굳게 눈을 감고 입을 다물고 있다. 하지만 두 사람의 얼굴은 이상할 정도로 편안함에 가득 차 있었다.

사이렌 소리가 서서히 가까워졌다.

그래도 오다기리는 아직 연극이 계속되는 거라고 생각하고 싶었다.

옮긴이의 말

우타노 쇼고는 1988년에 『긴 집의 살인』으로 데뷔한 이후 지금까지 활발히 활동하고 있는 작가입니다. 이 작가의 대표작품으로는 국내에 출간되었던 『벚꽃 지는 계절에 그대를 그리워하네』를 꼽을 수 있겠군요. 데뷔한 지 이십 년이 넘은 요즘까지도 매년 한두 권씩의 작품을 내놓고 있는 꾸준한 작가입니다.

이 작품은 원래 문고본으로 따로 발매되었던 두 작품 「생존자, 1명」과 「관館이라는 이름의 낙원에서」에 「그리고 명탐정이 태어났다」를 새로 써서 엮은 단편집입니다. 하지만 단순히 같은 작가의 단편들을 엮은 것이 아닙니다. 각 작품의 분위기가 많이 다르기 때문에 언뜻 보기에 공통점을 찾기 어려울 수도 있겠습니다만, 이 작품들은 공통된 테마가 있습니다. 눈치 빠른 독자께서는 이미 알아차리셨을지도 모르겠군요. 차분히 각 작품의 배경을 따져보면 어렵지 않게 답이 나옵니다.

눈보라 치는 날의 산장.
먼 바다의 외딴섬.
서양식 관.

그렇습니다, 전부 밀실이지요. 일명 클로즈드 서클(Closed Circle). 미스터리에서 단골로 등장하는 폐쇄공간의 대명사입니다. 이 책의 세 작품은 모두 폐쇄공간에서 발생한 논리적으로 불가능하다고 여겨지는 사건을 중심으로 진행되고 있지요. 제각기 발표 시기나 분위기가 다른 작품으로 한 가지 테마를 가진 단편집을 구성한 신선한 시도가 돋보입니다. 모두 해피엔드가 아니라 은근한 여운을 주는 마무리도 공통점이군요. 그래서인지 작품마다 인상이 강하게 남습니다.

정통 미스터리의 상징과 같은 자못 진지한 배경에서 미스터리 소설의 클리셰를 희화화하는 인물들의 언행은 미스터리 팬들에게 많은 재미를 안겨줄 수 있는 부분입니다. 「그리고 명탐정이 태어났다」에서는 '명탐정'이라는 캐릭터를 비아냥거리는 듯하고 「관이라는 이름의 낙원에서」는 '추리소설'을 애들 놀이처럼 이야기하기도 합니다. 그러나 작품을 읽어나가는 동안 미스터리를 향한 작가의 애정이 어렴풋이 느껴지는 것은, 작가 또한 이 장르를 사랑하는 한 사람의 팬이기 때문일 것입니다. 흐르는 세월 속에 낡아버린 정통 미스터리란 장르에 아쉬움을 느끼긴 해도 여전히 깊은 애정을 갖고 있음을 은근히 드러내고 있습니다. 이 연륜 있는 작가의 매몰찬 한 문장 한 문장이 사실은 애정에서 우러나온 것이 아닐까. 저만 이런 생각을 한 것이 아니리라 믿습니다.

오래 활동해온 것에 비해 국내에 소개된 작품이 적은 작가이기도 합니다. 다양한 소재로 재미있는 작품을 쓰는 작가인 만큼 앞으로 그의 다양한 작품이 소개되길 바랍니다.

2010년 6월

현정수

옮긴이 **현정수**

일본소설 전문 번역가. 옮긴 책으로 『이력서』 『여름휴가』 『빙글빙글 도는 미끄럼틀』 『절대 최강의 사랑 노래』 『해질녘의 매그놀리아』 『금지된 낙원』 등이 있다. 순문학에서 장르문학, 라이트노벨에 이르기까지 장르를 넘나들며 활동하고 있다.

문학동네 세계문학

그리고 명탐정이 태어났다

1판 1쇄 2010년 7월 5일 | 1판 13쇄 2024년 9월 23일

지은이 우타노 쇼고 | 옮긴이 현정수
기획 양수현 | 책임편집 양수현 | 독자 모니터 강정은
디자인 윤종윤 유현아 | 저작권 박지영 형소진 최은진 오서영
마케팅 정민호 서지화 한민아 이민경 안남영 왕지경 정경주 김수인 김혜원 김하연 김예진
브랜딩 함유지 함근아 박민재 김희숙 이송이 박다솔 조다현 정승민 배진성
제작 강신은 김동욱 이순호 | 제작처 영신사

펴낸곳 (주)문학동네 | 펴낸이 김소영
출판등록 1993년 10월 22일 제2003-000045호
주소 10881 경기도 파주시 회동길 210
전자우편 editor@munhak.com | 대표전화 031) 955-8888 | 팩스 031) 955-8855
문의전화 031) 955-1927(마케팅) 031) 955-1917(편집)
문학동네카페 http://cafe.naver.com/mhdn
인스타그램 @munhakdongne | 트위터 @munhakdongne
북클럽문학동네 http://bookclubmunhak.com

잘못된 책은 구입하신 서점에서 교환해드립니다.
기타 교환 문의: 031) 955-2661, 3580

ISBN 978-89-546-1134-3 03830

www.munhak.com